吞噬星空

典藏版 20

我吃西红柿 著

APGTIME 时代出版
时代出版传媒股份有限公司
安 徽 文 艺 出 版 社

图书在版编目（CIP）数据

吞噬星空：典藏版. 20 / 我吃西红柿著. — 合肥：
安徽文艺出版社，2023.6（2024.3重印）
ISBN 978-7-5396-7665-4

Ⅰ. ①吞… Ⅱ. ①我… Ⅲ. ①幻想小说－中国－当代
Ⅳ. ①I247.5

中国国家版本馆CIP数据核字(2023)第003223号

TUNSHI XINGKONG DIANCANG BAN 20
吞噬星空 典藏版20
我吃西红柿 著

出 版 人：姚 巍
责任编辑：秦知逸
装帧设计：周艳芳

出版发行：安徽文艺出版社　www.awpub.com
地　　址：合肥市翡翠路1118号　邮政编码：230071
营 销 部：(0551)63533889
印　　制：湖南天闻新华印务有限公司　电话：(0731)88387856

开本：710 mm×1000 mm 1/16　印张：18　字数：290千字
版次：2023年6月第1版
印次：2024年3月第2次印刷
定价：32.00元

（如发现印装质量问题，影响阅读，请与出版社联系调换）

目录

CONTENTS

第940章

入紫荆岛

紫荆岛，直径数百万千米，周围上万千米内都没有极光。

嗖！嗖！嗖！

三道流光迅速飞到紫荆岛上，正是斐沧族尊者、罗峰、真衍王。

“好多宫殿。”罗峰一眼看去，远处陆地上都是密密麻麻的宫殿，一些山脉上也是如此，各种风格的宫殿不计其数，而且很多宫殿都散发着强大的气息。

那一股股强大的气息令罗峰皱眉：“紫荆岛上似乎居住着很多强者。”

“你们看。”斐沧族尊者指向天空。

罗峰、真衍王都抬头看去。

“嗯？”罗峰看着天空中一圈又一圈的光影笼罩整个紫荆岛，那一圈圈光影仿佛水波不断荡漾，荡漾到边缘就消失了，而中央又诞生新的光影，一圈光影接着一圈光影，不断朝四周荡漾开去。

诞生、湮灭……仿佛无穷无尽。

每一圈光影都由无数法则丝线组成，时间法则、空间法则、金之法则、木之法则、水之法则、火之法则、土之法则、风之法则、雷电法则、光线法则……甚至还有诸多融合法则。无比奥妙的法则丝线相互缠绕，每一圈光影都无比圆满、完美。

罗峰完全沉浸其中，实在太震撼了。那不断循环的光影仿佛将宇宙一切奥妙皆诠释出来了。

“两位！”斐沧族尊者喝道。

罗峰、真衍王都惊醒过来。

“这……这是……”真衍王吃惊地道，“太不可思议了，这简直……”

“这是宇宙运转法则的显现。”斐沧族尊者抬头，自豪地道，“我们祖神教是宇宙第一大势力，以维护宇宙运转法则为核心使命，自然受到宇宙运转法则的护佑！”

罗峰听得发蒙：“维护宇宙运转法则？”

“我们祖神教拥有祖神秘境，拥有最多的特殊生命，拥有最多的特殊宝物，五彩极光湖也是宇宙运转法则赐予我们祖神教的。我们祖神教所要做的，便是顺应宇宙运转法则，维护宇宙运转法则。违逆祖神教就是违逆宇宙运转法则！”

“真霸道。”罗峰暗自嘀咕。

“哼，你们似乎不信？”斐沧族尊者看了罗峰、真衍王一眼，“你们在这里生活亿万年后，就会明白了。”

“生活亿万年？”罗峰纳闷。

“随我来，你们来紫荆岛后，要做一件非常重要的事，在岛上建造住所。”斐沧族尊者说着大步前进。罗峰、真衍王连忙跟上，每一步都跨出上千千米，速度非常快。

罗峰行走在紫荆岛上，看着远处一座座风格各异的宫殿，同时也看到了宇宙各族强者。宇宙有亿万个族群，无比神秘，不同模样、不同本质的生命生存在岛上各处，个个气息强大，有些是罗峰知道的特殊生命。

“这紫荆岛上到底有多少居住者？”罗峰好奇地问道。

“紫荆岛上除了岛主，其他都是传承者，我只是负责引领你们到这里，很快就会离开。”斐沧族尊者道，“传承者的数量很多，自从宇宙诞生以来，累计的传承者数量无比惊人，你们大概算一算即可知晓。须知，宇宙是公平的，我们祖神教赐予的兽神传承令是分散在宇宙各地的，就算是你们人类族群，自从宇宙诞生以来，也只有数百名传承者。宇宙中有亿万个族群，其他族群得到的兽神传承令累计起来，自然是人类的数亿倍。”

“数百亿?!”罗峰瞪大了眼。

“这么多传承者?!”真衍王也不敢相信。

“宇宙广阔，你们人类族群只是一分子。”斐沧族尊者道，“自从宇宙诞生以来，到底有过多少名传承者，很难准确计算出来了，恐怕除了高高在上的祖神外，没几个人知道。当然，紫荆岛上没有这么多传承者。现如今，紫荆岛上只有一亿多名居住者。”

“一亿多？”罗峰疑惑地问道，“那其他传承者呢？”

“传承者如果死亡，即使能被宇宙之主逆转时空复活，也不会再拥有兽神传承令，逆转时空带回兽神传承令的代价太大，宇宙之主也舍不得。”斐沧族尊者道，“每一名传承者一般都只有一枚兽神传承令，从你们进入这里的那一刻起，兽神传承令便和你们的生命相连，你们无法将它给别人使用，你们死，兽神传承令便会破裂。”

“兽神之道这条路上死去的强者极多，所以现在紫荆岛只有一亿多名传承者。”斐沧族尊者说道。

……

他们交谈着，走到了一条河流旁的山地上，斐沧族尊者吩咐道：“你们俩等下便在这里建造宫殿吧，记住，宫殿的长、宽最多一千米，就算是那些神体庞大的妖或者星空巨兽等，也只有这么大的宫殿，也得缩小神体居住在其中，没有人能成为特例。”

罗峰、真衍王点头。

一路上，他们看到无数座宫殿，的确没有一座的规模是超越这个界限的。

“还有，你们可以在自己的宫殿中留下信物，以后可直接施展神国传送抵达这里。”斐沧族尊者道，“紫荆岛也将会是你们以后经常来的一个地方，除非你们殒灭了。”

“你们如果有灵魂奴仆，记住，千万别带出来。”斐沧族尊者道，“一旦带出来，他们就会遭到五彩极光湖的攻击，瞬间湮灭，即使真的要带出来，活动范围也只能在你们自己的宫殿内。宫殿内是你们的地盘，宫殿外可就不是了。当然，像植物生命、金属生命中一些具有附庸属性的生命是没问题的。”

“明白。”罗峰、真衍王仔细聆听。

“你们再随我来。”斐沧族尊者继续引领罗峰他们，他的责任是引领，自然得将一些基本信息告诉罗峰他们。

片刻后，他们来到紫荆岛最高的一条山脉上，山脉上仅仅有一座巍峨的宫殿，有上千千米高。

“你们传承者没有例外，宫殿都有限制，可岛主的没有限制。”斐沧族尊者指向那座巍峨的宫殿，“那就是紫荆岛岛主的宫殿，我们过去。”

“抬头看。”斐沧族尊者指向天空。

罗峰、真衍王抬头看去。

“这是？”

罗峰看到很绚丽很不可思议的一幕，从他这个方位抬头看，竟然能看到五彩极光湖中有一条缝隙。沿着这条缝隙，能够看到五彩极光湖的核心，核心处有一座无比耀眼的庞大宫殿，那座散发着无尽光芒的宫殿周围，悬浮着八座稍微小一点的宫殿。

“那就是祖神教的真正核心。”斐沧族尊者羡慕地道，“那最庞大的宫殿就是祖神宫，是祖神居住的地方。虽然祖神教有三位祖神，但坐镇核心重地的一般只有一位。”

“祖神宫周围八座小一点的宫殿，是八方兽神殿，是八大兽神的居所。在八方兽神殿周围的十余座宫殿，是护教兽神殿。护教兽神殿外围有七十二块大陆。当然，从我们这个角度看，只能看到六十三块大陆。

“那七十二块大陆就是七十二神将的居所，为神将大陆。据传，每块神将大陆的面积都不小于紫荆岛。

“最外围有密密麻麻的星星，共三千颗，每一个星辰世界里都居住着一名神使，星辰世界被称为神使世界。

“祖神宫、八方兽神殿、护教兽神殿、七十二块神将大陆、三千个神使世界，这就是祖神教的核心。”

斐沧族尊者感叹道。

“除了这里，五彩极光湖中还有一座座零零散散的岛屿，包括紫荆岛，其他岛屿上生存着祖神教的外围成员。”

“外围成员？”罗峰、真衍王都惊讶地看着他。

“候补神使、候补神将、强大的兽神传承者，都是外围成员。”斐沧族尊者说道，见他们二人吃惊的模样，他嗤笑一声，“人类，难道你们以为宇宙中有免费的午餐？记住，宇宙是公平的，我们祖神教付出了一些东西，自然会有一些收获。”

“神使传承晶，一个个神将传承地，还有祖神秘境中的许多兽神传承之地，哪一个祖神教没有付出大代价？”斐沧族尊者道，“你们想要得到好处，当然得付出一些代价。”

“不过，对于弱者，祖神教不在乎。

“那些接受神使传承、神将传承的，除非得到完整的传承，否则不需要为祖神教做事。如果能得到完整传承，情况就不同了。比如一旦有人接受了完整的神将传承，整个传承之地就会直接崩塌，一个传承之地就这么没了。”

罗峰心中一动：当年自己去魔音神将传承之地时，也被告知，若是有人得到完整的传承，传承之地就会崩塌。

“候补神使、候补神将都是得到完整传承的人，而强大的兽神传承者，他们的兽神传承也达到了极高的程度，距离完整的兽神传承很近了。要知道，授予完整的兽神传承，祖神教付出的代价更大。强大的兽神传承者想要得到完整的兽神传承，自然也得付出一些代价。”斐沧族尊者道。

第941章

三条通道

“护教兽神殿呢？”罗峰忍不住问道。

“护教兽神指的是得到完整的兽神传承并修炼到宇宙之主层次的存在。或者是因为现任兽神活着无法继承尊位，或者是因为自己本身不愿继承尊位，毕竟继承尊位虽然可以令实力暴增，但也意味着永远无法提升了。”斐沧族尊者道。

“宇宙之主不管在哪里，都是宇宙中巅峰的存在，即使不愿继承尊位，祖神教也会尊重他们的意愿，让他们成为护教兽神。”

罗峰、真衍王都点头。

对此，他们丝毫不感到奇怪，天下本就没有免费的午餐。天上掉馅饼？一次就罢了，这祖神教哪会伟大到不停地扔馅饼？没有人伟大成这样。祖神教拥有的资源是多，对那些弱者，他们懒得索要报酬，可达到一定程度的强者是需要为祖神教做一些事情的。

“放心。”斐沧族尊者笑道，“祖神教堪称最自由的势力，不争霸，不需要去争夺宇宙中的疆域，仅仅以祖神秘境为核心之地，祖神秘境中的各种危险，足以令其他各方势力望而却步。”

“就算成了祖神教的外围成员，你们也不会觉得受到束缚。”斐沧族尊者摇头一笑，“当然，首先你们得有能力成为外围成员。想要成为外围成员，很难。接受完整的神使传承、完整的神将传承、第五重兽神传承，不管哪一个，都无比艰难。”

罗峰听得一直点头。

单从十多万个生命去魔音神将传承之地尝试接受完整传承，却没一个能成功这件事来看，就能知道接受完整传承的难度。不过在魔音神将传承之地，每一万零八十一纪元就可以有三十二个生命接受传承，十多万个生命去接受完整传承，其实也就花费时间五千万纪元左右。

相对宇宙漫长的岁月，五千万纪元其实很短暂。

“紫荆岛的岛主由护教兽神担任。”斐沧族尊者看向前方那座巍峨的宫殿。

“护教兽神？”罗峰、真衍王都看过去。

那座宫殿上有许多雕刻，巨型独角蜥蜴、咆哮着的猩猩、展翅的飞禽……虽然有成千上万个雕刻，但种类只有八种。

罗峰现在完全明白了，这八种雕刻恐怕就是那八位兽神的形象。

岛主宫殿前有一个巨大的广场，是将一座山峰从中间整个截断而露出的截面。广场上有三座喷泉，泉水喷涌，美轮美奂，可广场地面上是干的。

斐沧族尊者、罗峰、真衍王走到了喷泉前方，看着宫殿的殿门。

“你们进去吧，我的任务到此结束。”斐沧族尊者道，“希望你们俩能够在紫荆岛多活一段时间，可别突然殒灭了。除非你们再得到一枚兽神传承令，否则可无法再来了，但估计没几个族群会给一个族人两枚兽神传承令。”

“多谢尊者了。”罗峰、真衍王都感谢斐沧族尊者的一路指点。

斐沧族尊者微微一笑，嗖的一声，化为一道流光直接飞入高空深处的五彩极光湖。

“罗峰，我们进去。”真衍王笑道。

“嗯。”

罗峰和真衍王跨入宫殿殿门，宫殿内很宽阔。

他们走了许久，才走出这座大殿。

这是前殿，前殿后面是空旷的中庭，中庭后面才是巍峨的主殿。

“两位传承者。”中庭里有一个盘膝而坐的男子，他开口道。

罗峰、真衍王向那人看去。

“人类？”罗峰一惊。

这个男子穿着朴素的黑袍，一头蓝色的长发，脸上有着蓝色秘纹，气息微薄，可散发的微薄气息让罗峰心惊。单单从这股气息来看，他至少也得是宇宙尊者级强者。

“难道他就是护教兽神？”罗峰、真衍王对视一眼，“护教兽神是人类？”

盘膝而坐的黑袍男子站起，微笑地看着二人：“没想到能够看到人类，真是让人开心。你们不用猜了，我并非护教兽神，我只是护教兽神麾下的一个仆从，在这里负责看守宫殿，以及传达信息给护教兽神而已。”

“仆从?!”罗峰、真衍王心中一震。

灵魂奴仆?!这个宇宙尊者级灵魂奴仆竟然还是人类?!

“是啊，我能够收异族强者当奴仆，那些异族强者自然也能收人类当奴仆，护教兽神是宇宙之主层次的存在，收一位人类宇宙尊者当奴仆又有什么好奇怪的？”罗峰虽然感到一阵悲哀和不忿，但只能如此安慰自己。

真衍王看了一眼黑袍男子，然后躬身道：“我们是新来的传承者，前来拜见护教兽神。”

“你们且等待一会儿，我已经将此事传达给护教兽神，护教兽神暂时有事，你们先等待吧。”黑袍男子微笑道。

罗峰、真衍王对视一眼。

“等吧。”

护教兽神什么身份？让他们俩等，他们俩也只能等。

……

半天后，罗峰、真衍王都有些急了，罗峰便问道：“不知道护教兽神什么时候来？”

“不急。”盘膝而坐的黑袍男子微笑道，“护教兽神的事情何等重要，你们也不急于一时。按照祖神教的规矩，护教兽神在十年内必会出现，护教兽神如果来不及赶来，会请其他护教兽神负责的。”

罗峰、真衍王对视一眼。

“十年？”

“短则立即赶到，长则十年才能赶到，我接待的运气最差的传承者，等了九年多，离最后期限只剩下三日，护教兽神才出现。”黑袍男子道，“两位还是静心坐下，慢慢等待。”

“等。”

罗峰、真衍王只能盘膝坐下，默默等待，谁也不知道护教兽神到底什么时候来。

……

十二天后。

罗峰、真衍王正在宫殿的中庭闭眼静坐，忽然，一股无比霸道、让人心颤的气息瞬间笼罩整个宫殿。

罗峰、真衍王他们俩立即睁眼。

“护教兽神来了？”

他们俩立即起身，黑袍男子已经进入主殿了。

“进来吧。”一道略显高亢、直透心灵的声音从主殿中传出来。

罗峰、真衍王乖乖地进入主殿。

罗峰、真衍王一进入主殿，就看到王座上盘卧着一道身影，那是一个类似蛟龙的奇异生命，背后有羽翼，昂着龙首俯瞰下方，他的身体上还有一层贴身的奇异铠甲，铠甲上有一个个火焰状的花纹。他即使盘卧在王座上，也让罗峰、真衍王感觉陷入了无尽的火焰世界，周围时空都充斥着火焰，而他便是这一方时空的控制者。只要他愿意，一个念头就能令罗峰他们殒灭。

“护教兽神？”罗峰暗道，“应该是修炼火之法则与空间法则形成的融合法则大成，成为宇宙之主的兽神。”

“从此刻起，你们俩便是紫荆岛的传承者。”略微尖细、高亢的声音从龙嘴里发出，“首先我授予你们进入荣耀世界的权限。”话音刚落，空中便出现了两件类似光脑的器物，它们直接飞向罗峰和真衍王。

“这是荣耀世界的感应接收器。荣耀世界是祖神教虚拟世界中的重地，类似你们人类的虚拟宇宙，范围比虚拟宇宙小很多，但对你们的作用都是一样的，你们登录后即可知晓。”

罗峰、真衍王接过感应接收器。

“接下来，我授予你们进入传承之地、宝藏之地、秘境之地的权限。”护教兽神道，“宫殿外的三道水幕可看到了？”

罗峰、真衍王都点头。

“水幕？是那喷泉吗？”

“那是传送通道，必须由我授予你们权限，否则你们难以进入。”护教兽神道，“左边的水幕为通往传承之地的通道，中间的水幕是通往宝藏之地的，右边的水幕是通往秘境之地的。”

“三道水幕，通往三个地方。

“传承之地是你们接受兽神传承、检验法则感悟的地方。

“宝藏之地则是祖神教历代兽神、护教兽神、兽神传承者藏匿宝藏之地，那里有大量的宝藏，但同时，强者们也留下了诸多阻碍、要求，只有符合要求的人，才能取出其中的宝藏。前段时间，你们人类中便有一个小家伙，在宝藏之地得到了宝藏。

“如果想要去祖神秘境中探险，即可沿着右边那条通道，进入祖神秘境的深处——秘境之地。祖神秘境是宇宙中最神秘的秘境，那里生活着许多特殊生命，也有很多神秘的宝物，不管是天然的材料，还是宇宙孕育的一些重宝、至宝，都隐匿其中。虽然通过通道，你们能被直接传送到腹地，不需要经历外围的危险，但是祖神秘境是最危险的秘境，越深入，越危险，连宇宙尊者都可能殒灭，宇宙之主都可能被困其中。所以你们如果决定去秘境之地探险的话，就得做好会殒灭的心理准备。

"传承之地、宝藏之地、秘境之地，以及荣耀世界，这便是你们在紫荆岛上生活需要熟悉的四个区域。

"你们先去建造住处，然后前往传承之地。"

护教兽神在王座上俯瞰二人："去吧。"

"是，护教兽神。"

罗峰、真衍王恭敬地行礼，然后退去。

第942章

兽神传承

紫荆岛上，传承者数以亿计，罗峰、真衍王按照之前斐沧族尊者所指点的位置，开始建造住处。

“凝。”罗峰在体内世界以世界之力迅速凝聚出一座府邸，类似他的家乡地球古代的江南园林。府邸内有一座精巧别致的巨大庭院，庭院内则有数条鹅卵石铺成的小道，旁边种植着各种花卉，还有一汪池水。

江南园林，池水便是精华所在。

池水上有石桥，周围又有亭台水榭，还有书房、迎客厅等楼阁，有些楼阁前也有池水，池水中央还有假山。整个园林有百万平方米，精巧别致，完全将罗峰脑海中对家乡江南园林的记忆展露出来了。地球大涅槃时代，许多园林被毁，但还好后来在基地市时代，一些人又建造了园林别墅，几座古代园林也被修缮。

罗峰上学时从历史课上学过这些，他何等记忆力，直接将历史书上以及他知晓的一些园林照搬过来。

罗峰凭借世界之力，仅仅用一个念头的时间就迅速凝聚出了这么一座府邸，为了使建筑稳固，更是花费了不少世界之力。

“出。”

轰！

一座精巧别致的私家园林直接出现在一片土地上，远处是连绵起伏的山脉，周围是河流，园林和周围景色几乎融为一体。

“徒儿，你这……”真衍王正在准备搭建一座大型宫殿，可一看罗峰的住处，眨巴一下眼睛，用神力一扫，自然看得清清楚楚，“真是……”

“老师，你用神力欣赏，领略不到我家乡文化的奥妙，你进来看。”罗峰笑道，当即引领着真衍王进去。

真衍王闯荡宇宙，见识非凡，紫荆岛上那密密麻麻的建筑，各有各的风格，许多建筑的精妙之处也不逊于罗峰这一座。

只是，真衍王没见过这种类型的。

行走在石桥上，真衍王惊讶地道：“倒是奇特，行走在这长、宽不足一千米的地方，我却觉得仿佛身处数十平方千米的巨大宫殿中，而且单单这池子周围的景色，从不同角度去看，感觉居然完全不一样！”

“移步换景便是这种建筑的奥妙之一。在有限的空间内点缀假山、树木，安排亭台楼阁、池塘小桥，令不同的视角有不同美感。”罗峰笑道。

“来来来，给我也来一座。”真衍王连忙道。

“老师的吩咐，弟子岂敢不从？”

罗峰当即再度建造出了一座府邸，这座府邸的风格略微有所变化。罗峰府邸的风格更雅致，真衍王府邸的风格更壮阔。

府邸建成后，罗峰和真衍王再度来到紫荆岛岛主宫殿前的广场上。

“走。”

罗峰、真衍王同时步入左边的喷泉。

身体刚刚一碰触喷泉，两人就直接消失不见。

罗峰感觉眼前一变，还没看清周围的景色，便感觉一股可怕的压力向自己笼罩而来。

轰隆——

比冰狱中的镇压力更强，比一颗中子星还重，同时还有着灵魂威压。

“这是？”罗峰看清了四周，周围是一片虚空，四处都是黑雾。

虚空中悬浮着一块陨石，陨石上盘坐着一名穿着紫色铠甲、长着狼头的强者，这正是人类族群中一个较大的分支——狼人族的强者。那个狼人看到罗峰、真衍王，露出一丝惊诧之色，随即微笑道："你们就是刀河王和真衍王吧？我已知道你们会来。"

"见过鸠风尊者。"真衍王恭敬地道。

"见过鸠风尊者。"罗峰也连忙行礼，满肚子疑惑。

这时候脑海中传来真衍王的声音："徒儿，鸠风尊者是我人类族群的七星霸主之一，是与你认识的天蚀宫主相当的存在。据传，他接受了完整的神将传承。"

罗峰暗惊："完整的神将传承？匹敌天蚀宫主的七星霸主？"

"这是祖神教的传承重地，自然而然有着强大的威压，而且是影响神体的灵魂印记的威压。"鸠风尊者盘坐在陨石上，笑看罗峰二人，"面对此等威压，如果没有封王级实力，恐怕会直接殒灭，这是族内天才们一般必须成为不朽神灵才能被赐予兽神传承令的原因。毕竟能被赐予兽神传承令的绝世天才，成为不朽神灵后，没有一个不是封王级实力的——看到周围的黑雾了吗？"

鸠风尊者看向周围，罗峰、真衍王也看着周围，点头。

这个虚空实在太诡异了，神力、世界之力都无法探测这里，周围更是被黑雾笼罩。

"进入黑雾，接受传承吧。"鸠风尊者道，"你们俩分开，别在一处。"

"是。"罗峰、真衍王恭敬地回道，随即师徒二人分别朝两个方向飞去。

罗峰刚飞入黑雾，一股不可思议的力量就作用在全身，就算罗峰的意志已经达到了超越大部分的宇宙尊者的程度，也无法抵抗这股神秘力量。

罗峰傻愣愣地站在半空，同时伸出右手手指。

哧，一股世界之力从罗峰指尖冒出，迅速凝聚为法则秘纹。

只见一个个法则秘纹浮现，罗峰竟然不受控制地开始演示起空间法则与金之法则形成融合法则的过程，从基础一步步提升，将一切感悟都诠释出来。随后，更多的法则秘纹浮现，一条条法则秘纹丝线互相缠绕，仿佛形成一个美丽的法则世界。

许久，罗峰才停下。

那股神秘力量瞬间脱离罗峰身体。

“嗯？”罗峰这才清醒过来。

“什么?!”罗峰后背、额头瞬间冒出一层冷汗，这是被吓的。他竟然清晰地记得刚才的场景，记得他被无形的力量操控，全力诠释融合法则的奥妙的场景。

“太……太不可思议了！我的意志强成那样，我的灵魂中更有塔珠坐镇，就算是宇宙之主，也难以直接灵魂控制我，可是那股神秘力量直接控制了我。这……这简直……”罗峰感觉到了祖神教的可怕之处。

“是了，这可是传承之地，不但是我，就算是那些宇宙尊者，甚至于天蚀宫主那等存在，比如希罗多，只要没有接受完整传承的，恐怕都有可能来这里。这股神秘力量既然能操控我，恐怕也能操控来这里的其他一切传承者，也就是说，也能操控希罗多。

“我感觉这股神秘之力不霸道，让我连反抗的念头都没有。这是什么力量？”

罗峰还在思考着，那股神秘之力再度降临。

“第三重！”一道雄浑的声音直接响彻罗峰脑海，说的不知道是哪种语言，却让罗峰瞬间明白是“第三重”的意思，并且声音不断在罗峰脑海中回荡，再度令罗峰沦陷。

罗峰陷入了一个奇特幻境中。

那个幻境不断向罗峰展露兽神之道奥妙的最详细的演变过程，它将空间法则与金之法则形成的融合法则的深奥之处都撕碎了，一点一点地讲解。太详细了！仿佛超级强者直接将奥妙灌入罗峰的脑海。

这比观看五十二尊混沌碑、兽神雕像的效果还要好得多。

……

不知道过了多久，这股力量退去。

周围的黑雾猛地将罗峰排斥出去，罗峰身体翻滚一下，倒退飞了出去。

“太……太不可思议了！”罗峰眨巴一下眼睛，眼中有着炽热，“我……如果再来几次就好了。我在冰狱中修炼两千多年，仅仅将《衍神七变》第三篇的一星半点琢磨透了，显然，这第三篇很难，可没想到，刚才那么一小会儿，我领悟到的，竟然比我之前两千多年领悟的还要多得多！感觉再来一次，我这第三篇就成了。”

“它刚刚肯定将第三篇的奥妙完完全全给我解析过一遍了，可我只记住了一半，其他的记不清了。”罗峰很焦急。

罗峰很久没有这种感觉了，小时候在地球上，一觉醒来明明知道自己做了一个梦，却只能回忆起梦中一小部分情节。自从成为强者后，罗峰还没有这种感觉。可此刻，再度有了这种感觉。

自己的记忆朦朦胧胧，只记得第三篇奥妙的一部分了，其他的根本记不起来了，却又确定……自己经历过。

“你们俩别傻站着了。”陨石上的鸠风尊者道。

罗峰、真衍王都在虚空中傻站着，听到鸠风尊者的声音，这才惊醒，二人眼中都有着惊讶。

“传承之地是宇宙诞生出来的，无比神秘，是祖神教的重地。”鸠风尊者道，“每次传承时，传承之地都会先看看你们的法则感悟进度。兽神传承共分七重，如果你前两重都感悟透了，第三重未悟透，那么传承之地授予的便是第三重传承。若是悟透了第三重，接受的便是第四重传承。”

“你们俩如何？”鸠风尊者看向罗峰、真衍王，“各自是第几重？”

“第三重。”罗峰道，“颇有收获。”

“第四重，前三重我早已悟透。”真衍王眼眸中满是激动，“我感觉……要突破了！”

第943章

推断

“突破？”鸠风尊者惊讶地看着真衍王。

“老师，你要……”罗峰不由得满心欢喜。

老师困在最后一步漫长岁月，接受兽神传承是一次难得的机会，但谁也无法保证一定会成功。没想到老师刚结束传承，便要突破了。

真衍王非常激动。

他等得太久了，当踏上强者之路时，刚开始身边还有亲人的陪伴，可时间久了，至亲们一个个老去，他不再留恋亲情。家乡因他而强盛，特别是经过漫长岁月后，家乡根基已成，无需他烦恼，似乎他活着没什么真正令他烦恼的事了。

他的追求只剩下修炼，却一直无法前进。当年和他实力相当的一些异族超级天才，有些成了宇宙尊者，而他只能选择生活在混沌城，教导后辈恐怕是唯一让他有成就感的事了。

接受兽神传承是他突破的最后机会，但不代表一定会成功。

“哈哈……我只是感觉要突破，有诸多感悟。”真衍王笑道，“至于什么时候跨出最后一步，很难说。”

“有感悟就好。”鸠风尊者微笑道，“怕就怕一点感觉都没有，束手无策。既然有诸多感悟，回去后就立即细心体悟，好好研究兽神之道，或许你们接受传承后一些似乎记不起来的内容，还会再记起来。”

“啊！”罗峰吃惊。

自己怎么都回忆不起来的内容，居然还能记起来吗?

“是的。比如刀河王你接受了第三重传承，其实第三重的一切奥妙你已经完全看过一遍了，只是因为你的修炼基础不够坚实，能够记忆领会的内容有限，所以很多内容你记不起来。可你一旦细心体悟，那么是能回忆起来的。重点是，必须抓紧时间，立即研究兽神之道！”鸠风尊者提醒道。

“谢鸠风尊者！”罗峰、真衍王连忙感激道。

“还有，你们是不是觉得自己接受传承的效果很好？”鸠风尊者看着罗峰、真衍王，“看你们的表情就知道了。别高兴得太早，虽然这一次传承的效果比你们修炼漫长岁月的效果要好，但其实只是这次罢了。”

“嗯？”罗峰、真衍王一怔。

“你们之前辛辛苦苦地修炼参悟，或许有些悟透了，有些不懂，可正因为你们细心参悟许久，在接受传承时，才会瞬间豁然开朗，将一些苦思而不懂的奥妙直接悟透，这才会让你们感觉一下子领悟到了很多。”鸠风尊者道，“假如你们认为，不用修炼，仅仅靠接受传承就能突破，那就大错特错了。”

“没有之前的一次次失败、一次次疑惑，一次次反思，那么，即使接受传承，也不会有任何收获，你会忘得一干二净。”鸠风尊者郑重地道。

罗峰、真衍王瞬间明白。

这和参悟混沌碑很像，平常得刻苦修炼，有诸多疑惑时，再去参悟混沌碑，这样的效果极好。

接受兽神传承的效果比参悟混沌碑好千万倍，但修炼者平常依旧要刻苦修炼参悟。

“我们什么时候能再来接受传承？”罗峰问道。

“兽神传承分七重，每一重你们都有一次免费接受传承的机会。”鸠风尊者道，“你悟透了第二重，接受第三重传承的这次机会是免费的。当你完全掌握第三重时，即可免费接受第四重传承……如此继续下去，道理很简单。”

“每一重的免费机会只有一次，也就是说，你想再免费接受第三重传承，是不可能了。”鸠风尊者道。

罗峰连忙追问：“免费的不行，也就是说得付出代价？就算用一件重宝换取一次接受传承的机会也值啊。”

“需要付出什么代价？宝物？”真衍王也追问道。

“祖神教在乎你们的那点财富？”鸠风尊者摇头，“想要得到额外的接受传承的机会，只有到荣耀世界中去。”

“荣耀世界？”罗峰、真衍王都记住了。

“进入荣耀世界，你们即可知晓。”鸠风尊者道，“我只能告诫你们，进入荣耀世界后得无比小心谨慎。”

鸠风尊者看着虚空中的罗峰、真衍王：“最后再告诉你们两点：一、五彩极光湖内禁止杀戮。切磋比试可以，可若是击杀对方，就会遭到五彩极光湖的攻击。当然，不在五彩极光湖的范围内，就没有这个限制了。二、紫荆岛上的每名传承者都有府邸，府邸内是自己的地盘，其他强者禁止闯入。想要进入其他强者的府邸，得由主人带领或者主人同意。”

“记住这两点，去吧。”鸠风尊者道，“空间通道出口就在你们后方。”

罗峰、真衍王恭敬地行礼，回头一看，虚空中有一个区域荡漾着透明波纹。二人当即直接飞入，嗖嗖，被传送走了。

这个虚空中只剩下坐在陨石上的鸠风尊者，他自言自语道：“刀河王？他便是那位只是界主的刀河王？还真不一般，仅仅一名界主就可以接受第三重传承。”

紫荆岛。

罗峰、真衍王从水幕中走出，化作两道流光飞向各自的府邸。

“徒儿，我脑海中现在有各种感悟和诸多想法，对突破很有把握。若是这次能突破，就是你的功劳了。”真衍王看着罗峰。

“老师若无亿万年的苦修，空有兽神传承令又有何用？”罗峰连忙道。

“哈哈……也有理。不过为师收你为徒弟，是为师的福气，哈哈……”真衍王畅快道，“我还需要细心体悟，然后尝试突破。此过程，我估摸着短则一年半载，长则万年。如果万年都不成功，那恐怕无法成功了。”

“老师定能成功。”罗峰连忙道。

“好，有徒儿这话，我就信心十足，定能成功！”真衍王充满斗志，“我在参悟期间怕是不会现身，除非有紧要事，否则你不必找我。”

“明白。”罗峰点头。

自己哪会在这种关键时刻打扰老师？

“希望你我再次相见时，我已是宇宙尊者。”真衍王道。

“我也盼着那一天。”罗峰眼睛发亮，看着真衍王直接飞入远处那座府邸。府邸的门直接关闭，显然，真衍王开始闭关了。

罗峰站在河畔，看着真衍王的府邸，脸上情不自禁地浮现出微笑：“老师期盼亿万年，终于迎来了这一刻。在强者之路上，老师停留许久后，又将再度迈出步伐，登上巅峰。嗯，我也得努力了。兽神传承是神奇，可平时的修炼参悟才是根基。”

罗峰进入他的住处，直接盘膝坐在池水旁的石板路上，面对池水假山，就这么静修起来。

……

时间流逝，转眼已过去近半年时间。

盘膝坐在石板路上的罗峰睁开眼：“鸠风尊者所言不虚，这半年里，我的进步幅度果真不小，虽远不如接受传承时那般夸张，但也远远超过冰狱中的自己。”

“不过，现在我的参悟速度已经恢复如初，也不急在一时了。”罗峰起身，朝府邸外走去。

罗峰走到河流旁，看向四周，旁边真衍王府邸的门依旧关闭。

“去哪儿呢？”

“荣耀世界？传承之地？宝藏之地？秘境之地？”罗峰暗自嘀咕，“我暂时不敢去秘境之地，一点信息都不知道，傻乎乎地闯进去就是送死。我去了传承之地无法接受传承。荣耀世界也不急，还是先去宝藏之地吧。”罗峰满心期待。

按照护教兽神所说，宝藏之地可是祖神教历代兽神、护教兽神、兽神传承者藏匿宝藏之地，那里有大量的宝藏。

“护教兽神说前段时间有个人类得到了宝藏。”罗峰脑海中不由得浮现七剑王使用金色池子的情形，“难道是他？”

“不管了，先去瞧瞧。”

罗峰化作一道流光朝岛主宫殿前的广场飞去，当他降落时，发现广场上正站着一道身影。这道身影高近3米，穿着墨绿色树皮般的奇异衣服，他裸露出来的皮肤有着银色金属光泽，光头，双眸好似两颗晶钻。

“机械族。”罗峰降落下来。

“人类。”机械族强者也盯着罗峰，审视着罗峰，仿佛机器扫描着罗峰。

随即，机械族强者咧嘴一笑：“我的资料库中有九万一千两百九十三名人类封王级强者的资料，按理说能得到兽神传承令进来的，应该都是人类族群中颇有名气的封王级强者，可诡异的是，我没能找到你的资料。不过根据数千年前，刀河王与黑刹王在域外战场一战的信息来看，刀河王一出手，就会有兽神幻影显现，所以刀河王显然是修炼兽神之道的。

“而最近一万纪元内，修炼兽神之道的人类屈指可数。

“刀河王的天赋如此逆天，人类族群肯定会给他兽神传承令。结合诸多信息，若我没猜错的话，你就是刀河王！”

“啧啧，至宝真是神奇，令我都无法辨别出你实际上只是一名界主。”机械族强者看着罗峰说道。

第944章

宝藏之地

罗峰眉头微皱，看着眼前这名机械族强者。

“没想到这个异族能猜到我是刀河王，也是，这的确不难猜。像虫族、妖族、机械族都经常和人类打交道，搜集人类情报非常仔细，而能来传承之地的，也几乎都是各族中一等一的人物。由此可见，被族群赐予兽神传承令的都不是等闲人物。”

“我肯定你就是刀河王。”机械族强者盯着罗峰，他多想杀了眼前的罗峰啊，刀河王的悬赏金额可是很惊人的。

“你确定？只是你的猜测罢了。不过，我却知道你是巨绝王。”罗峰嗤笑，看着他，“你慢慢猜吧。”

当即，罗峰一迈步，直接跨入了水幕，消失不见。

巨绝王见状，微微一愣，看着眼前已无人影的广场，低语道：“有意思，竟然没有直接承认，看来这个界主级就拥有如此可怕战力的刀河王，脾气可不算好啊。也对，天之骄子嘛。”

能进传承之地的，哪个不是天之骄子？

只是刀河王现在的名气太大，已经传遍宇宙亿万个族群，谁人不知人类族群有一个只是界主的刀河王？他虽然是界主之身却拥有超越封王级极限的战力，这令刀河王的光芒遮盖了宇宙无数天才。即使那些天才拥有封王级无敌的战力，名气也远不如刀河王，他们有嫉妒心是很正常的事。

“宝藏之地？那可是聚集最多传承者的地方啊。大多传承者都待在宝藏之地碰运气，那么多传承者，肯定有对刀河王身份感兴趣的人。”巨绝王微笑着，也一步跨入中间的水幕，前往宝藏之地。

虽然罗峰没有直接承认，但巨绝王作为机械族人，是智能生命进化而成的，他的逻辑推理能力非常强，本人也极度自信，他肯定罗峰就是刀河王。

传送完毕。

罗峰出现在了一座山峰上，一眼看去，只见一座座山峰或是险峻，或是奇绝……成千上万座山峰，仿佛看不到尽头。有些山峰之间还有湖泊，湖泊或大或小，大的直径上百万千米。

那些湖泊很漂亮，或是碧绿犹如巨大翡翠，或是漆黑犹如墨水。

罗峰抬头一看，上空有一道道不断飞行的极光，显然，宝藏之地也在五彩极光湖的范围内。

“也对，宝藏之地里有大量宝藏，如此重地，祖神教当然会保障其安全，否则外面的一些超级存在降临，直接一锅端了，那就有趣了。”罗峰暗道。

嗖，罗峰突然飞起，飞行在山峰上空，俯瞰下方，那些山峰上、山腰上、山坳里，或者湖泊旁、湖面上、湖水中，都有一道道身影。血肉类生命、岩石类生命、能量类生命……各种生命不计其数，还有很多特殊生命。

一些妖族、植物生命等体形庞大的生命都缩小体形，待在宝藏之地。

“有趣，像亿万个族群的展览会。”罗峰暗道，“虽然我在域外战场上见过很多族群，但是和这里一比，真是小巫见大巫了。”

罗峰是第一次见到这么多他从未见过的族群、特殊生命，才这般欣喜，等时间长了，习惯成自然，也就没这么惊奇了。

嗖，罗峰俯冲而下，直接落在一座山峰上。

罗峰寻了一块大石，一屁股盘膝坐在上面，看向四周，环顾千山万水，倒也惬意得很："宝藏在哪儿呢？"

"人类兄弟。"一道声音响起。

罗峰转头一看，远处一道身影飞来。他容貌俊朗，神体呈半透明状，穿着一层碧绿色铠甲。罗峰见状，便笑道："暗雾族兄弟。"

暗雾族是鸿盟的一分子。

"我叫千雨。"暗雾族帅气青年微笑着落在这座山峰上。

"我叫华。"罗峰说道。

"哈哈……从未见过你，刚来的？"千雨王笑道。

"嗯，第一次来宝藏之地。"罗峰环顾周围，感叹道，"我听说宝藏之地有诸多前辈留下的宝藏，可是我来这里，只感觉景色无比优美，却没发现哪里有宝藏。"

"哈哈……你没发现哪里有宝藏？"千雨王大笑。

"怎么了？"罗峰看着千雨王，"我惹笑话了？"

"处处都有宝藏啊。"千雨王指向周围各个方向，"周围几乎每一座山峰中，每一个湖泊里，都藏有宝藏。"

"都有？"罗峰一眼看去，有些发愣。

山峰很高，湖泊很大，上万座山峰，上千个湖泊，这得有多少宝藏啊？

"宝藏多的是，而且你看，那一百零八座山峰。"千雨王指向远处极高的山峰，那一百零八座山峰的高度明显超过其他山峰，"几乎所有传承者都知道，那一百零八座山峰中藏着自祖神教诞生以来就存放在那儿的宝藏，共一百零八个宝藏。到如今，已经有四十二个宝藏被一些走运的家伙带走了，离我们这个时代最近的得到宝藏者……那也是一百二十万纪元前的事了。那个走运的妖族宇宙尊者，竟然得到了一件至宝！"

"至宝？"罗峰眼睛一亮。

"当然。"千雨王道，"这可是祖神教的宝藏之地，有大量的宝藏，这排在前一百零八名的宝藏，任何一个的珍贵程度都能达到至宝的门槛。许多罕见、珍贵的宝物，甚至对修炼兽神之道极有帮助的宝物，也被存放其中，只是要得到它们，很难。”

罗峰看去，那一百零八座山峰非常巍峨。

“直接破开山峰？”罗峰故意揶揄道。

“谁敢？一来，这些山峰皆有五彩极光湖的能量庇护，至少我们这些封王级强者破坏不了。二来，那些能破坏的宇宙尊者，他们根本不敢。破坏宝藏之地，是对祖神教历代前辈的亵渎、不敬，他们会被五彩极光湖的极光直接杀死。”千雨王道。

罗峰点点头。

“那排在前一百零八名的宝藏我们还是别想了，去其他地方碰碰运气。”千雨王笑道，“宝藏越珍贵，开启条件越复杂。若是知道条件，我们还能努力去做，最要命的是，我们谁都不知道那些超级强者留下宝藏时定下了什么苛刻条件，所以只能看运气。运气好说不定就能得到一件宝藏，这里价值最低的宝藏也比一件普通重宝强。”

罗峰暗自点头：“确实，也不看看留下宝藏的都是些什么存在。”

宝藏之地的封王级强者很多，宇宙尊者也不少。毕竟传承者中就有很多是宇宙尊者，祖神教外围成员中也有很多是宇宙尊者。

所以在宝藏之地，封王级强者和宇宙尊者的比例几乎达到1000：1。那些宇宙尊者所过之处，封王级强者自然稍微避让开，尽量不与他们发生冲突。

……

嗖！

一道魁梧身影破空而来，俯冲向一座山峰。

“嗯，人类？”魁梧身影一眼看到那座山峰上的两道身影，一个是人类，一个是暗雾族。

“人类最讨厌了。”魁梧身影的那只独眼中闪过一丝厌恶，随即猛地加速。原本那座山峰上的罗峰和千雨王都发现了来者，都要避让开来，可那道魁梧身影猛地加速，几乎一闪身就冲到山峰上。

轰！可怕的神力直接扫荡过去。

罗峰、千雨王仿佛被巨大的面板直接拍飞。

噗，噗！罗峰、千雨王都口吐鲜血。

“混蛋！”千雨王咬牙切齿。

罗峰脸色一沉，旁边的千雨王见状，连忙抓住罗峰传音道：“别上去，那可是宇宙尊者！”

“这里是五彩极光湖笼罩的范围，禁止杀戮，他能奈我们何？”罗峰脸色难看，他还真没遇到过这么嚣张霸道的，而且祖神教早有规定，禁止杀戮。

“他没杀我们，这是在合理范围内。”千雨王连忙道，“这些宇宙尊者在这里生活了不知道多少年，早就熟悉了规则。你看，他的攻击连周围山峰都没丝毫损坏，你我的神体都没破裂，他只是欺辱我们一番，你又能怎样呢？”

千雨王刚说完话，罗峰已经冲上去了。

山峰上，那道魁梧的身影看了一眼被拍飞的罗峰他们，冷笑一声，随即便惊愕地看着罗峰冲上来。

“什么东西，一个封王也敢在我面前嚣张。”魁梧身影顿时恼怒，刚准备再度将罗峰拍飞，却忽然愣住了。

因为罗峰手中拿着一颗最强火神源晶。

这颗最强火神源晶对他当然没有威胁，可是一旦他的攻击令最强火神源晶爆炸，罗峰可就完了，五彩极光湖会认定是他杀了罗峰，那么他也得死。

“尊者，”罗峰手持最强火神源晶，轻轻降落到山峰上，看向这位异族宇宙尊者，“难道欺负我们封王级强者很有成就感？”

第945章

贝山尊者

贝山尊者在紫荆岛生活了漫长岁月，经常来宝藏之地，习惯了高高在上。其实这是一个常见的现象，宇宙尊者和封王级强者本就不可能在紫荆岛平等相处。

脾气好一些的宇宙尊者，会慢悠悠地飞到某地，某地的封王级强者会乖乖退让开。

若是霸道的，就如同贝山尊者，封王级强者也只能忍着。

这已经成了司空见惯的事。

贝山尊者看着眼前的罗峰，嗤笑道："欺负你们？哈哈哈……人类，我就是看你们不顺眼，欺负你又如何？一个小小的封王，竟然敢对我不敬。"

"我没有对你不敬，即便我对你不敬了，又怎样？"罗峰手持最强火神源晶，抬头盯着眼前的贝山尊者。

周围一片安静。

吐血的千雨王，还有距离罗峰不是太远的一些山峰、山腰处的异族强者都转头看过去，一个个饶有兴味。

"没见过。"

"是新人。"

"哈哈，看，又有新人犯傻了。"

"不奇怪，他们认为有祖神教规则的限制，宇宙尊者奈何不得他们，加上很多新来者都是各族中的天之骄子，哪里肯受这等气？而且贝山尊者刚好仇视人类，又那般嚣张直接攻击过去，惹得新人反抗也正常。不过吃了一次亏后，这新人以后就知道进退了。”

“看看热闹，看看新人闹成什么样。”

“这个人类倒也聪明，拿着最强火神源晶倒让贝山心中有所忌惮。一旦动手，使得最强火神源晶爆炸，这个人类死亡，贝山也得殒灭。”

周围异族强者中，有封王级强者，也有少数宇宙尊者，他们都看着贝山尊者和罗峰。

……

山巅上，罗峰擦拭了一下嘴角，看着眼前的异族贝山尊者。

“有骨气。”贝山尊者俯瞰罗峰，虽然恼怒，但饶有兴味。因为他很久没有遇到敢和他正面对抗的人类封王级强者了。

贝山尊者当即开口道：“人类，你可知道，我是宇宙尊者？”

“知道。”罗峰看着贝山尊者，“又如何？”

“难道你不该尊敬我？”贝山尊者又道。

“你有什么值得我尊敬的？”罗峰反问，“我对你是一点敬佩都没有。至于畏惧？在五彩极光湖的范围内，我为什么要畏惧你？我既不敬佩你，又不畏惧你。”

贝山尊者顿时发出山呼海啸般的大笑声，笑声在山峰上回荡，惹得远处更多强者看来。

“对，你在五彩极光湖的范围内不怕我。”贝山尊者俯瞰着罗峰，眼眸中有着一丝嘲笑，“人类，难道你就永远待在这里，不出去了？我不仅见过你，还知道你的生命气息，一旦我在外面发现你，你该知道结果。你这么做，不愚蠢？”

罗峰看着眼前的贝山尊者。

“忍了吧，别跟宇宙尊者斗，被欺负就算了！”千雨王在远处焦急地传音，“在宝藏之地，宇宙尊者们早就习惯了高高在上，他们的地位比我们高，欺负我们是常事。虽然这个贝山尊者这次很过分，但我们也只能忍！否则的话，和一位宇宙尊者有了仇怨，他不会放过你的。”

“千雨，谢了！”罗峰道。

看着面前的贝山尊者，罗峰心中丝毫不惧：一个气度小成这样的异族宇宙尊者又算哪一根葱？

要知道，高高在上的天狼之主暗中夸大其词将刀河王信息传播开后，宇宙中要杀刀河王的强者简直不计其数，像那些巅峰族群公开悬赏的赏金就惹得大量宇宙尊者眼馋，暗地里，那些异族的宇宙之主都有可能行动。

所以罗峰才被迫躲到紫荆岛。

“几大巅峰族群都蠢蠢欲动，欲刺杀我，我还要受你这个不知道哪个族群的宇宙尊者的鸟气？更何况，待我突破成为不朽神灵，金角巨兽分身穿上劫甲，恐怕就不必在意这等普通水准的宇宙尊者了。”罗峰还真的不愿受气，凭什么？

“既然刀河王的信息已经传遍宇宙，既然机械族强者巨绝王都认出了我，恐怕在宝藏之地，我的身份隐瞒不了多久。既然如此，何必还要忍？

暴风雨既然要来，就来得更猛烈些。相比于那些巅峰族群的虎视眈眈，眼前的贝山尊者不过是毛毛雨罢了。

“是啊，我惹了你，不就等于多了一个敌人，看上去很不应该。”罗峰点头，看着眼前的贝山尊者，“这位宇宙尊者，我现在已经得罪了你，你说我该怎么办？”

贝山尊者微微错愕：眼前人类的态度简直……

“哈哈……有趣。贝山，这次踢到铁板了吧！”远处山峰上忽然传来一道喝声，正是一位盘膝坐在山峰上的异族宇宙尊者发出的。

“新人不理你啊。”

“新人不给你面子。”

“来，动手杀了他，振振你的声威。”

顿时，远处山峰上、湖泊旁的三位宇宙尊者都哈哈笑道，声音在空中回荡。至于封王级强者，不敢这么大肆喊叫，个个低声议论着。周围包括宇宙尊者在内，大概有数千名强者关注着贝山尊者和罗峰。

千雨王躲在远处捂着脑袋，难以置信："天哪，华疯了！"

宝藏之地偶尔会出现倔强的新来者，可新来者一般很快就会低头。这次，他们原本以为罗峰也会低头，可现在看起来，罗峰并不会。

因为目前关注罗峰的强者的数量不多，还没有人辨认出罗峰的身份，都认为罗峰的态度的确很嚣张。

贝山尊者听着远处其他几位宇宙尊者的嗤笑，脸色不由得变得难看，修炼到他们这等层次的，愈加重视脸面。这里的宇宙尊者来自宇宙各地，但彼此也是分派系、抱团的。比如人类联盟（鸿盟）的宇宙尊者们抱成一团，九域联盟的宇宙尊者们也抱团。

嘲笑贝山尊者的，正是其他派系的。

"哼！"贝山尊者冷冷地看着罗峰，无形的威压笼罩罗峰。

罗峰却当这股威压如微风。

"有胆量！"贝山尊者声音冰冷，"我一直很厌恶你们人类，今天，你的所作所为让我对你们人类的厌恶程度更深了。你现在，乖乖跪伏向我赔罪，且自毁50%的神体，我便当这事没发生过，否则……"

罗峰笑眯眯地看着贝山尊者："要我自毁50%的神体，跪伏着向你赔罪？你真是'仁慈'！如果我不做，你就要在外面找机会杀了我？啊，我好害怕。"

"我可是会记仇的，之后我就会报复。如果我猜得不错，你应该是瓬锤神族的吧？"

贝山尊者周围的煞气愈加浓郁，已经躲在远处的千雨王更是吓得一脸苦色："忍忍就算了，这……"

贝山尊者声音低沉地道："人类，我很佩服你的胆量，记住，我是贝山尊者，有本事你就一直躲在五彩极光湖的范围内，躲在人类老巢内。"

"哼。"罗峰嗤笑一声。

罗峰这个态度不是没道理的。

如果贝山尊者知道罗峰是刀河王，那么让贝山尊者杀罗峰，贝山尊者都不敢杀。因为瓴锤神族是无法承受巅峰族群人类族群的怒气的。人类族群无比重视超级天才，他若是敢对罗峰动手，不但他，恐怕整个瓴锤神族都会跟着遭殃。

所以一般名气大到一定程度，或对族群的重要性到一定程度的，会更加受到族群保护。敢对罗峰动手的，也只有能与鸿盟中的强者媲美的异族强者了。

……

贝山尊者和罗峰都没低头，贝山尊者不低头，罗峰更不可能低头。

双方僵持着，贝山尊者也不敢真的动手。

“哼。”贝山尊者发出一声低哼，当即便要飞行离开。

“贝山！”

一道雄浑的声音轰隆隆地传来。

只见一道雪白色身影突然出现在山峰旁，罗峰一看，来者身高约3米，身体仿佛冰块凝结而成，还有许多碎了的晶块，容貌倒是和人类很像。他穿着简单的冰制铠甲，气息雄浑，似乎比贝山尊者更强。

“逐虫王。”贝山尊者脸色一沉。

“贝山，”这个魁梧男子嗤笑道，“我知道你仇视人类，可是这新人刚来，你也有必要这么过分？先是镇压，接着让他燃烧神体……我是想要告诉你，稍微欺负我们封王级强者就罢了，别太过分了！”

罗峰大吃一惊，不由得看着这个魁梧男子。

封王？眼前这个魁梧男子是封王级强者？

“千雨，他是谁？”罗峰传音给远处的千雨王。

千雨王突然听到罗峰传音，一惊，连忙传音道：“那是逐虫王，是我们紫荆岛上亿名封王级传承者中排名前三的强者。据说他是宇宙中独一无二的特殊生命，真正高度有6万多千米，现在是刻意缩小的。单单在封王级极限时，神体的强度就是我们的5000倍，比许多普通宇宙尊者都要强大！而且他的天赋秘法更逆天，加上祖神教重点培养他，更赐予他两件至宝，一般宇宙尊者都不是他的对手。”

“宇宙中独一无二的生命？本体高度6万多千米？5000倍？”罗峰眨巴一下眼睛，看着逐虫王。

第946章

他是刀河王

“独一无二？”罗峰不敢相信。

无比罕见的特殊生命竟然以这样的方式出现在自己面前。在这之前，自己仅知道两个独一无二的特殊生命，一个是殒灭的兽神，天生就是宇宙之主！另一个是坐山客老师，是宇宙最强者之一。自己潜意识就觉得独一无二的特殊生命的实力肯定极强大。

“不朽级的特殊生命，在紫荆岛传承者中排名前三？”罗峰一喜，“对啊，紫荆岛聚集的可是全宇宙的精英，连老师真衍王都很难凭自己进来，排名前三那还了得？”

罗峰再无丝毫骄傲之心。

自己和逐虫王一比，可没什么值得骄傲的。

“特殊生命，对，各种强大的特殊生命，护教兽神都说了，祖神秘境聚集着宇宙中的特殊生命最多。”罗峰暗道，“我或许可以在这里确定我的第三分身。第三分身对我的将来有着极其重要的作用，不必寻求最强的，但必须是最适合我的。”

当罗峰为逐虫王震撼，立即联想到自己的第三分身时，千雨王却忍不住传音夸赞：“逐虫王是封王级强者，我们也是封王级强者，可实力却是一个天一个地！单单在基础上就相差5000倍，比我们和宇宙尊者的差距还要大！加上天赋秘法、至宝等手段，逐虫王完全能做到越级搏杀。都说人类族群的刀河王以界主之身就能击杀封王级强者，可逐虫王以封王之身，就能击杀普通宇宙尊者啊！也难怪祖神教将他当成宝贝。”

“逐虫王，你还是别多管闲事。”贝山尊者皱眉道。

“哦？”逐虫王的身体猛地变大，变得和贝山尊者相当，他盯着贝山尊者，“首先，我也是封王级强者，其次，这新人又是人类，你该知道我最好的兄弟就是人类，我插手又怎么算多管闲事？”

贝山尊者刚要说话，逐虫王又道：“宇宙尊者的地位是比封王级强者高，封王级强者是该尊敬宇宙尊者，也早就形成了一种惯例。看到宇宙尊者，我们都主动避让。可你如此嚣张，甚至把新人逼迫到这般地步，遭到反抗又怪得了谁？这里可是五彩极光湖的范围，禁止杀戮，哼哼……”

“哼！”贝山尊者发出一声冷哼，当即化作一道流光破空而去，不再理会逐虫王。

逐虫王目睹这一幕，随即将身体缩小到3米高。

“人类。”逐虫王看向罗峰。

“多谢逐虫王。”罗峰笑道。

“我也没能帮你什么，我若是早点发现你这事，还能及时插手阻止，现在那贝山恐怕会真的记恨在心。你还是小心点。”逐虫王道。

“好。”罗峰笑着点头。

逐虫王有些惊讶：这个人类明知自己被惦记上了，竟然还能如此洒脱。

逐虫王哪里知道罗峰纯粹是债多了不愁？

“你有时间可以去荣耀世界里找我。”逐虫王笑着说了一声，当即化作流光飞去。

罗峰看着逐虫王离去，这时候千雨王才飞了过来。

千雨王落在山峰上，松了一口气，随即对罗峰笑道：“兄弟，别怪我，我是真的不想惹宇宙尊者。不过这次贝山尊者太过分了，我们都准备避让了，硬是将我们砸飞，真是的！”

“千雨，我没怪你。”罗峰一笑，忽然他耳朵一动，看向远处。

远处议论声一片。

之前逐虫王和贝山尊者的对峙，已然引起周围数万名强者的注意。要知道，整个宝藏之地是非常广阔的，能够引起数万名强者注意是很罕见的。

“还真没几个瞧得起我的。”罗峰一听，笑了笑。

“他们认为这样是正常的，有几个封王级强者敢和宇宙尊者对着干的？就算是拥有巅峰血统的族群，像星空巨兽，也就比普通人类基因强度的极限高10倍，所以我们亿万个族群的绝世天才，一般也就能达到封王级无敌层次，很难达到宇宙尊者级。想要在封王级对抗宇宙尊者，甚至压制宇宙尊者，那也只有特殊生命才能做到了，而且还得是非常彪悍的特殊生命，像只比普通人类基因强度的极限高100倍的特殊生命还不够。”

“传承者中，逆天的封王级强者就那几个，面对宇宙尊者，我们一般都是忍着。”千雨王无奈道，“否则一旦被一位宇宙尊者盯上，是很麻烦的事情。”

“嗯。”罗峰听着远处的议论声，随即道，“我去其他地方看看。”

“哈哈，我就知道你待在这里不痛快，听不了那些议论声，我陪你一起离开。”千雨王道。

嗖！嗖！

罗峰和千雨王当即化作两道流光，朝远处飞去。

……

周围山峰、山腰、湖畔、湖水上的数万名强者，三三两两地聚在一起，彼此议论着。

“逐虫王真是厉害，直接力压贝山尊者，贝山尊者根本不敢多说啊。”

“贝山尊者的传承仅仅达到第四重，论神体的强度，远不如逐虫王，逐虫王神体的强度可是比一般封王级极限强者高5000倍，而且逐虫王还有两件至宝。哈哈……怎么斗？”

“也不怪他不敢，逐虫王可是击败过三位宇宙尊者的，更有击杀过宇宙尊者的战绩，贝山尊者怎么敢招惹他？”

“真强悍啊。”

“没办法，神体强度超过一般封王级极限强者5000倍，怎么比？”

……

当然，也有好些宇宙尊者幸灾乐祸，或者指责罗峰。

“贝山尊者这次可丢脸了，先碰到不畏惧他的人类，然后又被逐虫王压制，哈哈哈……”

“倒霉的贝山，哈哈哈……”

“贝山这次真丢脸，虽然他很霸道，但这也没什么大不了的，谁想那新人竟然十分倔强，丝毫不低头！”

“嗯，这新人是有些愚蠢，忍不了一时之气，这不，惹了一个宇宙尊者级的敌人！”

“实力弱，就该忍气吞声！”

罗峰、千雨王刚刚飞行数十万千米，就被远处的三道身影拦下。

“嗯？”罗峰看着眼前的三道身影，他们应该都是封王级强者。

“人类，你可是刀河王？”长相酷似直立的甲虫、复眼的为首者盯着罗峰，声音沙哑地道。

罗峰略微一怔。

“刀河王？”千雨王也疑惑惊讶地看向罗峰。

“人类，你就别隐瞒了，根据我的情报，我在人类族群的封王级强者中实在找不到一个和你符合的人，除了神秘的刀河王。”为首者自信满满，同时复眼光芒闪烁，显得很兴奋。

“刀河王，哈哈……我早听说过你的大名，也知道了你的事情。哈哈……能够见到你，真是让人开心啊。机械族、妖族的悬赏任务早已公开，想要杀你的强者简直多得吓人，但个个都小心谨慎，谁都知道人类族群对你肯定有重重保护措施。贝山尊者还想对付你，哈哈……”

罗峰眉头一皱，嗖，化作一道流光立即飞走。千雨王虽然疑惑，但也连忙跟着罗峰飞走。

“刀河王！刀河王！”为首者高声喊道，声音轰隆，响彻天地。

“刀河王？”

“什么刀河王？”

“当然是人类族群中那个堪称最不可思议的超级天才——刀河王！刀河王在哪儿？在哪儿？”

“就是那个人类，就是刚才和贝山尊者对上的那个人类，他就是刀河王！我刚才一直盯着他，一直在想他到底是谁。我九域联盟的情报够详细了，能得到兽神传承令的都是族群中的天才，按理很容易查到他的信息，我硬是找不出来。我明白了，他肯定是刀河王。都说刀河王与黑刹王战斗时用的就是兽神之道，肯定是他。”

“那人类新人是刀河王？”

……

原本看笑话的强者顿时炸开了锅。

“他就是刀河王！除非人类族群中又突然冒出一个超级天才来。不过，同时出现两个超级天才的概率太低，他是刀河王的概率超过99.1%。”

巨绝王和他的朋友们交谈着，他的朋友们忍不住惊叹起来。

“竟然是刀河王，界主居然就能来这传承之地！”

“真厉害啊！”

“面对宇宙尊者都不低头，那傲气……”

“如此绝世天才怎么可能没有傲气？界主就能击杀封王级极限强者，这是多么逆天的实力啊！而且他还是人类。人类可不是特殊生命！人类族群中出现如此天才，人类族群中的超级存在肯定将他当成宝了，妖族、机械族、虫族哪一个不想杀死他？哈哈……难怪他不畏惧贝山尊者。贝山尊者和妖族、机械族、虫族一比，算什么玩意儿！”

“太不可思议了，竟然是刀河王。”

……

刀河王出现在宝藏之地和贝山尊者对上了，这则爆炸性信息传播的速度快得惊人。

来自宇宙各地的异族强者们，几乎个个都知道刀河王，极少数不关心外界的也听到了朋友的谈论，都惊得张大了嘴：“界主就能击杀封王级极限强者，等他成了不朽神灵，不就能击杀宇宙尊者了？我没听错吧，你们说的不是宇宙中极罕见的特殊生命？是人类？”

刀河王并非特殊生命，却能强悍成这样，令人咋舌。

这就是刀河王名气极大的原因，也是虫族、妖族、机械族三大巅峰族群欲击杀刀河王的原因。

第947章

成名的烦恼

罗峰和千雨王化作流光迅速飞离。宝藏之地非常广阔，像一些山脉间的大型湖泊的直径都过百万千米。

由此可见，整个宝藏之地何等广袤。

“兄弟，我们要飞到什么时候？施展瞬移走吧。”千雨王道。

“好。”罗峰回道。

魔杀族分身化为一块金属片藏在摩云战衣和将甲中间，随即，他们俩一前一后几乎同时施展瞬移，罗峰是感应着千雨王的位置再施展瞬移过去的。一般距离太远是很难感应到准确坐标的，还好罗峰和千雨王的距离不算太远。

……

在宝藏之地一座偏僻山脉高处，罗峰和千雨王同时出现，千雨王指着下方，道：“我们就去那个峡谷的山坳内吧，我估摸着现在想要找你的人多得吓人，待在这旮旯处，暂时能安静点。”

“哈哈……”罗峰一笑，点头便和千雨王俯冲而下，飞入峡谷深处的山坳。

山坳内有溪水，溪水潺潺。

罗峰、千雨王落在溪水旁。

“华，你真是刀河王？”千雨王看向罗峰，忍不住问道。

罗峰看向他：“你想知道？”

“我不是那个意思。”千雨王连忙道，“我没有打探你底细的意思，我只是很好奇。刀河王的名气实在太大，他在界主级就能击杀封王级极限强者，这简直是逐虫王那种宇宙中独一无二的特殊生命才能干的事，宇宙中对你好奇的人多的是。”

罗峰笑着点头：“你便将我当作刀河王吧。”

“你不是？”千雨王一怔，“难道……啊！”

千雨王眼睛一亮，吃惊道：“难道是人类族群故意让你伪装成刀河王，故意误导那些想要杀死刀河王的异族的？啊，厉害，真厉害，这招实在是狠啊！这样一来，他们花费再大的力气都白白浪费了，而且还保护了真正的刀河王。以你的能耐，族群肯定会逆转时空复活你。”

“千雨的想象力真丰富。”罗峰暗道。

千雨王见罗峰不说话，连忙道：“放心，我是不会说出去的。你不会故意误导我吧？说不定你就是真正的刀河王，真真假假，故意来误导我。”

“你愿意怎么想都好。”罗峰一笑，“喊我华可以，喊我刀河王，我也应着。”

“你……”千雨王无奈。

“别说这个了，我来宝藏之地，对宝藏好奇得很。”

罗峰转头看向四周，山坳内的景色很优美，远处的山壁陡直、奇绝，山壁上，植物千奇百怪，怪石嶙峋，溪水潺潺。

罗峰观察许久后，忍不住问道：“哪有宝藏？我来到宝藏之地这么久，什么宝藏都没见到。”

“处处都有宝藏。”千雨王故意揶揄道，“当然，你是看不到的。”

“什么意思？”罗峰追问。

“兄弟，你还真的什么都不懂，你进入荣耀世界后，平常多和鸿盟成员聊聊，自然就知道很多东西了。现在，我便给你讲讲吧。”千雨王指向周围，“祖神教中的超级强者都可以留下一些宝藏，宝藏藏匿在宝藏之地，超级强者在藏匿时设下诸多限制，只要符合条件的强者走到宝藏处，宝藏就会自动开启。”

“自动开启？”罗峰疑惑，“宝藏是死物，怎么会知道我们是否符合条件？”

千雨王指向天空："五彩极光湖是祖神教的护教至宝，你在五彩极光湖控制的范围内干的任何一件事，祖神教暗中的控制系统都会知晓。"

罗峰眼睛一亮。

是啊，星辰塔内发生的一切，那些强者在哪里，干了什么，自己也都知道。

"你的兽神传承达到哪一重了？你神体的强度呢？你在荣耀世界自然会展露你的灵魂振幅技巧、神体振幅技巧，而荣耀世界的控制系统和五彩极光湖的控制系统是有联系的。"千雨王道，"总之，控制系统会搜集你的一切信息，一旦你符合某个宝藏的开启条件，只要你来到藏匿这个宝藏之处，宝藏就会自动开启。"

"所以，得到宝藏主要需要两点：第一，符合宝藏开启条件。第二，要来到宝藏处。"千雨王笑道，"所以平常你得尽量多展露你的特殊能力，或者与众不同的能力，在荣耀世界中展露，或在自己府邸中展露，都可以。虽然府邸是你的地盘，但控制系统还是会知道你在做的一切。"

"记住，必须展露实力，否则控制系统无法搜集你的信息。"千雨王道。

罗峰点头。

星辰塔也是如此，自己仿佛拥有了一双能时时刻刻盯着塔内强者的眼睛，可最多也只能做到这种程度。自己无法探知那些异族的灵魂，无法探知他们体内的秘密，只能搜集表面上的信息。

"比如你如果真是刀河王，真是界主，你就可以在府邸内暴露界主身份，展露你的实力。

"来到这里的，是界主的极少，恐怕从宇宙诞生至今都不到十个。每一个来这里的界主，都是有着封王级实力的'怪物'。每个人的实力、天赋都是不同的，某位前辈说不定就专门设置了界主才能开启宝藏的条件，你说不定就符合。"

"哈哈……"

罗峰笑了笑，在听千雨王描述时心中就有了诸多想法。

"等会儿在荣耀世界中，好好搜集信息，我知道得太少了。"罗峰暗道。

……

当罗峰和千雨王躲在宝藏之地边缘地带的一个偏僻山坳中时，整个宝藏之地炸开了锅。

“刀河王出现在宝藏之地和贝山尊者对上了”这则信息传播的速度何等快，而且是通过荣耀世界传播的。当初关注这件事情的强者仅仅数万名，一传十，十传百，片刻后，数千万名传承者都知道了。还有一些强者之所以不知道，是因为关闭了信息接收系统，在刻苦修炼。

嗖！嗖！嗖！

只见传送通道处接连出现一道道身影。

“刀河王在哪儿？”

“人类刀河王在哪儿？”

那些赶来宝藏之地的强者，个个都想要见见闻名宇宙亿万个族群的刀河王。

“走了。”

“刀河王和暗雾族的千雨王，一起走了。”

“你们没认错吧，那人类真的是刀河王？”

“没错，肯定没错，很多族群的强者都认定那是刀河王。虽然人类族群是巅峰族群，但封王级强者就那么多，绝世天才更是无比稀少，能出一个刀河王就了不得了，难道还有另一个？想想就知道，出现那种情况的概率非常低。”

“碰巧的是，刀河王也是修炼兽神之道的，难道说人类族群两大绝世天才在同一时代崛起，都修炼兽神之道？哈哈哈……傻瓜才会信！他肯定是刀河王。”

“嗯，说得有理。”

“走走走，赶紧见见刀河王。”

“据说妖族、机械族、虫族的悬赏金额高得惊人，特别是妖族，还拿出了一件至宝，虽说只勉强达到至宝门槛，对宇宙之主没有什么用，但对宇宙尊者来说，作用可大了，宇宙尊者们都发狂了。”

……

虽然宝藏之地浩瀚，但现在强者数量太多，没过多久，就有人发现了罗峰、千雨王的踪迹。

“看，那是不是千雨王？”

“哪儿？”

“对，是他，旁边穿黑色铠甲的人类肯定就是刀河王。”

“刀河王是界主？可我怎么看不出？”

“我也看不出。”

“都说刀河王拥有至宝，他凭借至宝隐匿了界主气息而已。”

……

只见三道身影猛地俯冲而下，直接冲向山坳。

罗峰、千雨王一抬头，便看到三道身影几乎瞬间就到了眼前。

“还是被发现了。”

罗峰摇头，他本来想要在这个地方好好逛逛的，现在看来，是无法好好地闲逛了。

“刀河王。”

三道身影的身高都是约1.6米，腰背很宽，仿佛盾牌，肌肉很发达，他们各自有六条粗壮的手臂，各自的六只眼睛都非常好奇地盯着罗峰看，想要看看这位凭借界主之身就击杀封王级极限强者的刀河王到底多神奇。

“你是刀河王吗？”其中一名穿墨绿色铠甲的强者忽然问道。

“他当然是。”

“肯定是。”

另外两个同伴直接说道。

罗峰见状，笑了：“三位塔卑族的强者，找刀河王有何事？”

“别否认了，人类族群在同一时代不可能出现两个绝世天才，且都是修炼兽神之道的，你就是刀河王。”穿深紫色铠甲的塔卑族强者道。

“刀河王，”穿墨绿色铠甲的塔卑族强者盯着罗峰，“我听过你的事迹，可是，我不信！你们人类族群的生命基因强度一直较低，人类不是特殊生命，就算你的法则感悟再多，就算你的秘法再厉害，如果身体、灵魂不够强大，就绝对不是封王级极限强者的对手，更别说击杀封王级极限强者了。传说你是界主，我不信，这恐怕是你们人类故意放出的谣言吧。”

第948章

团体

穿墨绿色铠甲的塔卑族强者的六只眼睛看着罗峰，嗤笑道：“界主就能击杀封王级极限强者，是你们人类能做到的？”

“你怀疑刀河王不是界主？”罗峰反问道，“那为什么妖族、虫族、机械族愿意相信，甚至公开悬赏追杀刀河王？他们是那么容易被欺骗的，甚至愿意拿出至宝来悬赏？”

“谁知道呢，恐怕是你们人类的欺骗手段太高明了吧。也对，你们可是巅峰族群，有什么做不到的？”穿墨绿色铠甲的塔卑族强者依旧看着罗峰，“其实不用多说什么，只要你显露出你真正的气息，我们自然就会真的相信，而且还会向你道歉，表示对你的敬佩。”

三名塔卑族强者都看着罗峰，似乎在等待罗峰展露气息。

“千雨，我先回去了。”罗峰转头和旁边的千雨王说道。

“嗯，估计其他强者也会很快找到这里。”千雨王点头。

“人类。”

“人类。”

立即有两名塔卑族强者喊道。

“三位，”罗峰看了他们三个一眼，露出一丝讥讽的笑容，“我没否认我就是刀河王，可也没承认，更何况你们信不信关我什么事？”

嗖，罗峰身影一闪，直接施展瞬移离开。

“你——”三名塔卑族强者想要大骂罗峰，但罗峰早就走掉了。

“哼。”千雨王也嗤笑一声，看了一眼三名塔卑族强者，消失了。

“千雨王凭什么对我们如此嚣张？”

三名塔卑族强者咬牙切齿。

穿墨绿色铠甲的塔卑族强者看向两个同伴：“刀河王还真的是小心谨慎，一直不否认也不承认。对于展露气息，似乎更是不屑。我们此行来确认他的身份，看来失败了。”

“回禀上面吧。”

三名塔卑族强者破空而去。

宝藏之地，有传送通道的山峰上。

罗峰刚刚出现在那里，便引起了远处一些正在半空交谈的异族强者的注意。

“是人类。”

“看，就是刀河王。”

“他是刀河王？”

顿时有异族强者飞来，喊“刀河王，等等”，也有人喊“人类，等等”，可罗峰直接一脚迈入传送通道，消失不见，惹得很多异族强者摇头。

……

回了紫荆岛，罗峰很快回到他的府邸，关门谢客。

“没想到这么快就被怀疑上了。”罗峰来到一座楼阁的二楼，地上有一个蒲团，四周是空荡荡的，从楼上直接可以看到下方的池水亭台。

罗峰盘膝而坐，道：“被怀疑上没有出乎我的意料。人类族群在同一时代诞生出两个修炼兽神之道的超级天才的概率的确太低，连我都不相信，更别说异族了。”

罗峰一翻手，手中出现虚拟世界荣耀世界的感应接收器。

“看看荣耀世界和我人类虚拟宇宙的区别吧。”罗峰暗道。

意识通过感应接收器，迅速连接到了荣耀世界。

荣耀世界的露天广场边缘，一道身影出现，手中正捧着一本黑色的书。

“嗯？”罗峰看着手中捧着的黑色书，暗自笑道，“倒也有趣，虚拟宇宙靠虚拟助手来实现诸多功能，荣耀世界靠的是这一本书。”

罗峰翻开黑色书，第一页仅仅有着“姓名”二字，文字则是人类通用文字。

“请填写在荣耀世界中的名字。”当罗峰翻开书时，一道声音在脑海中响起。

“名字？”罗峰犹豫，用意识回道，“刀河。”

既然无数强者已经认为自己是刀河王，自己就用这个名字。真真假假，又有什么大不了的？

罗峰翻开第二页。

第二页是荣耀世界的地图，同时也有声音在罗峰脑海中响起：“荣耀世界分为两个空间。一个是露天广场，一个是战斗世界。只要在祖神秘境范围内，意识都可以连接荣耀世界。”

“这么小？功能也真少。”罗峰嘀咕。

和虚拟宇宙没法比啊。如果说虚拟宇宙是摩天大厦，那荣耀世界就是一个小茅屋，覆盖范围仅仅包括祖神秘境，里面更是只有两个地方——露天广场和战斗世界，连住宿、购物等地方都没有。而人类的虚拟宇宙，那可就繁华多了，拥有诸多位面空间，功能也多。只有你想不到的，没有虚拟宇宙没有的。

“荣耀世界排行榜？荣耀点？荣耀点可换取接受传承的次数？”

罗峰简略地翻看了一下就有些明白了。

想要获得额外的传承机会，那么只有来荣耀世界。荣耀世界排行榜分成七个榜单，分别是一重排行榜、二重排行榜……七重排行榜。按照战斗胜利次数，不同层次的传承者自然被归类到不同的排行榜中去。至于罗峰，现在便是在三重排行榜的末尾。

0胜0败。

当然，还有排在罗峰后面的，他们的战绩或是0胜1败，或是0胜2败。

“功能倒是简单。”罗峰暗道，“祖神教弄这么一个简单的虚拟世界，只是让我们有比试的地方罢了。”

“露天广场？”

罗峰看过去，露天广场就是一个露天酒吧，有各种各样的美酒，任由传承者们饮用。只见整个广场上密密麻麻的椅子分布在一处处，罗峰一眼看去，便看到了大概数千万名的传承者。

“看，是刀河王。”

“是刀河王。”

有些传承者注意到了罗峰，只是一时间没有人走来。

罗峰发现这些传承者都是抱团的，数百名甚至上千名聚集在一起，一个个团体泾渭分明，罗峰都能感觉到那种对立感。

“有强者的地方就有争斗，更何况聚集着宇宙无数天才的荣耀世界呢。”罗峰暗道。

“刀河王。”

一道身影闪电般飘忽而来，传音喊道。

罗峰看过去，来者竟然是人类，他顿时露出笑容：“察曼王。”

察曼王是人类族群中很低调的封王级强者，他虽称不上封王级无敌强者，无法匹敌普通宇宙尊者，但也极为接近了。当年的察曼王无比耀眼，迅速崛起，受到人类族群的重视，重点培养，无奈也困在最后一步，无法突破为宇宙尊者。这一困，便是漫长岁月，令察曼王再无当年的傲气，变得低调很多。

很多绝世天才都是如此命运。

能成为宇宙尊者的，又有几个？

七剑王也是如此，谁敢说他就一定能成为宇宙尊者？

“走走走，我们鸿盟的都在那边，这些都是其他联盟的。”察曼王连忙带着罗峰向鸿盟成员走去，“族群内给我的命令是，当你身份被怀疑时，就直接称呼你为刀河王，对你没影响吧？”

“你不称呼我为刀河王，那些异族反而起疑心，当然，你这样称呼我，他们也起疑心。真真假假，没事。”罗峰一笑。

察曼王点头，开口道：“好，传承者们大多来自宇宙各大联盟，自然而然会形成一个个团体，敌对势力的成员自然不会在一个团体中。我们鸿盟的都聚集在一起。”

“团体挺多的。”罗峰估摸着上万名强者聚集在一起的就是宇宙中的大势力。

“他们是什么联盟？好多强者。”罗峰看向远处，那一处最起码聚集了数十万名强者。

“那是雪疆联盟。”察曼王道，“雪疆联盟虽说实力不如鸿盟，但却是宇宙中族群最多的一个联盟，不朽神灵非常多，封王级强者也非常多。虽说大多数成员都来自一些弱小、普通的族群，只有极少数成员来自强大的族群，但架不住数量多。这么多族群聚在一起，实力也是很恐怖的。你也知道，祖神教发放的兽神传承令是分散在宇宙各地的，可不管你是巅峰族群还是弱小族群。”

片刻后，罗峰到了广场的角落。

“这就是我们的地方。”察曼王笑道。

罗峰看着前方大概有一千多名强者。看那些强者的容貌、身材特征，的确都是鸿盟中很常见的族群。

“才一千多名。”罗峰感叹。

“我们是精英。”察曼王笑道。

“是，我们是精英，不跟他们比数量。”罗峰也笑了，随即和察曼王一起朝前方那群鸿盟的传承者走去。

妖族疆域内。

寂静的星空中，一团团恒星大的火焰分散各处，笼罩这一片虚空，中央便是那座巍峨的天狼殿。

一道双头蛇影匍匐在天狼殿前，声音响彻这一方时空：“天狼之主，在祖神教的传承者传来消息，他们在祖神教的宝藏之地，发现了疑似刀河王的人类，这个人类是刀河王的概率极高。”

天狼之主是妖族中悬赏追杀刀河王这件重要事务的最高负责人。

第949章

挑衅

沐浴在火焰中的天狼之主从天狼殿中缓缓走出。

“详细情报。”天狼之主俯瞰着那匍匐着的巨大蛇影。

“详细情报正在迅速整理中，属下是赶来先禀报天狼之主的，片刻后，详细情报便会传送到天狼之主的手中。”巨大蛇影发出咝咝声。

“去吧。”天狼之主吩咐道。

“是。”

巨大蛇影当即飞出天狼殿掌控的一方时空，而后施展瞬移，消失。

天狼之主默默地站在天狼殿前，片刻后，情报就通过虚拟世界传给了他。虽说妖族的通信系统远不如人类族群、机械族，但他们好歹也是巅峰族群，通过掠夺等诸多手段，也建构了最基本的通信系统。

其实，像宇宙之主这等存在，就算没有虚拟世界，也能轻易得到上亿光年外的信息。

三维虚拟投影出现在星空中，天狼之主遥遥看着，只见三维虚拟投影中出现了罗峰和贝山尊者在宝藏之地对峙的画面。

“是他，从眼神看，就是他。”天狼之主低声自语。他亲眼见过罗峰。或许其他族群的超级存在在得到情报时还存有怀疑，可天狼之主一看就能辨别出罗峰。眼睛是心灵的窗户，映照内心世界。

“竟然去了祖神教，够聪明。人类族群竟然没将他庇护在自己的疆域内。他既然在祖神教，那么肯定会在那里待很久。”

“虫族、机械族怕是也得到了情报，他们说不定会先动手，想要在祖神教的地盘上杀刀河王，要付出的代价可不小，还是让他们先动手吧。”天狼之主目光冷厉，思索着怎么解决罗峰。

天狼之主亲眼见过罗峰，他很确定，罗峰有100%的把握成功跨入不朽级，至于是否能成为宇宙尊者，并不确定。

不管是谁，想要从不朽神灵突破成为宇宙尊者，都很难。

像真衍王，已经困在最后一步漫长岁月。

像察曼王，当年也是匹敌七剑王的绝世天才，最后也被那一步折磨亿万年，为人都变得低调了。

像逐虫王，更是宇宙中独一无二的生命，强大无比，论战力，在不朽级就能力压部分宇宙尊者，更是受到祖神教的青睐，祖神教重点培养他，可惜，一样困在那一步。连祖神教这等大势力都无法令逐虫王突破，足以说明，想要从不朽神灵突破成为宇宙尊者，难！难！难！

坐山客曾说，想要从不朽神灵突破成为宇宙尊者，资源还是有很大的帮助的，只是想要得到这种资源，付出的代价太大，且并非百分之百能成。

刀河王耀眼，可和逐虫王这样的宇宙独一无二的生命一比，还是差些。

“刀河王仅凭借界主之身就能击杀封王级极限强者，他的秘密定是不少。他如果成了宇宙尊者，恐怕就有宇宙之主战力，说不定会是另一个天蚀宫主，甚至比天蚀宫主还强。”天狼之主暗自道，“将来，他对我妖族的威胁，比天蚀宫主还大。”

对敌对族群而言，宇宙尊者层次却拥有宇宙之主实力的人，的确比真正的宇宙之主的威胁更大。

因为宇宙之主死了，谁都无法将其复活。

如果宇宙尊者死了，即使是强如天蚀宫主那一层次的强者，或许混沌城主等没有能力逆转时空将其复活，可宇宙最强者之一的巨斧斗武场创始者能逆转时空将其复活。

一个实力强悍又会被复活的超级存在，威胁何等大！

“想要从不朽神灵突破成为宇宙尊者，难。”

“如果刀河王自己突破不了，人类族群要是想帮他成功突破，付出的代价会很惊人，人类族群也不一定舍得吧，就算舍得，也不一定能成。”虽然天狼之主对刀河王非常重视，但刀河王离成为天狼之主的大威胁还非常遥远，“先等等，看看虫族和机械族是否会动手。”

……

虫族、机械族几乎在同一天收到了信息。

人类族群、机械族、虫族、妖族四族疆域毗邻，所以斗得极为惨烈，敌方族群中冒出一个可怕天才，另外三方自然是要想尽办法将其灭掉的。

“妖族、虫族怕是会先动手，先不急。”——机械族的想法。

“人类定有保护刀河王的手段，得制订详细的计划。”——虫族的想法。

也只有这三大巅峰族群最是心切，宇宙中和鸿盟媲美的一些势力都在观望，至于像九域联盟等实力较弱的宇宙势力，都在看戏。

荣耀世界的露天广场上。

罗峰正在和鸿盟的传承者们交谈，很快便结交了很多强者。

“我们鸿盟的传承者真少。”罗峰忍不住道。

“是很少。”坐在旁边的人类离烁王点头，“不过聚集在露天广场的只是一部分，是总数量的四分之一，我们人类数量也很少。主要是祖神教发放兽神传承令时，面对的是无数族群，他们根据疆域、不朽神灵数量等发放兽神传承令，所以我们人类就很吃亏，鸿盟吸纳成员又是以精英为主。”

罗峰点头。

鸿盟内部有好几个异族成员，他们的确来自强大的族群，那都是有宇宙之主存在的族群。

“我们鸿盟成员数量并不多，传承者数量也就偏少。”离烁王说道。

“接受兽神传承只是成为强者的其中一条路。”察曼王摇头，“在祖神教中，人类实力偏弱，只是代表人类在兽神之道上偏弱而已。”

离烁王、察曼王都是人类。

他们当年风光无限，现在都低调得很。

“最可气的是，我们想要赚取足够多的荣耀点，太难。”察曼王摇头，恨恨地道，“因为我们人类拥有虚拟宇宙，被无数族群嫉妒，特别是在荣耀世界，很多异族强者根本不挑战我们，我们去挑战他们，他们也不接受。不战斗，自然无法赚取荣耀点。没有足够多的荣耀点，就无法换取接受传承的机会。”

离烁王端起酒杯：“我们只能在鸿盟内部发起挑战，但内部成员数量少，加上彼此知道底细，明知不敌的，自然不愿应战。”

“挑战？”

罗峰微微点头，他之前看过那本黑色书，知道规矩。

荣耀世界分露天广场和战斗世界。

在战斗世界中战斗是能赚取荣耀点的，同样也会输掉。

每个新人都有3个荣耀点，每战最小赌注是1个荣耀点。向对方发出邀请，对方答应了，就能战斗。经过一场场战斗，逐渐累积荣耀点，累积100个荣耀点即可换取一次接受传承的机会。

“没有异族向我们发出战斗邀请，内部成员又不应战，想凑足100个荣耀点，难啊！就算有人向我们发出战斗邀请，那也是实力超强的存在，我们傻了才会应战。至少实力相当，或者有一搏的可能，我们才会应战。”察曼王摇头感叹。

“难，赚取荣耀点太难！”离烁王道。

旁边千雨王笑道：“我还好，不像你们人类因为他们的嫉妒而被孤立，我还是有不少战斗机会的。只有赢了战斗，才能赚取荣耀点，输了可是要赔掉荣耀点的！刚来时，一般都只有3个荣耀点，一旦输光了，那就需要等一纪元后才会被赐予1个荣耀点，然后去战斗。如果再输掉，依旧要等待一纪元后才会被赐予1个荣耀点。”

“三次之后，就需要等一万纪元后才会被赐予1个荣耀点。

“六次之后，就需要等一亿纪元后才会被赐予1个荣耀点。

“依次递增。

“所以大家都很小心，对战的时候，有信心赢才愿意应战。如果对手知道你的实力强，自然不会傻乎乎地向你发出对战邀请。一般一场对战的赌注都是1个荣耀点，只有极少数情况才会出现略微大一点的赌注。想要凑满100个荣耀点，何等艰难！虽说传承者很多，但想要靠荣耀点换取接受兽神传承的机会，太难。”

“你就别得意了，好歹有异族向你发出对战邀请。”察曼王道。

“也不多啊，大多都是比我强的。”千雨王无奈道。

就在这时，远处其他族群的一些传承者也注意到了罗峰。

“荣耀世界的书上显示，三重传承者中出现新人，上面有他初次进入荣耀世界的时间，他名叫刀河，是人类，肯定就是那刀河王。”

“嗯，初次进入荣耀世界……对，是新人。”

长相各异的异族们都遥遥看过来。

“他一个界主，单单靠法则感悟、秘法根本不可能击杀封王级极限强者，肯定有至宝，或者有一些奇异的际遇……而在荣耀世界中对战，大家神体强度是一模一样的，就算是逐虫王，他的神体强度和我们也是一样的，天赋秘法等一律没有，兵器都必须使用荣耀世界规定的兵器，重宝也不允许使用。就算是逐虫王，在荣耀世界中，也都被很多强者击败过。这刀河王……哼，一个三重传承者罢了。”

“向他发起对战邀请。”

“哈哈……我也向他发起对战邀请，欺负传说中的刀河王，有意思。”

“我要好好打压这刀河王。”

……

“哼，看人类的绝世天才痛苦何等快乐。”

……

来自不同族群、不同势力的天才传承者们，一个个向罗峰发起对战邀请。

……

罗峰正在和千雨王、察曼王、离烁王他们聊着。

“等等。”罗峰感觉旁边悬浮的书在微微颤动，当即翻看起来。

“嗯？”罗峰一愣。

其中信件那一栏，后面的数字是10232，而且还在不断攀升。

12000、13000、14000、20000……

第950章

应战?

罗峰刚刚还听察曼王、离烁王他们说想要被人邀请对战是何等艰难，可这一转眼，他就收到了诸多对战邀请，而且还在不断攀升。一眨眼，数字已经攀升到30000了！

“这……我刚进入荣耀世界时，信件一栏上还是空白的，这……这也太快了吧！”罗峰被数字的增长速度刺激到了。

罗峰进入荣耀世界时，给自己取的名字是刀河，荣耀世界里才有了刀河这一身份。

在这之前，那些异族就算想要挑战刀河王，也找不到目标。现在刀河王现身荣耀世界露天广场，一传十，十传百，其他传承者几乎都知道了，他们都想要和传说中的人类绝世天才刀河王交手。

罗峰属于三重传承者，而传承者中三重传承者最多。

传承者的数量过亿!

其中宇宙尊者的数量无比稀少，封王级传承者的数量过亿。修炼亿万年的绝世天才们，几乎都达到了第三重，很多第三重已经圆满，开始感悟第四重，比如真衍王就属于四重传承者。

所以，论数量，三重传承者最多，四重传承者次之，依次往下是二重传承者、五重传承者、六重传承者、七重传承者、一重传承者。

七重传承者代表的是天蚀宫主那一水准的人，无比接近护教兽神了，数量极其稀少，仅仅数十个。

一重传承者是最少的，零。

即使是刚来的传承者，也没有一个是一重的。

……

千雨王、离烁王、察曼王都发现罗峰盯着那本黑色的书。

“看什么呢？”千雨王喊道。

罗峰看向旁边的好友，那么多异族挑战自己的这个消息很快会传开，没必要隐瞒，当即压低声音道：“我收到很多对战邀请。”

“很多？”离烁王、察曼王、千雨王都是一怔。

“多少，100？”离烁王刚一开口就觉得不对，连忙摇头，“刀河王的名气实在是太大了，界主就能击杀封王级极限强者，传承者们来自宇宙亿万个族群，个个都是绝世天才，不真正和你交手一次，很多都是不服气的，甚至想要借此好好打压你这个宇宙亿万个族群都知晓的绝世天才一番。嗯，是会收到很多对战邀请，你恐怕能收到上千封挑战信。”

察曼王、千雨王都看向罗峰。

“已经超过50000封！”罗峰压低声音道。此时，外界声音能传进来，他们的声音却不会传出去。

“50000封！”离烁王瞪大了眼。

“50000封啊！”察曼王的表情瞬间变得无比复杂，他在紫荆岛已经熬了无比漫长的岁月了，加起来的战斗次数都不足一千次。

“这么多，这……这才一会儿啊！”千雨王也发愣。

“看来，我还是低估了那群异族想要和刀河王交战的决心了。”察曼王有些失落地道，“你的名气实在太大，而且你仅仅是界主，外界的许多至宝、宝物等，你都不能使用，到时候会很吃亏。他们一是想要和你这个闻名宇宙亿万个族群的超级天才一战，二是自认实力强过你，想欺负你一番。”

罗峰看了一眼黑色的书，信件已经破60000了。

看来想要和自己交战的异族强者真的很多。

“兄弟，你是三重传承者。”千雨王连忙道，“整个传承地的三重传承者和四重传承者加起来，就占据传承者总数的99%！其中三重传承者最多，足足超过9000万名，就算只有1%挑战你，你都会收到90万封挑战信！”

罗峰点头。

“不过你得小心，别轻易应战。”千雨王立即郑重嘱咐道，“在荣耀世界对战，所有传承者都使用10万倍界主之力的神体，可以自行选择模样、体形，但必须选择使用荣耀世界内的兵器。荣耀世界内的兵器都很一般，没有特殊的用途。所以外部条件，所有传承者都是一样的。”

“你在外界的至宝、宝物，还有一些奇遇带来的特殊手段，全部无法使用。

“甚至在战斗时，只能动用融合法则。在荣耀世界的战斗世界中，其他法则都是无效的，必须使用融合法则，才能产生威力。”

罗峰仔细听着。

“像逐虫王虽是宇宙中独一无二的生命，可在战斗世界中，他也没有逆天的神体、可怕的天赋秘法、至宝……他也变得普通了。当年他在三重传承者中都只能算中上水准，等他成为四重传承者，更是在中等偏下水准了。”千雨王说道。

“对。”察曼王皱眉道，“而且界主的意识本来就要比不朽神灵弱，你会很吃亏。”

“刀河王，”离烁王也道，“异族强者可个个都是来自宇宙各族的绝世天才，论秘法，能自创巅峰秘法的有不少，有几个甚至自创出了究极秘法！论法则感悟，三重传承者中，恐怕有接近圆满的。论神体振幅手段，这些天才谁没有振幅手段？论意志意识，个个都是顶尖水准。”

罗峰听得倒吸一口凉气。

究极秘法？

自己能自创巅峰秘法就令混沌城主称赞不已了，在这聚集了上亿名绝世天才的地方，不少人也能自创出巅峰秘法，自己不吃惊。可是竟然还有人自创出了究极秘法，那可真的让自己感到震撼了！就算创出的究极秘法只有前几式，那也很厉害了。

“祖神教的荣耀世界中聚集了无数来自宇宙亿万个族群的绝世天才，大家族群不同，天赋不同，生命本质也不同。有些人神体逆天，有些人有特殊的天赋秘法……有人能创出究极秘法也不奇怪。”罗峰暗暗道，他却忘了，他才是无数异族眼中的绝世天才。

“挑战信多，但不能随便接，接了就必须战。”察曼王郑重地道，“你得慎重。”

“嗯。”罗峰点头。

这时候，远处传来一些嘈杂的声音。

“刀河王，我，妖族飧镜王向你挑战，你敢不敢应？”

“刀河王，我也向你挑战。哈哈……你恐怕也就3个荣耀点吧，我就和你赌3个荣耀点，你敢不敢？”

“刀河王，我非常怀疑你到底有没有那等实力，名气那么大，恐怕靠的都是至宝吧。”

……

他们说的都是别扭的人类通用语，声音或者高亢，或者尖细，或者低沉，或者犹如雷声，或者沙哑……

一时间，整个露天广场各个方向都有异族强者向罗峰发起挑战。

不，他们都是在挑衅！

天才？

他们个个都是各自族群中的绝世天才，在战斗世界中，一切宝物、特殊手段都不能使用，这种情况下，他们怎么可能轻易服一名界主？

“你说刀河王会不会应战？”身材高瘦、头上还有九片绿叶的强者开口道。

“或许会傻乎乎地战斗一两次吧，可输了之后就会明白众多异族强者的实力。这次向他发起挑战的肯定很多，虽然我们三个也向他发起了挑战，但估计轮不到我们。他就3个荣耀点，很快就会输光，输光了可就无法再战了。”

这三名强者都有着绿色、黑色交错的皮肤，仿佛树皮，头上还有绿叶，他们在交谈。

这是植物生命凡灵族，他们没有性别之分，都是由一棵棵凡灵祖树孕育出来的。

来自各个族群的绝世天才的挑战的确激发了罗峰的战意，只是他非常理智，不敢轻视这些异族天才。这些可不是域外战场上那些实力一般的修炼者，他们中有不少人都自创出了巅峰秘法，更别说还有人自创出了究极秘法。

“还在攀升。”罗峰看了一眼挑战信的数目，已经超过10万了。

“察曼王。”罗峰忽然道。

“刀河王。”察曼王看向他。

“有件事情想请你帮忙，我有一个想法。”罗峰道，“你将你的虚拟宇宙编号给我，我等下离开荣耀世界，进入虚拟宇宙联系你。我们在虚拟宇宙中切磋一下，怎么样？”

“啊，好。”察曼王眼睛一亮。

“聪明。”离烁王也笑了起来，“对，虚拟宇宙。你们在虚拟宇宙中切磋比试一下，让刀河王你先弄清自己的实力，看看自己在三重排行榜上大概排在什么位置，然后挑选合适的对手。算我一个，我和察曼王都算三重传承者中等偏上水准，你和我们交战，很容易判断出自己的水准。”

“我也来。”千雨王连忙道，“我是鸿盟的，也有虚拟宇宙编号。”

“哈哈……谢谢三位了。”罗峰道。

收到这么多挑战信，罗峰心痒得很，怎么舍得轻易放弃？下次想要收到这么多挑战信，恐怕不知道是何时了。

知道离烁王、千雨王、察曼王的虚拟宇宙编号后，罗峰的意识离开荣耀世界，随即连接虚拟宇宙。

虚拟宇宙，鸿盟城的一个修炼场内。

修炼场内有广袤连绵的山脉，罗峰站在一座山峰上，对面三座山峰上分别站着三道身影——千雨王、离烁王、察曼王。

“兄弟，可别输得太惨了。”察曼王他们眼中燃烧着战意。

他们三个在很久以前，也是像七剑王、梦燧王一般耀眼的存在，只是沉寂了太久。论实力，现在的他们只会更强。

第951章

罗峰的实力

“谁先来？”罗峰看向远处三名强者。

“我的实力比他们俩弱，要不，我先来？否则让察曼王、离烁王上，你可能会输得很惨啊。”千雨王笑道。旁边的察曼王、离烁王也都笑着看，等罗峰自己选择。

“要来就来最强的。”罗峰直接道。

“好。”

察曼王和离烁王对视一眼，随即察曼王声音缥缈，响彻一方天地：“我的实力和离烁王相差无几，我先上。不过你可别小瞧我们，虽然我们为人低调，但人类族群兽神之道中能比我们强的封王级强者，也就那么两三个。至于像七剑王等新人，自然比我等弱！”

“我自然不会小瞧。”罗峰道。

罗峰很清楚，人类族群中是有好些厉害的人物的，他们困在最后一步漫长岁月，实力极其可怕，只是为人低调罢了。刚刚崛起的七剑王、梦幻王等名气大，可若是在一亿纪元内都无法突破，他们恐怕也会低调起来。

大多都是如此。

……

半空，罗峰和察曼王遥遥相对。

“你先熟悉下身体。”察曼王道，“先提醒你，因为到时候是在虚拟世界中进行战斗，所以战斗一开始，双方都会直接燃烧神体，进行最疯狂的战斗，可千万别和现实中一样，舍不得燃烧神体。”

“嗯。”罗峰感受着这个虚拟的神体。

轰——

雄厚的力量充斥全身，每一个细胞都由无比强大的神力构成，自己只要愿意，可以一瞬间就化为无尽的神力，甚至于神体支离破碎都能瞬间恢复。这种强大和绝对掌控的感觉，是界主难以企及的。

10万倍界主之力的神体！

“和现实中相比，有利也有弊。”罗峰熟悉着这个神体，“现实中就算有将魂辅助，我的念力实际上也就达到封王级初等层次，只是凭借那比大多数宇宙尊者都还强大的意志，最终达到封王级巅峰层次。而现在，即使没有将魂，单单虚化后的神力，也是封王级巅峰层次，再配合我的意志，自然更强。”

界主期时，原力、念力合为一体，化为世界之力。

不朽级时，世界之力变成不朽神力。

利用虚化的神力，可进行灵魂攻击。

“我当年透过魔音神将传承得到了灵魂振幅类秘法，因为我的世界之力太弱，即使使用灵魂振幅类秘法，和使用将魂一比，也不算什么。”罗峰暗道，“可现在，我使用灵魂振幅类秘法令虚化的神力竟然再度提升。”

罗峰的实力提高了很多，可弱点也有。

他没有了至宝《星辰布道图》，《星辰布道图》能让罗峰的实力提升两个甚至三个小级别。

“兵器。”罗峰一翻手，手中顿时出现足足600颗金色球，半透明的金色球上遍布法则秘纹。600颗金色球已然将罗峰的最强招数完全诠释了，这是罗峰通过虚拟宇宙制造出的一件很普通的念力兵器。

……

在荣耀世界中对战，只能使用普通兵器。

“适应了吗？”察曼王道。

“哈哈……察曼王，可别输得太难看，要拿出你的最强实力来。”轰的一声，罗峰全身每个细胞都开始燃烧，气息暴增，实力瞬间暴增千倍。

“你才修炼多久？我这就让你知道，我们这些老家伙也不是好惹的，三招内将你解决。”察曼王手中突然出现刀爪，那是套在拳头上的巨大利爪。

600颗金色球闪烁着光芒。

“精神念师？”察曼王略微皱眉，疑惑地看向罗峰，“族群应该在他去传承之地前就会告知，精神念师修炼兽神之道是很吃亏的，他怎么会是精神念师？”

罗峰催动600颗金色球，燃烧的虚化神力透过600颗金色球上复杂的法则秘纹，瞬间引动融合法则，高空中瞬间出现一个巨大的兽神。

罗峰凭借燃烧虚化神力来施展这一招，令这个兽神更加真实，至于鳞甲尾巴，更是充满无尽威压。

“哼。”察曼王猛地发出一声低哼。

轰，他全身浮现出片片鳞甲，双臂变粗，好似人形兽神，他身后更是出现了一道庞大的兽神虚影，一双眸子里满是疯狂。一个原本很优雅的人类强者顿时变得无比野蛮，他化作一道流光，扑向罗峰。

千雨王和离烁王都在远处仔细看着。

……

“刀河王果真厉害，稍处弱势后很快就明白了察曼王的战斗风格。”千雨王惊喜道，“他们俩现在竟然不相上下。”

“别急。”离烁王轻声道，“察曼王认为刀河王修炼时间太短，在秘法上不行，所以一开始没使用具有最强威力的秘法。看，现在刀河王不是吃亏了？现在神体等都一样，比的就是法则感悟、秘法、神力振幅、经验……在这些方面，察曼王已经做得很完美了，秘法是巅峰秘法，他的神力振幅也得到过魔音神将传承的承认。”

巅峰秘法其实并不罕见。

宇宙尊者几乎都能自创巅峰秘法，那些有希望踏入宇宙尊者级的绝世天才，自然个个对自己有着高要求，特别是在漫长岁月里都无法突破的情况下，他们更加重视秘法。除了那些来自弱小族群又没有好老师的，一般强者都有老师指点，再花费漫长时间，创出巅峰秘法的，的确有不少。

罗峰当年被夸赞，只是因为创造秘法花费的时间很短。

“刀河王能够与察曼王相差无几，已经很不错了，要知道，察曼王可不是——什么?! ”离烁王震惊了。

“刀河王……刀河王……”千雨王瞪眼。

之前二者还相差无几，可紧跟着罗峰实力暴增，竟然瞬间便压制住了察曼王。

……

半空。

“认输吧。”罗峰眼眸中有着疯狂，意志坚定。

轰隆隆——

半空那巨大兽神的鳞甲尾巴仿佛压路机，压过这一方时空，令空间震颤。

鳞甲尾巴的攻势无比凶猛，威力强大，霸道至极，速度更是快到一个可怕的程度。

“嗷——”

察曼王的人形兽神咆哮着，用双爪去抵抗抽打来的鳞甲尾巴。

砰！砰！砰！

察曼王被抽得很惨，神体损耗严重。

“认输吧。”罗峰疯狂地进攻，一次次压着察曼王打，直至将察曼王打得神体完全消散。

这一战，罗峰胜！

罗峰站在半空，看着远处吃惊的千雨王、离烁王，暗自吃惊：“没想到我使用自创的最强秘法，凭借兽神意境的优势，竟然也能被逼到这个份上！”

其他传承者是凭借法则感悟来驱动秘法的，罗峰却是凭借兽神意境来驱动秘法的。单单论在融合法则上的感悟，罗峰属于第三重中等，可是论兽神意境，罗峰实际上已经超越第三重，达到了第四重门槛的层次，无比接近闯过通天桥第21层的境界。

所以罗峰凭借兽神意境是很占便宜的，加上他的念力振幅也很强，一开始，在意志没完全爆发的情况下，他落于下风，这让罗峰感叹："意志爆发的效果很好，如果是武者使用，效果还没这么明显。"

意志是帅，意识为将，念力为兵。

意志的强大令罗峰操控念力兵器所产生的威力顿时提升了两个层次，从落于下风直接扭转局面完全力压察曼王。

"我输了！"察曼王飞来，看着罗峰，难以置信，"刀河王，你怎么……"

"我也认输，不用比了。"离烁王摇头感叹，"刀河王，你的威名果真不假，除了宝物等，自身实力，我等也服了！"

他俩心中颇不是滋味。

他们虽说行事低调，但对于自身实力很自信。他们的实力在聚集无数天才的传承之地中都是中上水准。要知道，达到一定程度后，想要再提升，很难。

他们在意志、意识、秘法、神力振幅等方面都达到了近乎完美的地步，却还是输了。

"兽神意境和意志，这两大绝对优势同时爆发，我才能完全压制察曼王。"罗峰暗道。

在遥远的祖神教的紫荆岛上，那些向罗峰发出挑战信后，三三两两聚在一起议论着这事的传承者，很快便都得到了答复。

"刀河王毕竟只是界主，在虚拟世界中战斗，靠的可是真正实力。哼，逐虫王当年不是一样，也得低头？"

"我估摸着，他收到的挑战信得有数十万封之多，我知道的就有很多了。"

“那么多挑战信，他又敢答应几场？”

“哈哈……”

“嗯？他同意与我对战了。”

“已经应战了？”

“你可真走运，估计他就找了几个弱小的，哈哈……嗯？他也同意与我对战了？”

“我也收到回信了，他应战了。”

……

只见露天广场上，大量的异族强者都在翻看着自己的黑色书，他们一个个都收到了回信。

“他应战了。”

“应战了。”

“刀河王应战了。”

……

声音从露天广场各处传出，来自宇宙亿万个族群的传承者都吃惊不已：“刀河王到底接了多少人的挑战？怕是得有万名吧。”

第952章

超过62万场！

紫荆岛被无尽五彩极光环绕，上空演示着宇宙运转法则奥妙的光影不断变化，岛上有各种各样的宫殿，其中一座宫殿上有一个个古剑雕刻。忽然，宫殿殿门开启，一道身影走出，他穿着紫色铠甲，眉心有着七柄战剑印记，眼神犀利，整个人仿佛一柄战剑。

“七剑王，你们人类的刀河王可是很了不起呢！”

“七剑王，你有没有和他对战过？”

远处两名宛如黑猩猩的异族强者喊道。

七剑王在紫荆岛也算有点名气，之所以有名气，是因为他在宝藏之地得到了宝藏。那宝藏竟然是祖神教的超级存在留下的，是超级存在自己的传承。在荣耀世界中，他或许水准一般，可在现实中，他凭借那让无数强者嫉妒的“七剑传承”和“兽神强者传承”，一旦发飙，将会非常可怕，保命能力更是逆天，他的运气连人类内部的很多强者都嫉妒。

单单七剑传承便令他同梦燧王一样，成为人类重点培养的天才。

而得到超级存在留下的传承，令他在人类族群中的地位已经比梦燧王高。只是很多异族都不知道他得到的宝藏到底是什么，七剑王自己一直保密，连机械族也只知道他应该得到了某种传承。

宝藏之地藏有祖神教历代兽神、护教兽神、兽神传承者留下的许多宝藏。

至于宝藏是什么，不知道，不一定就是兽神之道方面的。比如罗峰将来地位提高了，实力强了，照样可以将偶然得到的某些用不到的宝物放在宝藏之地，留给后来者。

这就使得除了七剑王和人类族群高层、祖神教高层外，其他势力并不知道七剑王的实际收获是何等惊人，否则机械族当初也不会让命陨王去刺杀七剑王了。

“哈哈……他也是人类，你们这么多异族强者都向他发起了挑战，我向他挑战干什么？”七剑王目光冷厉，哈哈笑道，“对了，你们可知道刀河王到底接受了多少封挑战信？”

“你都不知道，我们怎么知道。我们只知道最起码有上万封。”两名异族强者随即一步跨出上千千米，很快就消失在远处。

“上万封？”七剑王站在宫殿前，自言自语，“刀河王，人类族群最了不起的绝世天才吗？刀河王，我不会轻易服输的！”

在宝藏之地收获宝藏后，七剑王自认已经超过梦燧王，是人类这一代中最优秀的，现在突然冒出刀河王，他很不服气。

“当初在域外战场争夺镇封星辰时，你很不起眼，我根本没注意到你，没想到你竟然只是界主。这次你接受了这么多封挑战信，我倒要看看，我人类族群的最强天才，连我老师都认定超越我的天才，到底是什么样的。”七剑王喃喃道，“我不知道你是真的自信，还是失去理智，竟然应战过万场。你很快就会明白，这里的传承者个个都是绝世天才，就连我，在荣耀世界中也只能算中等水准。残酷的现实很快就会令你清醒。”

祖神教核心之地，八方兽神殿之一的雷兽神殿内。

雷兽神殿是一座高度超上亿千米的巍峨宫殿，宫殿内是一方独立的时空。

这一方时空中居然有江河、山脉、冰雪、沙漠……

连绵的山脉深处。

嗷——

呼——

……

每一声嗷叫，都会引发雷霆；每一声呼叫，都会引发狂风呼啸。

这一方时空中，无数山脉被摧毁，江河断流，黄沙漫天飞舞……

幸好这一方时空中没有其他生灵。

“竟然打断我沉睡！”一道轰隆隆的声音响彻整个时空，只见几座山峰凸起，一个有着三蹄、羽翼，全身满是青色毛发，长度超过10万千米的巨大兽神站了起来，每一步都令大地震颤、山峰崩塌。

“祖神也真是的，只让我一个兽神管理教中琐事，其他七方兽神个个都偷懒，不知道去哪儿了。我要待在这里足足一亿纪元，呜呜……我睡了多久？才三千万纪元。我竟然还要在这里坐镇七千万纪元才能离开。”雷兽神走动着。

“进来吧。”雷兽神终于开口。

兽神殿开启，一直在兽神殿外等待的神将进入。

“血火神将拜见兽神。”血火神将划过长空，随后落在一座高山之巅上，看着远处比山还要庞大的雷兽神，恭敬地道。

“我说过，没有重要的事不要打扰我沉睡。”雷兽神鼻孔中喷出气流，周围山脉直接化为虚无，天空中出现更多的雷电，在表露着雷神的震怒。

血火神将恭敬地行礼：“兽神，是有重要事情。”

血火神将也很无奈，祖神教的运转早就形成机制了，很多事情他们神将就能处理，兽神们一个比一个懒，似乎都懒得管事，甚至于都懒得用意识连接荣耀世界。显然，分出意识会令他们很不开心。

“说。”雷兽神俯瞰着血火神将。

“我们发现了值得祖神教栽培的宇宙天才。”血火神将道。

“宇宙天才？你就为这事打断我的沉睡？”雷兽神目光冷厉。

“因为他在界主级就能击杀封王级极限强者。”

“嗯？强大的特殊生命？”雷兽神双眸一亮。

祖神教也是需要培养强者的，像逐虫王就是被祖神教重点培养的。一旦被祖神教看中，那可就不一样了。只是祖神教的眼光极高，宇宙中所谓绝世天才，就算是科谛那等层次的，祖神教也不屑一顾。

“不，人类，他是人类，他以界主之身就能击杀封王级极限强者，而且是正面将其击杀。”

血火神将代替兽神处理祖神教的事情，知道的秘密也多。

论对宇宙运转法则了解最多的，毫无疑问便是祖神教。

“正面击杀？这是违背宇宙运转法则的事情啊！”雷兽神声音轰隆。

如果一名界主靠偷袭或一些威力极大的宝物，是有希望击杀封王级极限强者的，可正面厮杀……封王级极限强者单单凭借灵魂冲击，或者神力冲击，就能轻易击败界主。

“根据我们祖神教收集到的情报来看，他在冰狱中凭借至宝隐匿气息，能够和封王级无敌强者进行厮杀，灵魂攻击、物质攻击他都能抵挡。”血火神将道。

“嗯。”雷兽神巨大的眼眸中有着光亮，“他肯定有特殊际遇，而且特殊际遇令他在某些方面足以违背宇宙运转法则，且不遭到宇宙运转法则的镇压！”

雷兽神很清楚这意味着什么。

宇宙是公平的，就算是将甲、王甲这类提高实力的铠甲，对身体负荷的要求也极高。比如说王甲必须是身体拥有万倍界主之力的人才能穿的，就算是金角巨兽分身，也是修炼《九劫秘典》后才能穿上王甲的。

所以如果没有《九劫秘典》，将甲、王甲、将魂之类的宝物，罗峰都无法使用。

失去了这些，罗峰的实力不算惊艳，他最多做到匹敌科谛罢了，哪能像现在，界主级就能击杀封王级极限强者?

“违逆宇宙运转法则，还不遭到镇压啊。”雷兽神声音轰隆，“关注他，从现在起，一直关注他！”

“兽神，虽说除了我祖神教外，其他势力并不明白其中含义，但他毕竟是人类，能做到这一步还是震惊宇宙的，所以他来到荣耀世界后，被大量传承者挑战。就在刚才，他接受了所有人的挑战。”血火神将道。

“所有？”雷兽神也感到吃惊。

“是的，所有人的挑战，超过62万场。”血火神将道。

“超过62万场？他叫什么？”雷兽神问道。

“刀河王，真名疑似罗峰。”血火神将道。

“好好看看，这62万场对战到底是什么结果。我很想知道，一个违逆了宇宙运转法则的存在，到底能做到哪一步。他的对手可是来自宇宙各地的绝世天才。”雷兽神道。

荣耀世界，战斗世界。

无尽沙漠中。

罗峰一身黑色铠甲，脚踏黑色战靴，后背还有一对鳞甲翅膀。

罗峰的飞行、闪躲技能用翅膀施展是最方便敏捷的。

“好强大的神体，我还没成为不朽神灵，就已经在虚拟世界感受了10万倍界主之力的神体。”罗峰遥遥看着远处，只见远处一个银灰色的蛇形怪物从沙漠中缓缓钻出，三角形的脑袋高高昂起，庞大的神体则埋在沙漠里。

罗峰脸上有着一丝笑容：“62万多场对战之第一战。”

第953章

赢！赢！赢！

沙漠中，那银灰色的蛇形怪物缓缓爬行，头昂着，盯着远处的罗峰，发出尖锐高亢的声音，声音一出犹如冲击波掀起无尽狂沙："刀河王，你有多少个荣耀点？可敢放肆与我赌一次？"

"你应该感到很荣幸，因为你是我在荣耀世界的第一个对手。"狂沙中的罗峰微笑道。

"第一个？哈哈哈……我真开心。3个荣耀点，你敢不敢？"银灰色的蛇形怪物盯着罗峰，挑衅道。

"你还是其他对手，我都只会选择以1个荣耀点对战。"罗峰道。

罗峰不傻，虽说根据自己和察曼王的对战判定，自己凭借兽神意境和强大意志应该排在三重传承者中的顶尖位置，但是就怕马失前蹄。如果一来就赌太大，万一输掉了，可就输光了所有荣耀点，就没办法和其他对手交战了。

超过62万场对战，即使每战只下注1个荣耀点，也足够凑满100个荣耀点了。

"哈哈……我还想赢走你所有荣耀点，让其他传承者无法和你战斗呢。到时候，整个紫荆岛都会知道，你刀河王是被我琶恶卡芬思王击败的！"琶恶卡芬思王得意地道。

"别废话了，战斗吧。"罗峰嗤笑，"你只是我用来热身的而已。"

"可恶！"

伴随着刺耳的叫声，一股可怕气息顿时冲天而起，空间立即震颤起来。

“很好。”罗峰眼睛一亮，轰，全身气息暴增，他直接燃烧神体，同时羽翼一动，化作流光飞起，左手猛地一甩，只见600颗金色球破空飞去。

这600颗金色球是在战斗世界中模拟而成的，每颗金色球都是封王级精神念师用常见的材料打造的。

随着兽神的怒吼声和琶恶卡芬思王的刺耳叫声，战斗开始。

……

仅仅数秒钟后。

双方交手数十次，琶恶卡芬思王的神体遭到重击。

“不！”琶恶卡芬思王的眸子中满是难以置信和愤怒，他不愿相信自己会输给一个界主，特别是在身体素质一样的条件下。紧跟着，他身影模糊，消失不见，显然是被踢出了战斗世界。

罗峰开启了第二战。

“4个荣耀点。”罗峰趁着间隔，翻看了一下黑色书，荣耀点增加了1个。

“我刚才选择的第一个对手在三重排行榜上属于中间位置，嗯，他的实力的确比察曼王稍弱点。”罗峰甚至都没有完全爆发就击败了对手。

罗峰站在沙漠中，看着远处出现的第二个对手，咧嘴一笑：“又一个荣耀点来了。”

……

战斗在继续。

荣耀世界的露天广场上却炸开了锅，来自宇宙各地的最起码近亿名的传承者，这时候都用意识连接着荣耀世界，就连七剑王也是如此，他们已经得到消息，刀河王已经开始持续地对战了。

“什么，你竟然输给了刀河王？他就是一个界主，在战斗世界中没有任何宝物，你竟然还输掉？”

“哈哈……竟然输掉，真是没用，希望刀河王的荣耀点别那么快输光，这样才能轮到我，看我的吧！”

……

连续三名输掉的异族强者，在各自的势力圈子中遭到其他传承者的嗤笑。其他传承者表面上在嗤笑，但心中也警惕起来，因为他们知道伙伴的实力。

不过，露天广场实在太大，聚集了近亿名传承者，且数百、数千地分成一个个团体。

所以消息只在各自圈子内传开，其他传承者还没意识到什么。

可是，罗峰战斗的速度实在太快了，而且在战斗世界中，每一次战斗结束后，神体都会迅速恢复完好。

他一口气连续战斗1000场！

约11个小时后，罗峰暂停战斗，决定休息。

“1000场战斗，花费近11个小时，实际上每一场战斗真正花费的时间都不足10秒，主要是每一战的启动，以及彼此对话花费了一点时间。”罗峰道。

幸好罗峰一般都懒得多说，只在对手言语十分过分时说上“献上荣耀点吧！”“受死吧！”“我都等得不耐烦了！”之类的挑衅的话。

紫荆岛，罗峰的府邸前。

“刀河王。”

“刀河王。”

喊声从外面传来。

战斗了1000场后，罗峰暂时离开荣耀世界，准备好好歇息，听到外面两道喊声后，便知道是千雨王和察曼王来了。

罗峰一步迈出，到了府邸门口，亲手去开门。

门外站着三名强者，正是察曼王、千雨王以及另一名人类传承者。

“七剑王？”罗峰惊讶地看着前来拜访的七剑王。

当年在星辰塔中，罗峰是见过七剑王的。

七剑王仔细观察着眼前名震宇宙的刀河王，这是他第一次认真观察刀河王。刀河王乍一看很普通，可若是仔细观察刀河王的眼睛，便能感觉到刀河王内心蕴含的无比可怕的力量。

那是强大、坚定的意志带来的自信，甚至还有一股霸道蕴含其中。

罗峰自从身份被天狼之主揭开后，就不再掩饰自己，反而更加坚定，做好了时刻面对暴风雨的准备。

真金不怕火炼，刀在磨砺中才会更显锋芒。

“七剑王，我们第二次见面了。”罗峰嘴角露出一丝笑容。

“上次只注意那颗镇封星辰去了，没注意到刀河王。”七剑王也微笑道，“今天特来见见传说中的刀河王，不知道刀河王是否欢迎？”

“当然欢迎。”罗峰笑着让开，“三位，请。”

“哈哈……我早说过刀河王是个很好相处的朋友。”千雨王在一旁笑着说道。察曼王则很淡定。

当即他们四人一道进入府邸，很快便来到客厅，客厅内有太师椅、茶几。

罗峰坐在主位。

七剑王、千雨王、察曼王虽然疑惑于客厅的布局，但看到左右六把椅子后，也都坐下。

“刀河王，”察曼王问，“你到底应了多少场挑战？”

“所有向我挑战的，我都应了。”罗峰道。

旁边千雨王、七剑王都微微一惊。

“那有多少？当时那么一会儿你就收到了好几万封挑战信，后来向你挑战的肯定还有很多，现在荣耀世界中的那些异族强者，他们互相询问后，已经猜出了你应该应战了超过十万场。势力太多，他们一时间无法仔细统计出来，不过过几天应该就知道了。”

罗峰微笑道：“对，我刚进荣耀世界时，收到的挑战信还不算多，之后越来越多，我一共收到了超过62万封挑战信，并没太出乎我的意料。三重传承者总数量可是超过九千万的，62万多封挑战信，还不足1%。”

“6……6……62万？”察曼王震惊，忍不住道，“62万？”

千雨王也张了张嘴巴，就连七剑王也愣了一瞬。

这个数字实在太可怕了，要知道，察曼王已经在这里待了漫长岁月，战斗次数加起来还不足1000。对战是一件需要非常慎重小心的事，况且人类族群在宇宙中本来就遭到不少异族的敌对。

“界主就能击杀封王级极限强者。”察曼王摇头感叹，“你的声名实在太大了，早就被认定为会在宇宙历史上留下名字的绝世天才，那些异族传承者都想要和你交手，而且都太自信。9000多万的基数，62万多名传承者向你挑战，的确很正常。”

“我们来这里是恭喜你的，恭喜你今天胜了989场。”千雨王哈哈笑道。

“恭喜。”察曼王道。

“一天就赚900多个荣耀点，足以换取九次接受传承的机会！”七剑王也感叹道，“真是让人羡慕，而且刀河王你才战斗一天。”

罗峰微微一笑，心中却暗道：还输掉了11场。

虽然自己实力强，但不是三重传承者中最强的。要知道，不同的战斗风格、秘法会有相互克制的效果。

罗峰第一天选择的一千个对手，有强有弱。

向罗峰发起挑战的一般都是比较自信的，且三重排行榜中的顶尖强者居多。顶尖强者们几乎个个都向罗峰发起了挑战，罗峰一律接下。

“输掉这点荣耀点，我不在乎，能够和众多异族传承者交战，哈哈……值了。”罗峰壮志凌云。

……

第二天，罗峰继续战斗。

罗峰的战绩，其他异族传承者们只需查看黑色书就能知道。

黑色书上的三重排行榜上，很清楚地写着罗峰的战绩。

罗峰每天战斗1000场，战斗完就休息，第二天继续。

如此持续下去，罗峰的荣耀点以非常迅猛的速度不断增加，让无数异族传承者目瞪口呆，特别是那胜率，证明了刀河王显然属于三重传承者中顶尖的存在，这让很多当初想要打压刀河王的异族传承者后悔不已。可惜，他们已经发出了挑战信，而罗峰也应战了，他们无法反悔。

如果不战，就会被视为自动放弃，到时候一样也会被扣除荣耀点。

第954章

震惊宇宙

荣耀世界的露天广场上聚集着数千万名传承者，他们不时翻看黑色书，查看三重排行榜上罗峰的战绩。

“2682胜18败。”

这是最新战绩，今天是罗峰对战的第三天，他已经战斗了2700场。

“刀河王怎么这么厉害？我的荣耀点啊，得损失1个荣耀点了！我在战斗世界每一次约战都是小心小心再小心，绝对不去招惹排名极高的，尽量选择实力比我弱的，最多就是实力和我相当的。一直小心谨慎，到今天才攒下51个荣耀点，没想到就这么损失了1个。刀河王赚取荣耀点的速度，简直……简直可怕！”

“别说了，我也得给他送1个荣耀点，谁知道他会这么强，传言果然不虚！”一名有着数十根触手、似海怪的异族强者很不甘。

“这次向他发起挑战的数十万名传承者算是吃大亏了。”

“虽然我没向他发起挑战，可想想也是，能打压传说中的刀河王是多么痛快的事啊。可没想到他仅仅是一个界主，在没有任何外在辅助的条件下，竟然这么强，这……这简直……”

露天广场上的传承者几乎都在谈论着刀河王。

他们受刺激了。

这些传承者看到罗峰的战绩在他们谈话间唰唰唰地不断刷新，2779胜19

败、2789胜19败、2811胜19败、2889胜19败……令那些传承者情何以堪啊。如果刀河王一开始就在战斗世界展露实力，那么绝对不可能有这么多传承者敢向他发起挑战。

他们都非常珍惜荣耀点，可是现在后悔也来不及了。

“能一次性赚取如此多的荣耀点，恐怕也只有刀河王了吧。”宇宙各族的很多传承者都如此感叹。

要做到罗峰这样，一来，得有闻名宇宙亿万个族群的名气，这样的强者就很少了。

二来，得是界主。否则那些异族传承者也不会轻易向他发起挑战，他们都不傻。只有在面对界主时，他们这些绝世天才才会认为自己赢定了。毕竟他们已经站在封王级强者的最前列了。

在界主级就来传承之地的，历史上的确不止罗峰一个，可数量极其稀少。

那几个界主中，有两个名气极大，却没有罗峰这般逆天的意志。

经此一役，罗峰算是彻底征服紫荆岛上无数传承者了。

在没有任何外在条件帮助的情况下，在战斗世界中对战，一名界主竟然能站在顶尖三重传承者的行列，他们服了。

罗峰早就被宇宙中一些超级势力盯上了，这次大规模的对战，诸多关于罗峰的情报迅速通过各族传承者们，传回己方势力。

……

“杀！杀！杀！”

令整个星空战栗的咆哮声，在那遍布一团团恒星大的火焰的空间中震荡着。

巍峨的天狼殿前，天狼之主眼眸中满是疯狂的杀意：“人类刀河王绝对不能留！”

在天狼殿前方的虚空中，匍匐的巨大蛇影在这可怕的杀意面前也有些胆寒。

“他的法则感悟竟然强成这样，在三重传承者中都排在顶尖行列，那可是和各族无数绝世天才相比！”天狼之主咆哮着，“他的兽神传承第三重肯定已经接近圆满，在法则感悟方面估计离宇宙尊者都很近了。”

“只要他愿意，他随时都能成为不朽神灵。一旦成为不朽神灵，以他无比接近宇宙尊者的法则感悟，再加上拥有这么多荣耀点，能够接受一次次兽神传承，他成为宇宙尊者就更容易了。等到他成了宇宙尊者，再想杀他，可就难了。”天狼之主下令，“快，赶紧制订计划，必须抓紧时间杀死他！”

“是。”巨大蛇影匍匐，恭敬地道。

“去吧。”天狼之主双眸中顿时射出两道绿光，落在巨大蛇影上。

轰——

巨大蛇影直接被移出了这一方时空，到了被天狼殿控制的时空之外，随即巨大蛇影消失。

“刀河王！”天狼之主站在天狼殿前，眼眸中不断闪烁着杀意。

在妖族的宇宙之主中，论阴狠狡诈，天狼之主绝对排在前列。

“当初我看他是一个界主级的小家伙，没当回事，没想到他没了外界宝物的辅助，在战斗世界中都能击败绝大多数传承者，他还只是一个界主，法则感悟竟然高成这样，现在又拥有诸多接受传承的机会……”天狼之主已经将刀河王当成了妖族将来的一大威胁。

宇宙无比偏僻的星空疆域，宇宙秘境深处。

虚空中，黑色涟漪一圈圈朝外荡漾开，黑色涟漪核心有一个通体漆黑的巨大王座，这个巨大的王座高约数万千米，靠背顶端有十八颗金色的异族骷髅头。

若是仔细观察这个黑色王座，仿佛能看到无尽血海。血红色浓重到极致便是黑色。

那十八颗镶嵌在靠背顶端的金色骷髅头，仿佛时刻发出刺耳的灵魂号叫。

“主人，”黑色涟漪的尽头有一个全身漆黑油亮、有九条蝎子尾的异族强者，他匍匐在那儿，声音直接传入无尽涟漪中，“在祖神教中的我族传承者传来消息，人类的刀河王应战数十万场，现在已战斗2781场，仅仅输掉19场，他绝对属于紫荆岛上各族传承者中的顶尖者，而且可以推测出来，他现在拥有的接受传承的机会很多，将来成为宇宙尊者的概率极高。”

“哈哈……”黑色王座中传出直击灵魂的笑声。当这笑声响起时，原本平静的一方时空顿时震颤起来，之前只是荡起无尽黑色涟漪，此刻却掀起了一道道黑色浪涛，仿佛黑色蛟龙在虚空中追逐。

“人类中出了一名绝世天才，而且眼看着在不远的将来会成为绝世强者，最焦急的不是我们狱族，而是人类的邻居——机械族、妖族、虫族。

“哈哈……尽管看吧，针对这个绝世天才的刺杀即将开始。

“这个绝世天才是踏着血腥之路，闯过艰险，成为绝世强者，还是中途殒灭呢？真是让我期待啊。哈哈……去吧，去吧！”

笑声在这一方时空不断回荡。

黑色浪涛的尽头，有九条蝎子尾的异族强者匍匐行礼，随即消失离开。

六大巅峰族群之一的狱族诞生于宇宙中一个奇险之地，一开始在那奇险之地中艰难生存，而后闯荡出来。狱族人的外貌、生命本质各不相同，有些是岩石类生命，有些是血肉类生命，但都是从那个奇险之地中诞生出来的。

他们称那个奇险之地为狱，他们的族群的名字也叫狱族。

由无数晶体构成的巍峨璀璨的宫殿群笼罩数光年区域，这个宫殿群中，有一颗颗行星、恒星、中子星，它们仿佛装饰品，被镶嵌在宫殿群各处。

宫殿群中有一座高塔，塔高3.2光年，锋利无比的塔尖迸发出一道耀眼的光线，直接射向上方无尽星空深处。这道光线所过之处，任何行星、恒星都被刺出一个窟窿。这道光线穿过一个星域后，才完全消散。

宫殿群中生活着许多强者。

塔前有两名宇宙尊者级守卫，他们有着晶体构成的完美身躯，几乎一样高，容貌俊秀，都穿着墨绿色的古老铠甲，铠甲都散发着可怕的威压。他们俩眉心处都有一只金色的眼睛，金色眼睛释放无形的波动，向四周蔓延开，监视整个高塔及其周围广袤区域。

塔内。

“我主，事情就是如此。”

宝座之上有一名穿着金色华丽长袍、晶体构成的神体表面隐隐散发毫光的强者，眉心的一只金色眼睛俯瞰下方，宛如能直接看透下方那位宇宙尊者的心灵。

“真是有趣，人类族群以数量取胜，每一个人类都具有很大的潜力，但没想到能诞生如此天才。吩咐下去，将刀河王列为比鸠级异族。”声音很温和，却有着让强者自然信服的力量。

“是，我主。”

……

六大巅峰族群、星空巨兽联盟、北疆联盟等宇宙超级势力都收到了消息。

虚拟宇宙雷霆岛高处，那无尽气流中的宫殿内。

一道幻影站在宫殿前，随即步入大殿内，走到大殿中央，恭敬地道：“混沌城主，异族近期肯定会对罗峰进行刺杀，不知道我们该如何应对，请城主示下。”

“刺杀？”混沌城主的声音传来，“阴影，你为何这么肯定？”

幻影微微一怔，随即道：“刀河王应战超62万场，还有他最近胜了2000多场，难道城主不知？我早已将邮件发给城主。”

“罗峰他应战62万多场？”金色身影从无尽气流中走出，正是混沌城主。

混沌城主轻轻一点虚空，接连有三封信件飘然落下，显然是这位阴影君主发来的邮件。

混沌城主一封没看。

第955章

派出强者

混沌城主在人类族群中地位很高，在鸿盟中地位也极高，所以很多部门汇报事情都会给他发邮件。不过邮件的重要性也分级别，只有极重要的邮件，混沌城主才会立即查看，否则都是等到某个时候集中一起看。

阴影君主是虚拟宇宙公司情报部门总负责人，也是鸿盟情报部门总负责人，是宇宙霸主级存在。

罗峰就是刀河王的信息，人类族群高层已经知晓，阴影君主自然也是知晓的。

“什么?! 战斗3000场，2979胜，仅仅21败？”混沌城主手持信件，忍不住吃惊。

“是的，城主。”阴影君主恭敬地道。

“没想到他能做到这种程度。”混沌城主的确吃惊。

排在三重排行榜前列的，实力极为接近，就算是罗峰，和排在三重排行榜前列的强者们对战，也是有时胜，有时败，并无绝对。

“罗峰他的确前途无量。”以阴冷、可怕出名的鸿盟情报部门总负责人阴影君主的脸上难得浮现一丝笑容。

“哈哈哈……超62万场的对战，这样的胜率，会赚取多少荣耀点？每100个荣耀点就能换取一次接受传承的机会，能有多少次机会？祖神教这次怕是能给我人类族群培养出一个超级强者了。”混沌城主畅快大笑，笑声在大殿中回荡。

妖族、狱族等其他宇宙超级势力也是如此认为的。如果没有人阻碍刀河王，任由刀河王成长，那么刀河王将来一定会是人类族群中的一位超级强者，一位可怕的存在！

但花费的时间就难说了。

所以，其他族群得趁他没有真正强大前杀死他。

“城主，罗峰凭借这样的胜率，获得了大量荣耀点，拥有了诸多接受传承的机会，同时也说明他现在实力极强，法则感悟极高。”阴影君主略微欠身，“毫无疑问，虫族、妖族、机械族这三大巅峰族群肯定急了，等罗峰成为宇宙尊者，他们想要再刺杀他就难了，所以近期他们肯定会制订刺杀计划。城主，我们该怎么应对？”

混沌城主点头：“妖族、虫族、机械族手段毒辣，不过我的徒儿现在在祖神教重地，他们能施展的手段极少。在祖神教重地，他们就算有再厉害的手段，也无法施展，只能命令一些强大的传承者去杀罗峰，这是他们唯一的办法。”

“嗯。”阴影君主点头。

祖神教重地，不可擅闯。

妖族等巅峰族群宁可任由罗峰成为一名超级强者，也不敢派出超级存在去擅闯祖神教重地，那个后果可是非常严重的。

“这件事情交给我，你要相信我的徒儿。”混沌城主道。

阴影君主再次欠身：“那属下告退了。”

“去吧。”混沌城主点头。

阴影君主能成为鸿盟情报部门总负责人，主要是因为他是虚拟宇宙公司的。虚拟宇宙在传播信息上发挥着举足轻重的作用，宇宙中其他巅峰族群都不惜巨大代价在虚拟宇宙中安插一个个间谍，建造一个个机密的通信方式，即使经常被破解，也依旧如此做。

阴影君主作为虚拟宇宙公司情报部门总负责人，很容易就兼任了鸿盟情报部门总负责人，他的权势之大，可丝毫不低于鸿盟中的其他殿主。

虫族、妖族、机械族这时候都不再观望，早就开始计划的虫族是最先安排好一切的。

虫族的虚拟世界中。

无尽云雾中，一座悬浮的美丽岛屿上，一个个有着蝴蝶般羽翼、身体仿佛水晶般白皙仿佛水般柔软的虫族母皇，正相互嬉闹着。虫族母皇容貌绝美，一个眼神就能让其他生灵心生爱怜。

“看，是异族。”

“是我们虫族联盟的孔万族。”

虫族母皇都看着那道身影，那是戴着面具、一身黑色铠甲的孔万族强者。

这名孔万族强者很快便来到了岛屿的中央，那里有一座由树木建造而成的宫殿。

殿门大开，孔万族强者步入宫殿，守卫并没有阻拦。

“孔万族觉光拜见宇宙之主。”这名戴着面具的异族强者在木质的大殿中躬身，而大殿木质王座上正坐着容貌美丽得令无数强者都为之沉迷的绝世美女，她全身被彩雾笼罩。

“觉光尊者，我需要你做的事，你知道了？”她的声音清脆，很好听。

“已知晓。”觉光尊者恭敬地回道。

“你有什么需要说的？”

“宇宙之主之所以选中我：一、我是传承者。二、我现在在兽神一道上进步缓慢，已经逐渐放弃兽神一道，准备走修炼空间法则与时间法则这条最广阔的大道。三、我拥有分身之术。四、我作为孔万族族人，擅长灵魂控制之道。”觉光尊者道，“让我去刺杀刀河王，付出的代价相比而言是最小的。”

“对，我虫族联盟中，你是最适合的，你去最好。可是对你而言，要付出的代价很大。损失一个宇宙尊者级分身，想要恢复，仅仅得到需要的神力，代价都很大，而且你将永远无法再去祖神教，永远失去接受传承的机会。”

觉光尊者恭敬地站在那里听着。

“你的一切损失，联盟会弥补。”绝美女子道，“关于刺杀，你有何想法？”

“根据觉光所知，刀河王现在一直在对战，所以一直留在他的府邸中。”觉光尊者恭敬地道，“宇宙之主也知晓，紫荆岛上每一座宫殿都是传承者的地盘，那是传承者唯一拥有绝对控制力的地方，禁止其他传承者闯入。一旦擅闯，就会遭到五彩极光湖的攻击，瞬间湮灭。所以我根本没办法擅闯进去，只能等刀河王出来。”

“从防止被人类怀疑的角度考虑，引他出来不太适合。

“最笨的办法也是最好的方法，就是静静等，等他主动从府邸中出来。”

王座上。

绝美女子俯瞰着觉光尊者，带着一丝令周围天地都失色的微笑：“你很冷静，我需要提醒你的是，最好灵魂控制刀河王。一旦他的灵魂被控制，就绝了人类逆转时空复活他的可能。

“当然如果无法灵魂控制他，就直接击杀他。

“刀河王肯定有过一些非常特殊的际遇，际遇越特殊，被逆转时空复活后所付出的代价就越大。刀河王特殊成这样，复活他的代价恐怕比复活一般宇宙尊者都要大，说不定要复活他，所付出的代价相当于复活一位宇宙霸主。

“灵魂控制是第一选择，击杀是第二选择，去吧。”

“是。”觉光尊者恭敬地回道。

紫荆岛。

觉光尊者缓慢前行，其他传承者们都远远避让开，以示对宇宙尊者一定的尊敬，这是很普遍的现象。这令觉光尊者眼眸中有着一丝愉悦。可是当看到远处河流旁江南园林风格的府邸时，他眉头皱起。

“我是宇宙尊者，可在族群眼里，在虫族联盟眼中，我却远不如那个才界主级的人类。

“我刺杀刀河王后，就会被五彩极光湖击杀，湮灭！最可怕的是，我以后做事情都得隐秘点，或者一直待在虫族疆域，否则一旦被人类族群发现，人类族群的超级存在恐怕会给刀河王报仇，杀了我！

“可笑啊！”

觉光尊者感到一阵悲哀，却又无力反抗。

连他的族群都无法反抗虫族的命令，更别说他一个宇宙尊者了。在个体实力上，他绝对算是纵横宇宙的存在了，可和拥有宇宙巅峰存在的联盟相比，他弱小得很，只能听从命令。

……

两天后。

“杀他，牺牲我？妖族天狼之主承诺会逆转时空复活我？”

“可即使被复活，我在兽神一道上也不会再有接受传承的机会，而且我会被列入人类族群欲击杀的名单。”一个好似泥巴构成的怪兽站在远处的山峰上，俯瞰着下方，耳边似乎响起天狼之主的咆哮声——“杀死他！”

……

机械族、妖族、虫族都派出了强者，他们都不约而同地派出宇宙尊者级别的强者，而且并非他们自身族群的。如此做，他们也要付出一定的代价，若是太过霸道，联盟恐怕早就崩解了。

时间流逝。

罗峰依旧非常有规律地战斗，每天1000场。

而妖族、虫族、机械族都在等，他们知道人类会猜到他们会刺杀刀河王，也会为此做准备，可是在他们看来，除非刀河王一直躲在府邸内，或者一出府邸就有宇宙尊者时刻保护，否则总是能找到机会的。

轰隆——

战斗世界中，那已经化为废墟的繁华大都市上空，罗峰一身黑色铠甲，脚踏黑色战靴，背部有着黑色羽翼，左手一招，远处600颗金色球便飞了回来。

“所有战斗，结束。”罗峰看着远处澎湃的神力余波，轻声道。

近两年时间，超62万场战斗，全部结束！

第956章

十面埋伏

紫荆岛上有一座座传承者的宫殿，距离罗峰府邸数千千米的地方便有一座仿佛枯树的古老府邸，那便是虫族联盟的一名封王级传承者的府邸，此时府邸的顶楼有一位宇宙尊者默默站在那里。

“联盟有令，我暂时待在你这里，消息不可外泄。”觉光尊者看着旁边那名封王级传承者，传音道。

“是。”那名封王级传承者恭敬地传音道，“尊者，我在静室，尊者如果有什么事，直接吩咐。”

“嗯，你去吧。”觉光尊者点头。

那名封王级传承者离去，只剩下觉光尊者。他盘膝而坐，目光越过栏杆，遥看远处刀河王府邸门前空地。

“虫族联盟的传承者在紫荆岛上有近万名，能够轻易看到刀河王府邸的宫殿有好几十座。”觉光尊者暗道，“只能这么监视着了，刀河王只要出来，就定逃不出我的视线。”

“今天他的战斗将会全部结束，他很可能会出来。”觉光尊者默默盯着。

向罗峰发起挑战的传承者共有626183名，当初罗峰对战仅仅几天时间后，各方彼此联系，就确定了这个数字。按照罗峰每天战斗1000场的速度，今天便是他战斗结束的日子。

觉光尊者的一丝意识连接荣耀世界看着黑色书，书中罗峰的战绩不断变化。

“最后32场。”

觉光尊者一想到黑色书上那可怕的战绩，就忍不住心颤。那么多荣耀点，实在太不可思议了，他也不由得嫉妒、眼红。在刀河王之前，就算实力再强也不可能有如此多的荣耀点，因为其他强者知道你实力强，一般不会发起挑战。

“我如果拥有这么多荣耀点，成为宇宙霸主就有希望了。”觉光尊者暗道。

“战斗全部结束。”觉光尊者眼睛一亮，更加死死地盯着罗峰的府邸。

……

除了机械族、虫族、妖族分别派出的三位宇宙尊者外，还有一些超级势力的强者也在默默观望，他们暂时不插手，却不介意观看一场大战。那些势力早就猜到，人类出了一个刀河王，与人类疆域毗邻的三大巅峰族群肯定不会眼睁睁地看着刀河王成长。

就看谁更狠了。

默默等待。

1小时、2小时、3小时……

觉光尊者等三位宇宙尊者，还有其他势力的强者，都有很好的耐心。

“连续战斗那么久，刀河王可能疲倦了，估计过一会儿就出来了。”

一天、两天、三天……

时刻盯着的宇宙尊者、封王级传承者们有些不耐烦了。

“难道刀河王打算一直龟缩在府邸，永不出去？可他好歹也要去接受传承啊，想要接受传承就得去岛主宫殿前的通道，这肯定是要离开府邸的。”

他们都很疑惑，可罗峰就是一直不出来。

虚拟宇宙，黑龙山岛屿，九星湾。

这几天罗峰没干什么，就陪着家人。罗峰虽然对修炼非常痴迷、执着，但一直没有忘却家人，而且自认很亏欠家人。

“爸，你是不知道，这次弟弟他在宇宙中闯荡遇到了麻烦，都捅破天了，不过非常奇怪的是，乾巫道场的最强存在——乾巫国主亲自出面保护了弟弟。”罗平说道。

旁边徐欣忍不住道：“罗峰，你管管你儿子，他这次的确是捅破天了。”

“怎么了？”罗峰好奇地看着罗海。

“没啥，我不喜欢到哪儿都说我的身份，想靠自己的实力去闯荡宇宙，这次被敌人盯上了。”罗海撇嘴道，“那个人渣，倒是嚣张得很，有个封王级的老师就觉得自己了不起了，我老爸还是混沌城主的弟子呢，怕他？”

“所以把事情闹大了？”罗峰笑了。

“嗯，凭实力，他算什么？根本不是我的对手。”罗海点头，“没想到他的老师最后现身了，一怒之下直接对我们动手，我随身携带的植物生命都远不是他老师的对手。因为我是和乾巫道场的兄弟们一起出去冒险的，和他老师斗起来的消息早早传回了乾巫道场，没想到乾巫国主亲自现身，幸亏乾巫国主现身，才保住了我们。”

罗峰有些吃惊，暗道：“罗海竟然能碰到封王级强者，上万年了，他还是第一次碰到这样的强者。”

“以后警惕点。”罗峰道。

既然罗海跟随自己的步伐，想要走强者之路，那么遇到一些危险、挫折都是很正常的，他能做的就是提高警惕，提高实力。

“罗峰，乾巫国主对我们罗家的确不错，几年前亲自现身救了罗海，就在一年前，更赐予我们罗家大片领地，足足十二个星域。”徐欣说道，“我们黑龙山星域等周围十二个星域，就是乾巫宇宙国皇族亲自安排的。”

“一年前？”罗峰心中一动。

那时自己和62万多名传承者的对战正进行到一半。

“看来乾巫国主的消息也够灵通的。”罗峰暗道，“这乾巫国主一次次悄然帮助罗家，甚至亲自出手救罗海，按理说，罗海他们遇到危险的消息传回去，乾巫国主是不会知道的，显然乾巫国主早有吩咐，将罗海的消息直接传给他，这样乾巫国主才会在紧急情况下及时赶到。”

“乾巫国主这个人情，我记下了。”罗峰暗道。

……

此时，离罗峰战斗完毕已过去了九天，紫荆岛上有心的异族强者们虽然焦急暗骂，但依旧在等着。

府邸的一座临水楼阁内。

罗峰豪气万丈，手持酒杯，自言自语着：“621081胜5102败，荣耀点超过61万个，100个荣耀点就能换取一次接受兽神传承的机会，哈哈哈……这次那些异族传承者本来是想要打压我的，没想到被我趁机狠狠大赚一笔。”

“62万多场战斗，对手可个个都是绝世天才，毫无疑问比我强的有六个，其他对手中虽然很多都侥幸胜过我，但有运气成分，就像我击败过一些与我实力相当的传承者一样，也有运气成分。”罗峰暗道。

论积分，罗峰现在排第一。621081胜，实在太夸张了，排第二的仅仅是9822胜，连10000都没有。

当然，排第二的那位是9822胜3败，论胜率，高于罗峰。

从整体来看，三重排行榜上共有九名实力极强者，这次有六名强者和罗峰战斗了，还有近万名实力和罗峰相当的强者都与罗峰战斗了。

“战斗了这么多场，我对兽神之道有了更多感悟。

“不过我不急着去接受传承，毕竟离上次接受传承才过去两年。我先将这62万多场战斗的体会全部消化了，细心研究一番，再去接受传承，一举悟透第三重，之后，我就可以去寻找适合第三分身的特殊生命了。”

罗峰早有详细的计划，他不敢有丝毫懈怠，强者之路是不容懈怠的。

罗峰当即盘膝坐在临水楼阁的地面上，开始研究兽神之道。

觉光尊者等三位背负着任务的宇宙尊者一直在焦急等待，至于那些准备看热闹的异族传承者早就放弃了，他们很多都在暗骂：“可恶的刀河王，真是胆小，竟然一直躲在府邸不出来了！我就不信你有那么多荣耀点，不去传承之地。”

一年、两年、三年……

一百年、两百年、三百年……

觉光尊者一开始屏息凝神监视着罗峰府邸，他全神贯注地监视了罗峰府邸三年，心中一直暗骂罗峰。后来他开始修炼，只是分出一丝意识稍微关注，都没心思骂罗峰了。再后来，他翻手召唤出一个智能机器人，让智能机器人帮忙盯着，他自己都懒得再看了。

“等吧。

“你终有一天要去接受传承的。”

觉光尊者已经没一点耐心了。

……

转眼已过去九百年。

“哈哈哈……感悟九百年，那62万多场战斗对我的益处真大，不断映照，法则感悟方面进步惊人，兽神之道上我距离第三重圆满都很近了，兽神意境方面都进步不少。”罗峰满心喜悦，“而且空间法则感悟也水涨船高。”

罗峰修炼的本来就是空间法则与金之法则形成的融合法则。

参悟、融合后，他自然对空间有了更深层次的领悟，举一反三，在空间方面也进步不少。

“现在地球人本尊、金角巨兽分身都能施展瞬移了，不过在空间法则的另外两大方面还得继续参悟。”

罗峰忽然起身。

“也该出去了。

“现在去接受传承，相信定能一举悟透第三重。”

罗峰看着自家府邸大门。

片刻后。

在一片宁静中，罗峰打开了府邸大门，面带微笑地走出了府邸。这时候没有一个传承者盯着罗峰府邸大门，就连那三位宇宙尊者都是安排智能机器人或者奴仆盯着罗峰府邸大门的。

“主人，门开了。”

“主人，刀河王出来了。”

“主人，刀河王出来了。”

……

三位宇宙尊者都猛地惊醒，一些派出奴仆或者智能机器人盯着的异族传承者也瞬间知晓了。

刀河王出府邸了。

第957章

刺杀

觉光尊者听到旁边智能机器人的急切喊话，睁开眼，一眼看去，只见罗峰刚刚跨出门槛。

“人类，刀河王！”

觉光尊者目光冷厉，杀机迸发。

他等了九百年，就是为了这一刻。

“刀河王，牺牲我堂堂一个宇宙尊者，只为你一个界主，这该值得你骄傲了！”觉光尊者瞬间消失不见。

……

北疆联盟、狱族联盟、九域联盟等一些得到高层命令搜集信息的传承者站在各自府邸中，死死地盯着刀河王府邸。高层的命令非常明确：“妖族、机械族、虫族肯定会派出杀手对付人类刀河王，我们静待时机。”

“是刀河王死，还是机械族等吃大亏？”

“他们用什么手段杀刀河王？”

上万名偷偷观战的传承者个个屏息。

……

罗峰微笑着走出府邸大门，随意挥袖，门轰然关闭。

罗峰前方毫无征兆地出现了一道巨大的身影，那是一只全身仿佛粘着泥巴的怪兽，一双平常灰蒙蒙、平静的眼睛此刻却迸发出无比可怕的杀机。

轰隆——

怪兽毫不犹豫直接扑向罗峰，速度快到极致，同时他的体表瞬间爆发出让周围天地都震颤的气息，气息瞬间暴增千倍。

他已然燃烧神体!

“嗯？”觉光尊者刚施展瞬移出现，便发现了那只身上好似粘着泥巴的怪兽，他顿时略微错愕，“沼蚀尊者？”

觉光尊者反应极快，当即后退一步，已然躲闪到上千千米之外了。

“沼蚀尊者竟然也要刺杀刀河王？”觉光尊者暗惊，“我且先看看，刚才我仅仅施展瞬移到刀河王不远处，根本没进攻刀河王，五彩极光湖不会认定我要杀他，先看看情况。”

罗峰刚关闭府邸大门，就遭到了沼蚀尊者燃烧神体的攻击。

“弑昊羽翼！”原本罗峰背后一直没有翅膀，此时瞬间生出翅膀，双翼猛地一展，当即便要闪躲。

一股虚化神力瞬间钻入罗峰脑海，在燃烧神体的情况下，这股虚化神力欲强行控制住罗峰。

“想要控制我，让我成为奴仆？做梦！”罗峰的意志无比坚定，那股虚化神力尽管不断侵袭罗峰的意志，还是无法撼动罗峰的灵魂。

塔珠坐镇化为兽神的灵魂中，只是微微震荡，便挡下了虚化神力的侵袭。

已经到了罗峰身前的沼蚀尊者，眼眸中闪过一丝吃惊。

他似乎很意外，他竟然没有控制住刀河王，他可是宇宙尊者，燃烧神体竟然都没能成功控制刀河王。

轰隆——

紫荆岛上空原本一直很安静的五彩极光湖猛地震荡起来，同时一道道极光迅速俯冲而下，沼蚀尊者已然燃烧神体，速度何等快，他根本看都不看那可怕的五彩极光。

“死吧！”沼蚀尊者张嘴道。

表面满是泥水的巨大舌头仿佛天空，直接笼罩向罗峰。这可是沼蚀尊者的天赋秘法。他的舌头具有无比可怕的侵蚀力，即使是同层次的宇宙尊者，也扛不住。

弑吴羽翼的速度是快，可怎么比得过一位燃烧了神体的宇宙尊者的攻击速度?

青蛙吐舌，快如闪电。

沼蚀尊者吐出巨大的舌头，罗峰刚动，就被卷住。

“哼。”罗峰冷漠地看了一眼沼蚀尊者。

沼蚀尊者丝毫不惧。

巨大舌头笼罩罗峰的瞬间，那股可怕的侵蚀力便作用在弑吴羽翼上，却发挥不了任何作用，倒是罗峰体表的铠甲瞬间被侵蚀出一个个窟窿。舌头除了具有侵蚀作用之外，还有抽打作用。

舌头如布棍，猛地抽打罗峰。

舌头抽打的冲击力何等可怕，那可是一位宇宙尊者燃烧神体后的威力。

轰隆——

即使防御力再强，罗峰也瞬间就被震得完全湮灭，肉体在这股可怕的冲击力下被震得完全化为虚无，剩下破碎的将甲、完好的羽翼、塔珠、《星辰布道图》、一滴将魂水、坚硬的世界戒指……

嗖！嗖！嗖！

五彩极光仿佛一道道流光迅速坠下，甚至连周围空间也完全被锁定，沼蚀尊者想要施展瞬移逃跑都来不及，这可是五彩极光湖控制的范围啊！

“哈哈哈……”沼蚀尊者仰头发出疯狂的笑声，眼眸死死地盯着一道道坠下的五彩极光，“能够死在祖神教的护教至宝下，也不算丢脸！”

极光原本过万千米长，可坠下时不断缩小，最后仿佛箭矢般粗细。

噗噗噗——

五彩极光瞬间贯穿了沼蚀尊者的神体，宛如万箭穿心，沼蚀尊者的神体仿佛泡沫，瞬间消失大部分。紧跟着，一眨眼，连剩余的一点点神体也完全湮灭，而那五彩极光飞向了高空。

一切恢复平静。

紫荆岛上空的五彩极光依旧不断变化着，而罗峰府邸门口，连原本破损的土地也瞬间恢复完好，这就像冰狱中的雪地可以不断恢复一样。

“死了。”远处的觉光尊者看着这一幕。

五彩极光的威力太可怕了，瞬间就湮灭了一位燃烧神体后的宇宙尊者！五彩极光湖里的五彩极光可是无穷无尽的。五彩极光湖号称宇宙最强至宝之一，更是祖神教的护教至宝，威力的确可怕无比。

觉光尊者内心有庆幸、胆寒、后悔，复杂万分。

“不管怎样，刀河王死了，向虫族禀报吧。”觉光尊者喃喃道。

……

“刀河王竟然死了！”

“就这么死了？”

“完全湮灭化为虚无，死得不能再死了。”

……

远处看着这一幕的传承者们都有些发愣，紧跟着，他们一个个都立即开始传递消息给己方势力。

星空中，那被一团团火焰笼罩的一方时空中，天狼殿的天狼之主几乎同时得到了消息。

“哈哈……沼蚀尊者竟然杀了刀河王！

“哈哈哈……死了，那个可恶的小家伙死了，也不知道沼蚀尊者死前有没有灵魂控制住刀河王。”

“不管有没有灵魂控制住，目的达成了。哈哈，混沌城主不是庇护刀河王的吗？可惜啊，就算是混沌城主，也不敢擅闯祖神教重地吧。”天狼之主站在天狼殿前，仰头发出一声令一方时空震颤的咆哮。

他无比愉悦，有毁掉人类绝世天才的如释重负，也有报复混沌城主的痛快。

紫荆岛上，一道道密密麻麻的身影破空飞起，来自宇宙各族的传承者们几乎个个都出了府邸。刚才沼蚀尊者燃烧神体产生的能量波动何等可怕，五彩极光湖降下了一道道五彩极光，空间都震颤了，谁都发现了不对劲。

“怎么回事？”七剑王几乎在感应到宇宙尊者燃烧神体产生可怕波动的同时，就立即破空而来，紧跟着施展瞬移，抵达离罗峰府邸不远的地方。这时，沼蚀尊者的舌头已经在抽打罗峰了，所以七剑王并没看到罗峰。

七剑王怔怔地看到那一道道五彩极光降临，沼蚀尊者殒灭。

“沼蚀尊者杀的是谁？”七剑王有些疑惑。

“七剑王。”

“七剑王。”

“七剑王。”

察曼王、离烁王、千雨王出现在他旁边。

“谁死了？五彩极光杀的是谁？”

他们三个比七剑王还要慢一步，连沼蚀尊者殒灭的那幕都没看到。

“是沼蚀尊者，不知道他杀的——啊！”七剑王眼睛瞪得滚圆，震惊地看着罗峰府邸门前的一些残留物品，那是沼蚀尊者和罗峰留下的物品。沼蚀尊者自知必死，一些珍贵的宝物早就被他安放他地，罗峰反而留下了不少宝物。

最耀眼的无疑是巨大的银色羽翼。

要知道，刀河王最出名的可就是他的羽翼，甚至早就有传说，刀河王的羽翼是至宝。

“羽翼！”

“是刀河王！”

七剑王有些发蒙，他已经暗中将刀河王当成自己要超越的目标，没想到刀河王竟然——

“是刀河王死了。”

“刀河王被沼蚀尊者击杀，死了。”

从其他地方传来一些异族强者激动交谈的声音。

那个在界主级就名传宇宙的绝世天才，那个刚进入紫荆岛不久，连续战斗62万多场，赚取大量荣耀点，让无数传承者眼红的绝世人物就这么死了？

对无数异族传承者来说，冲击力是巨大的。

“那是刀河王死后留下的羽翼！”

“至宝！”

“那对羽翼是至宝！”

很多刚刚知晓刀河王被击杀的异族传承者还有些发蒙，紧跟着便听到数道惊呼声，连很多宇宙尊者也都死死地盯着罗峰府邸门前的那些物品，特别是那对巨大的银色羽翼。

至宝的诱惑力是极为惊人的。

第958章

蠢蠢欲动

“那可是至宝，我如果能得到至宝，就算永远不来这传承之地，那也值了。”悬浮在半空的传承者们，还有众多宇宙尊者都盯着府邸门前最醒目的巨大银色羽翼，个个蠢蠢欲动。

原本关闭的门竟然再度开启，吓了远处无数传承者们一跳：“刀河王不是死了吗，他府邸的大门怎么从里面开启了？”

只见一名穿着青色铠甲、神体宛如钻石雕刻而成的封王级强者站在门内，正是罗峰的奴仆炼心王。

“各位传承者，”炼心王高声道，“刀河王并没有死，他的宝物，大家也千万不要碰。一旦碰了，就等于动手抢刀河王的宝物。相信诸位比我更清楚祖神教的规矩，五彩极光湖保护每一名传承者，谁敢动手杀其他传承者，就会遭到五彩极光湖的攻击；抢夺其他传承者的宝物，等同攻击该传承者，也会遭到五彩极光湖的攻击。”

数千万名传承者，遮天盖地，看着站在门口根本不敢往外跨出一步的炼心王。

“刀河王没死？你怎么知道刀河王没死？”一名妖族传承者声音轰隆，“你又是谁？我可从未在紫荆岛上见过你。”

“我是刀河王的灵魂奴仆，从来不敢走出府邸一步。若是我的主人刀河王死了，我也就死了。而现在我没死，我的主人自然也活着。”炼心王道，“在场任何一件物品，谁都不能碰！没有我主人的允许，其他强者碰这些宝物都会被认定为抢夺传承者的宝物，会被五彩极光湖灭杀的！”

炼心王的声音回荡在紫荆岛上空。

一时间，数千万名传承者犹疑着。

若是抢夺活着的传承者的宝物，自然要被五彩极光湖灭杀。可如果传承者已经死了，那么他的宝物就是无主之物，自然可以拿走。

嗖！

一道身影直接扑向银色羽翼。

“富贵险中求，我困在最后一步亿万年，还不如搏一次！我可是亲眼看着刀河王被灭杀，完全湮灭，哪能轻信这不知道从哪儿冒出来的家伙？我要得到这件至宝！哼，我是传承者，其他传承者根本不敢攻击我，我要翻身了！凭借这件至宝，我可以向族群换得诸多资源、宝物，说不定就能一举突破成为宇宙尊者。”一道黑色流光一闪就到了府邸门前。

“别！”炼心王喊道。

“不好，被他抢先一步！”心中贪婪却犹豫的传承者们顿时懊恼，但不敢去抢了。

“是我的！”

黑色身影的利爪碰触银色羽翼的瞬间，一股无形的力量顿时令周围的空间波动凝固，这道身影就像之前的沼蚀尊者一样，无法逃脱。

“不！”

黑色身影感应到空间波动被锁住，顿时发出凄厉的叫声。

他不甘心啊！

此次一死，就算将来被族群复活，他也会失去身上多年积累的宝物，还会失去接受传承的机会。现在就很难突破了，将来如果被复活，会更难突破。

嗖，仅仅一道五彩极光从高空迅速坠下。

黑色身影连忙丢掉手中的银色羽翼，破空飞去，想要逃走。

哧——五彩极光瞬间贯穿他的神体，一个窟窿出现，紧跟着，他的神体仿佛泡沫，直接湮灭。那道五彩极光则再度飞向高空，回到五彩极光湖中去了。

寂静！

整个紫荆岛一片寂静！

“死了？”

半空，数千万名传承者都震惊了。他们都是各族的绝世天才，怎么可能轻易就相信炼心王所说的？可是当亲眼看到一名传承者因为触碰银色羽翼而被五彩极光击杀后，都瞬间明白了一件事——刀河王还活着！

“刀河王还活着？”远处半空的觉光尊者俯瞰着下方，眼眸中满是震惊，“这……他明明完全湮灭，怎么可能还活着？难……难道他有分身之术？”

分身之术在宇宙中也算很罕见的手段，但除了分身之术，单单分出一个分身的手段有不少，无论何种手段，分身的实力、气息与本尊会有明显的区别，以他宇宙尊者的眼力，自然能够一眼看穿。

但显然，之前被击杀的，实力、气息与真正的刀河王没有区别。

“分身之术？他一个人类怎么可能有分身之术？我因为是孔万族的天生圣子，才有分身之术的。”觉光尊者觉得难以置信。

“他还活着，那我怎么办？”觉光尊者焦急万分。

就在紫荆岛上空数千万名传承者震惊万分，看着地面上的宝物却不敢动时，一股强大的威压忽然降临。

只见一道身影出现，身躯笼罩上万千米范围，巨大的羽翼展开，龙首探出，俯瞰下方。顿时，数千万名传承者个个降落下来，全部恭敬地行礼：“岛主！”

来者正是紫荆岛岛主护教兽神！

“竟然有宇宙尊者来刺杀刀河王，哼，在我祖神教重地刺杀传承者，真是有胆量，敢违背我祖神教之令，就该永远殒灭！”护教兽神声音轰隆，“即使沼蚀尊者被逆转时空复活，我祖神教也定将追杀他！”

威压强大，令数千万名传承者色变。

太霸道了，被逆转时空复活的沼蚀尊者还会遭到祖神教的追杀！

这话可是护教兽神公开说的，肯定代表了祖神教高层的意见，让无数传承者胆寒。

“幸好，幸好！”觉光尊者听了也是一阵后怕。

“竟然有其他传承者欲夺走刀河王之物。”护教兽神俯瞰下方，眼眸冰冷，“刀河王的兽神传承令都没碎，自然还活着。我祖神教规矩少，但是一旦定下，就不容挑衅！夺其他传承者之物，他死，也是应该的。”

……

护教兽神降临的同时，罗峰府邸内，其中一座楼阁的地面上有一个蒲团，那个蒲团是魔杀族分身所化，内含世界戒指，世界戒指内有罗峰的原核。

体内世界中。

广袤的体内世界高空有一个黑发青年。

“哈哈哈……又成了。”

“没想到那些异族还真是如此，我刚刚出门就刺杀我。派遣一位宇宙尊者来击杀我，还真给我面子。可惜，宇宙尊者没能干掉我，只是浪费我些许能量罢了。”罗峰体表瞬间凝聚出一套战衣。

罗峰连续战斗62万多场，异族将要刺杀罗峰的消息，连其他传承者都猜到了，罗峰又岂会不知？

不过罗峰很自信，他有分身之能，只要将原核留在最安全的府邸内，那还担心什么？即使地球人本尊被灭，也能再度复活。罗峰灵魂没真正死去，兽神传承令就不会碎，五彩极光湖也会认定罗峰还活着，罗峰的宝物，谁也不能碰，一碰就会遭到五彩极光湖的攻击。

如此，还怕什么？

罗峰坦荡荡地走出去，他想要看看异族会耍什么手段，他有塔珠坐镇灵魂，不惧灵魂控制，异族强者能奈他何？

“不过当时还有另外一个宇宙尊者突然出现，只是他发现有宇宙尊者已经下手，所以暂时退却了。”罗峰摇头，“可惜，经此一役，他恐怕也不敢对我下手了。他很清楚对我下手没用，而且还得付出自己的小命。”

嗖，罗峰离开体内世界，来到府邸楼阁中。

……

数千万名传承者忽然看到，银色羽翼还有其他宝物全部朝府邸内飞去。

这些宝物已被罗峰所炼化，一旦他现身，就能轻易召唤。之所以没让魔杀族分身召唤，是因为魔杀族无法召唤将甲、将魂。只有血肉类生命才能用将甲，只有地球人才能用将魂。

虽然金角巨兽分身也能召唤将甲、将魂，但金角巨兽分身太大，一旦从体内世界出来，肯定会占据府邸上方天空。

“嗯？”数千万名传承者都看向府邸。

“宝物怎么飞进去了？”

“刀河王没死，那都是他炼化的宝物，他当然能召唤过去。不过，他刚刚明明湮灭了，怎么就……”

数千万名传承者都盯着，包括七剑王也死死盯着罗峰的府邸。

在府邸门口一直不敢跨出半步的炼心王恭敬地行礼：“主人。”

只见一道身影已然出了府邸大门。

正是穿着银甲、银色战靴的刀河王，弑吴羽翼展开着。

“是他，刀河王！”

“他竟然一点事都没有，好好的！”

“他难道有传说中的天赋——分身之术？”

宇宙各族的传承者们都震惊地看着罗峰走出府邸大门，只见罗峰躬身向高空中的兽神行礼：“岛主。”

“嗯。”护教兽神俯瞰下方，淡淡应了一声。

亲眼看到刀河王殒灭，现在又见到这一幕，觉光尊者等一批想要罗峰死的异族强者不由得一阵心颤。

他们已经知道，要击杀刀河王，比他们想象的要难百倍千倍。

七剑王、察曼王等人类强者，还有无数传承者都认定刀河王实力强悍，不可与之为敌。

第959章

唯有灵魂

“都散去吧！”悬浮在紫荆岛上空的护教兽神俯瞰下方，声音响彻整个岛屿，“都记住，刀河王为我祖神教的传承者，刺杀他，必将遭到祖神教的追杀！”

“是！”

无数传承者躬身。

随即高空中的护教兽神消失不见，之前个个屏息的传承者这才松了一口气。

“怎么回事？沼蚀尊者不就是刺杀了刀河王吗，在祖神教的历史上，传承者之间曾经也发生过杀戮，可是没见祖神教专门下令追杀。沼蚀尊者即使将来被逆转时空复活，也要被追杀，这实在是……”

“愚蠢的家伙，你这都不懂？显然，祖神教将刀河王特殊对待了。你们没见到祖神教对逐虫王是何等用心？现在也开始特殊对待刀河王了！”

“刀河王会是第二个逐虫王？”

“哼，刀河王这般潜力，等成了真正的不朽神灵，不比逐虫王差。”

“难怪祖神教特殊对待他。”

宇宙各族的传承者们彼此交谈，三三两两化作流光飞去。对绝大多数传承者而言，这仅仅是一个热闹罢了，而那些接受了族群命令的传承者有些烦心。

“这……这可怎么杀？根本无法杀死他了。”觉光尊者看着站在府邸门口的罗峰，一时间思绪繁杂。

忽然，罗峰抬头看过来，朝觉光尊者咧嘴一笑，似乎在说“来杀我啊”。

“哼！”觉光尊者知道罗峰猜到自己的意图了，也不废话，当即施展瞬移，消失。

罗峰站在府邸门前，看着无数传承者离去，心中浮现诸多思绪。之前护教兽神公开说，即使沼蚀尊者被复活，祖神教也会追杀他。当时地球人本尊虽然在体内世界中，但变成蒲团的魔杀族分身听得清清楚楚。

“祖神教倒是待我特殊啊。”罗峰暗道，“不过，我现在在他们心中，地位似乎还没逐虫王高，逐虫王可是被他们赐予了两件至宝，我可什么都没有。”

随即罗峰转身回了府邸。

炼心王主动关门。

“虽说待在府邸内无比安全，但现在分身之术已经暴露了，各族强者都会猜出分身之术的要害，我的原核还是留在人类疆域吧。”罗峰当即走到一个寂静偏僻的大厅内，魔杀族分身早就回到体内世界了，戒指落在罗峰掌中。

罗峰站在偏厅内。

迷蒙的金光亮起，开启神国传送，罗峰隐隐看到金光通道对面的神国。

嗖！

传送结束。

5分钟后，金光再度亮起，罗峰又出现了。

“主人。”炼心王早在偏厅内等待。

“哈哈……”罗峰一笑。

既然分身这个天赋能力已经暴露，自然就得将原核送到虚拟宇宙的要地原始秘境中，而且罗峰专门安排奴仆天阵王戴着戒指，世界戒指中藏有金角巨兽分身以及原核。

“主人。”又一道声音响起，只见摩云藤飞入偏厅。罗峰早知道会遭到刺杀，所以之前出去时自然没有带着摩云藤。

“我要去接受传承，摩云，你和炼心王继续留在府邸。”罗峰吩咐道。

“主人，我和你一起出去。”大量的藤蔓摇动着。

“虽说现在再出现刺杀者的概率极低，但还是谨慎点。”罗峰笑着吩咐，“放心，我出去冒险时，还是要带你的。”

“是。”摩云乖乖应着，那些藤蔓都微微垂下。

罗峰随即直接出了府邸，没施展瞬移，而是在紫荆岛上漫步，足足走了半个多小时才抵达岛主宫殿前的传送通道。罗峰走了这么久，自然被无数强者盯上了，甚至于其中就有那两位被命令刺杀罗峰的宇宙尊者，但他们对罗峰无可奈何。

若是拼命就能击杀刀河王就罢了，恐怕他们真的拼命杀了刀河王，转眼刀河王又会活着出现，白费力气，那两位宇宙尊者是肯定不会做这种事的。

嗖！

罗峰迈入水幕。

“刀河王去接受传承了。”

“他可有60多万个荣耀点，想要什么时候接受传承都行。传承之地似乎成了他的领地，想去就去。”

看到这幕的异族传承者无不嫉妒。

……

当罗峰接受传承时，宇宙各大超级势力都已经得知了之前发生的事情，妖族、虫族、机械族非常愤怒：“刀河王强成这样就罢了，竟然还拥有天赋能力——分身，这实在是……人类族群竟然有这样的绝世人物！”

天赋能力分身是无法靠修炼得到的，是宇宙赐予一些稀有族群、特殊生命的特有能力。

一般拥有分身能力的不朽神灵都是很难被击杀的，因为即使一个分身被灭杀了，也能凭借其他分身，将被毁掉的分身恢复，最多付出不少代价罢了。

“宇宙之主，我们要杀死刀河王用其他方法都不行，只有一个办法，就是透过灵魂，灵魂侵蚀或者灵魂控制，这是对付拥有天赋能力分身的强者的唯一手段。”

“你去制订计划吧。”

……

“他的命核肯定藏在人类族群最安全之地，要杀他，只有透过灵魂，没有其他办法。”

“是的。”

……

诸多势力的超级存在都清楚这一点，在界主级时，原核是要害，可若是成了不朽神灵，打破原核成就神国，那时候，要害就是神国。而神国可以藏匿在空间夹层极为遥远偏僻之地，想要找到几乎不可能。

拥有天赋能力分身的不朽神灵，一般会留一个分身在神国，以防其他分身被灭。找不到神国，那么击杀拥有天赋能力分身的不朽神灵的唯一办法就是——透过灵魂。

不同分身有同一个灵魂，同一个意识。

一旦其中一个分身被灵魂控制了，那么其他分身也会被控制。如果其中一个分身被灵魂侵蚀了，那么其他分身也会被灵魂侵蚀，仿佛被感染了病毒。

灵魂是连接不同分身的关键。

……

“沼蚀尊者即使被逆转时空复活，也会遭到祖神教的追杀，他们强烈要求我们妖族给予更多的补偿。”

“我已应允会逆转时空复活沼蚀尊者和给予他们族群补偿，现在还提高价码吗？”天狼殿前，天狼之主发出愤怒的咆哮声。

妖族、机械族、虫族三大族群中，最愤怒的无疑是妖族了，特别是负责这件事的天狼之主。

损失一位宇宙尊者，花费巨大代价，却仅仅损耗了刀河王些许能量，恐怕凝聚肉体所需的那点世界之力都花不了他1混元单位。

“天狼之主，沼蚀尊者将来会很悲惨，他们族群提高价码也不奇怪。若是我们不答应，联盟中其他族群恐怕会心寒。”

“可恶！”天狼之主的确是满腔怒火。

他恨人类，恨混沌城主，也恨刀河王。

“补偿他们的事，你负责吧。我问你，你可有办法击杀刀河王？”天狼之主站在天狼殿前，盯着那道巨大蛇影。

蛇影匍匐着：“天狼之主，唯有透过灵魂这个办法，没其他办法。”

“怎么执行？”天狼之主道。

“天狼之主，现在最可恶的是祖神教，祖神教出面，特殊对待刀河王，由此可见，祖神教非常看重刀河王，想要像当初培养逐虫王一样培养刀河王。只是刀河王现在本身实力还不够强，祖神教还没真正展露出他们的用心，可那道公开发出的追杀令，足以让我妖族联盟在祖神教的宇宙尊者没有一个愿意去杀刀河王。

“而且我妖族联盟在祖神教的宇宙尊者就那么点，也经不起损失了。现在只能等，等合适的机会。”

“要等到什么时候？”天狼之主咆哮。

巨大蛇影匍匐在虚空中，不吭声了。

什么时候？谁知道什么时候。反正只要刀河王待在祖神教，这些势力就一点办法都没有，就算擅长灵魂方面的宇宙尊者，也怕遭到祖神教的追杀。祖神教可是宇宙第一大势力！宇宙尊者不怕被人类追杀，但怕被祖神教追杀。

“去吧。”天狼之主转身，进入天狼殿内，他也知道自己属下是无法回答出来的。

紫荆岛，传承之地。

虚空中，鸠风尊者微笑地看着罗峰：“刀河王，恭喜，你的名字已经从三重排行榜上消失，进入四重排行榜，看来你的第三重已经圆满。”

“是的。”罗峰点头。

之前62万多场的对战，对罗峰的帮助的确极大，加上之后九百年的参悟修炼，再接受第三重传承，便一举悟透了，直接开始接受第四重传承，只是这次罗峰的收获极少。

“好好努力，我人类族群的超级存在们个个都很看好你。当年我虽然看好戎钧，但现在我也非常看好你。”鸠风尊者对罗峰道。

罗峰一笑，随即踏入传送通道回了紫荆岛。

第960章

离去

罗峰接受传承完毕的当天，在虚拟宇宙鸿盟城一家餐厅的包厢内，罗峰、千雨王、察曼王、离烁王正聚在一起。

“刀河王，急着找我们有什么事？”离烁王直接道，“莫非是今天刚刚遭到刺杀，心中激动难平，找我等聊天？”

“你以为刀河王像你？”察曼王故意揶揄道，“没见到刀河王遭到刺杀后，再度走出府邸，面对宇宙各族传承者那处变不惊的模样？”

“难说哦。”千雨王笑着看罗峰。

“三位，”罗峰端起酒壶，给察曼王他们三人倒酒，“我找三位，自然是有事想请三位帮忙。”

“刀河王亲自倒酒啊，再普通的酒，那也不普通了。”察曼王端起酒杯轻轻品了一小口，“你有什么事尽管说，我们三个但凡能帮上忙的，绝无二话。只是不知道哪里用得到我们？”

谁都知道刀河王将来定是不凡，和这样的存在多点交情是非常好的一件事。像乾巫国主走的是迂回之道，不直接结交罗峰，而是帮着罗峰的家族。

“说吧。”

“只要能做到，一定帮。”

千雨王、离烁王也看着罗峰。

"我想要搜集关于秘境之地的详细情报。"罗峰道，"据我所知，不少传承者通过岛主宫殿前的传送通道，前往秘境之地。他们肯定搜集了不少情报，我需要这些情报。"

察曼王端着酒杯，皱眉："祖神教专门设置了三条通道，分别通往宝藏之地、传承之地、秘境之地，显然也是希望我们这些传承者去闯荡、冒险，也的确有不少传承者去冒险。他们都会结成队伍，彼此帮助，而且只要在荣耀世界中申请成为一个小队，那么队员间就绝对不能相互厮杀。在秘境之地中，意识完全可以随时连接荣耀世界，并保持同步传送，谁如果胆敢杀戮同伴，就会遭到祖神教的驱逐、追杀。"

千雨王、离烁王也看着罗峰。

他们都猜刀河王是不是要去秘境之地。

"你若是要去，加入队伍比较好。"察曼王道。

"多谢，我需要情报。"罗峰道，"麻烦你们告诉我，有没有办法获取相关情报。"

"没问题。"察曼王点头，"去过秘境之地的传承者有不少，我鸿盟内部就有不少情报，不同团体间也经常交换情报。给我们点时间，很快会整理一份有关祖神秘境的详细情报。"

"刀河王，你如果要去秘境之地，可得小心，那个地方非常危险，即使你有详细的情报和封王级实力，也不够。一旦你殒灭了，就算你有天赋分身之术，遗失在危险之地的宝物也找不回来了，那就得不偿失了。"千雨王道，"最好加入队伍，有宇宙尊者的队伍会安全一些。比如有我鸿盟的宇宙尊者坐镇的队伍，或者有和我鸿盟关系还算不错的宇宙尊者的队伍。"

"多谢。来，喝酒。"罗峰端起酒杯。

见罗峰不愿多说，千雨王他们三个也知趣，不再多说，和罗峰开怀畅饮。

许久，大家才散席。

目送罗峰离开后，站在餐厅前的千雨王等人彼此相视。

“他想要搜集情报，看来对秘境之地很感兴趣。”察曼王传音道。

“谁没兴趣？那可是最危险的秘境，非常神奇。只是我感觉，刀河王似乎想要独自进去。”千雨王皱眉。

“别管了，刀河王的手段比我们想象的厉害得多。”离烁王传音道，“他难得请我们帮忙，我们就赶紧搜集情报吧。”

他们三人当即消失，离开虚拟宇宙，去荣耀世界了。

紫荆岛，罗峰府邸内。

“祖神秘境是宇宙中最神秘、最危险的秘境，拥有最多的宝物，拥有最多的特殊生命，是我寻找第三分身的最佳地方。”罗峰凭栏而望，看着天空中一圈圈蕴含无数法则秘纹的光影湮灭、再生。

“现在我的《衍神七变》第三篇已练成，已经能够驱动弑吴羽翼第二形态，可形成空间乱流，逃命能力提升十倍百倍。

“第三篇圆满也代表我的法则感悟达到闯过通天桥第20层的境界了。不能再拖了，是时候选择第三分身了。”

罗峰的血液在沸腾，心中充满着期待、渴望。

在传承之地刚刚结束传承时，罗峰的第一个念头就是——找到合适的特殊生命，孕育第三分身，跨入不朽级。

“我的名字早已传遍宇宙，更成了三大巅峰族群必杀的目标，我必须尽快提高实力。”

“待我成为不朽神灵后，相信我的生命基因强度和逐虫王的也差不了多少，到时便拥有宇宙尊者实力了，而且一般宇宙尊者都不是我的对手。”罗峰暗暗道，“现在暂且忍耐，只等对我将来的成长极其重要的第三分身孕育成功。”

……

罗峰在府邸中默默等待，等待察曼王等人的情报。

人在等待，可他的心已经飘入那神秘的秘境之地了，那里定有适合他孕育第三分身的特殊生命。

这一等便足足等了十六天之久。

虚拟宇宙，鸿盟城内，依旧是那家餐厅的包厢中。

罗峰、千雨王、察曼王、离烁王他们四人围桌而坐，桌上满是来自宇宙各地的美食。罗峰点击半空，半空浮现一块屏幕，他轻轻点击屏幕，打开邮箱，查看邮件内容。

在祖神教漫长的历史中，一批批传承者早就去秘境之地闯荡过了。他们结伴而行，小心翼翼，很多都是觉得突破没有希望才去的。他们去秘境之地冒险试一试，有些能获得特殊际遇，一举翻身。

一批批传承者给后来者留下了大量的情报。

“怎么样？”千雨王道。

罗峰双眸盯着屏幕，连连点头：“很好，比我想象的要好多了，情报非常详细，很多危险之地、特殊生命都有记载。”

“刀河王，你我相交一场，有些话我还是得说。虽说有了这些情报，但去秘境之地闯荡的传承者死了一批又一批。祖神秘境实在太大了，就算从宇宙诞生开始不断探寻，探寻到现在都无法探寻清楚。这些情报虽说详细，但也仅仅是一小部分区域，很多地方都没记载。你如果想要单独一个人进去，还是得好好考虑清楚。”察曼王忍不住提醒道。

“察曼王，多谢了，我明白。”罗峰关闭屏幕，打算等一会儿单独一个人仔细研究情报，“放心，我不会乱来。”

罗峰没有听从朋友们的意见，他岂是那么容易就被说服的？得到情报的当天，罗峰就通过神国传送离开了紫荆岛，抵达域外战场星辰塔。

星辰塔，核心大殿中。

罗峰早就在星辰塔内留下了信物，可随时被传送到这里。

“我的《星辰布道图》中仅仅有100颗镇封星辰，我现在启动第二式就使用了52颗镇封星辰，将来怕是不够用。”罗峰来到核心大殿边缘，翻手，《星辰布道图》悬浮。罗峰同时操控着环绕在核心大殿周围的一颗颗镇封星辰。

这些镇封星辰都是可以随意拿取的。

嗖！嗖！嗖！

仿佛下冰雹，一颗颗镇封星辰缩小后迅速坠下，融入《星辰布道图》，仅仅片刻便有1700颗镇封星辰融入，《星辰布道图》中的镇封星辰数量达到了1800颗之多。

罗峰左手一伸，《星辰布道图》迅速缩小，落在手掌之上。

《星辰布道图》上那一颗颗模糊的镇封星辰，仿佛漫天繁星。若是仔细去数，可以数出1800颗。

“融入1800颗镇封星辰后，《星辰布道图》给我的感觉都不一样了。”旁人从表面上看没区别，可罗峰的意识和《星辰布道图》相连后，能够感觉到《星辰布道图》滔天的威力。

一颗颗镇封星辰蕴含的威力叠加后，形成了一种毁天灭地的可怕力量。

“当我能驱使1800颗镇封星辰时，恐怕已经是宇宙尊者了。”罗峰暗道，“有这1800颗镇封星辰，《星辰布道图》够我使用比较长的一段时间了。”

“星辰塔，等我回来吧，下次回来，恐怕就是我完全驱动你的时候。”

罗峰哈哈一笑，随即面前出现迷蒙金光。

嗖，罗峰已经施展神国传送离开。

……

仔细研究了有关秘境之地的情报，又在人类疆域购买了一些宝物后，罗峰回到紫荆岛。

“让魔杀族分身去诸多危险之地探险，又怎么能跟其他传承者一起行动？更何况，想要刺杀我的异族强者多的是，和其他传承者一起行动可能会节外生枝。”罗峰站在府邸内。

“炼心王，你暂且留在府邸。”罗峰吩咐，“记住，千万别走出府邸。”

“明白。”炼心王恭敬地道。

罗峰瞬间进入世界戒指，同时魔杀族分身出现。

穿黑衣的罗峰咧嘴一笑，随即气流涌动，施展天赋秘法复制，直接变成了异族传承者的模样，连气息都一样。不过因为整个紫荆岛都在五彩极光湖的范围内，这里发生的一切五彩极光湖是知道的。

“走。”罗峰施展瞬移，出现在了岛主宫殿前的广场上，一迈步，便跨入了右边的喷泉水幕，嗖的一声，被传送到了秘境之地。

第961章

世界树

祖神秘境，广袤无边。

其中一方虚空中，有一个美丽的喷泉，泉水喷涌，周而复始。一道身影从泉水中走出，正是罗峰。

罗峰环顾周围，周围除了悬浮在虚空中的喷泉外，竟然没有任何看守者，他不由得低声道："祖神教的确自信，传送通道就这么放在这里，也丝毫不担心有谁来破坏。也对，祖神秘境是祖神教的地盘。"

"变。"罗峰瞬间切换身体，地球人本尊出来，魔杀族分身则进入了世界戒指。论实力，地球人本尊要强得多，特别是他刚刚将第三篇练成，已然能够施展弑吴羽翼第二形态，拥有了更强的保命能力。

"探测仪。"罗峰开启微型探测仪和大型探测仪。

探测仪设计之初，最根本的用途就是方便强者闯荡宇宙秘境，而非在域外战场上探测敌人踪迹。

大型探测仪，在宇宙秘境中急速赶路时可使用。大型探测仪能发现远距离的天体，使用者能早早避开。

不管有没有危险，直接选择在虚空中前进，这是最安全的一种做法。

微型探测仪则是使用者进入某些危险之地时探测用的。

嗖，罗峰化作一道流光破空飞去，发现前方很安全时，还施展瞬移，加速前进，小心翼翼地避过一个个危险之地。

祖神秘境中有很多千奇百怪的东西，例如有些巨大的天体很诡异。在正常的宇宙星空中，天体大多接近球形，比如行星、恒星、白矮星、中子星等等，乃至黑洞也是如此。

而祖神秘境中，可能会出现形状很不规则的天体，或者出现一块巨大的陆地，或者出现巨大的湖泊，湖泊中或许还会有一些岛屿，虚空中偶尔会出现飘浮着的连绵起伏的山脉，山脉上还有瀑布。

祖神秘境看似美丽、神奇，实则危机四伏。

如罗峰路过看到的一个瀑布，就算是宇宙尊者，一旦碰到瀑布之水就会瞬间被冻僵，冻得生命印记都完全崩溃，直接死亡。这瀑布之水名叫寒鲸九色水，如果将重宝紫色古钟或者用特殊金属打造的器皿浸入寒鲸九色水，那就赚了。寒鲸九色水可以被巧妙运用到强者的战斗中，威力无限。

可惜——

瀑布下方的巨大寒潭中生存着一种可怕的特殊生命——寒鲸。寒鲸九色水从不同角度看呈现不同的颜色，而它本身共有九种颜色。在宇宙诞生不久，曾有强者探险时发现寒鲸九色水，觉得漂亮、神奇，于是想弄走一点，可还没碰触寒鲸九色水，就遭到了潭水中的可怕存在寒鲸的攻击，当场毙命。

在罗峰得到的资料中，关于寒鲸只有简单的描述——宇宙之主才能与它抗衡。

传承者们是直接被传送到祖神秘境最深处的，这里算是危险极少的区域了，毕竟秘境之地是祖神教专门用来磨砺传承者的地方。

当然，但凡有一些宇宙奇宝的地方，一般都会有危险。

赶路的第九天。

一条连绵数千光年的山脉边缘的虚空中，一道流光骤然停下。

“九天都没有一丝懈怠，先休息下。”罗峰站在虚空中看看四周，转头特别看了看那庞大的连绵山脉，“祖神秘境中的天体的确诡异，这条山脉的长度居然超过6000光年，山中极其危险，单单情报中就记载了201个危险之地。”

历史上，这条山脉被很多传承者探索过，但因为它非常危险，所以情报上只记载了其中一小部分区域。

“以我的速度，同时施展瞬移、飞行，估计还得三十二天才能抵达目的地，见到那棵世界树。”罗峰眼眸中有着一丝期待。

世界树是罗峰计划中的第三分身。

罗峰在人类族群中的地位、权限极高，搜集了很多有关特殊生命的资料，对祖神秘境中的大量特殊生命也认真调查了一下。他必须得承认——祖神秘境的确堪称宇宙中最神奇、拥有最多特殊生命的秘境。

很多强大神秘的特殊生命都在祖神秘境，如寒鲸、驮山震、世界树……一个个都是拥有宇宙之主战力的特殊生命。罗峰经过不断的研究、筛选，最终确定世界树作为他的第三分身。虽说还有比世界树对他更有利的生命，但他必须得选界主级的特殊生命才行。

局限在界主级的范畴内，罗峰就只能选择世界树作为他的第三分身。

宇宙中一共有九棵世界树，其中一棵世界树为宇宙尊者级，是最强的世界树，单单主干的直径便达到1200万千米，高度更是达到5.9亿千米，树冠非常大。这是一棵非常大的树，是宇宙中体形最大的树类特殊生命。

有三棵世界树为不朽级，比宇宙尊者级世界树小，高度为1.2亿千米。

还有五棵世界树是界主级，比不朽级世界树小一号，高度达到6000万千米。

罗峰之所以选择世界树当第三分身，是因为其天赋能力。

世界树的天赋能力是掌握时空。在它周围一定范围内，时间、空间皆被它控制，虽说远不如宇宙之主完全掌控一方时空的能耐，但随着其自身的不断强大，世界树掌控时空的能耐也会不断增强。

据传，那棵宇宙尊者级世界树掌握时空的能耐，不弱于宇宙之主。

至于不朽级、界主级世界树，自然要差得多。

可如果和同层次强者战斗，就完全可以压制对方了。

毕竟单单论生命基因强度，世界树便是人类的数千倍，而且它们体形庞大，这代表它们的神体无比强大，单单储存的神力便多得惊人。如果双方燃烧神体进行消耗战，又有几个敢跟世界树对上?

掌握时空、体形庞大，这仅仅是世界树的两大优势。

还有第三大优势，那便是世界树对神国具有强化、稳固的功能。

罗峰的情报中并没有记载有人把世界树作为分身，但是记载着祖神教的曼跎神将曾向那棵最强世界树要来了一根枝杈。曼跎神将将那根枝杈种植在自己的神国中，枝杈成长为巨大神树，这由世界树枝杈长成的神树被称为生命树。

生命树令神国稳定。

神国越稳定，对闯入神国的敌人的束缚力就越强。曼跎神将凭借生命树，直接将敌人弄进神国，击杀了不少敌人，这消息早就传开了。

虽然不朽神灵能凭借神国束缚敌人，但是神国对自身实力的提升，一般只有几倍。

如果有了生命树，神国对自身实力的提升、对敌人的束缚力，就都能够提升百倍。

“生命树就已经这么神奇了，世界树肯定更神奇，肯定能令神国更强、更稳定。”罗峰暗道。

世界树掌控时空，蕴含丰富神力，可稳固神国，罗峰怎能不心动?

“而且世界树在修炼时间法则、空间法则上的优势极大。我虽然走的是兽神之道，但当兽神之道走到头，成为兽神时，说不定还需要在时间法则、空间法则上有些突破。更何况，兽神之道能否走通也难说，有了世界树，我将来也有走另一条路的机会。”

走修炼时间法则、空间法则这条大道，成为宇宙之主，才是主流。

……

在连绵的山脉边缘的虚空中，罗峰默默思索着。

罗峰把目标定为世界树，虽然只是界主级世界树，但罗峰也很担心。因为从未听说有人将世界树当作分身，当然也可能是拥有世界树分身的强者隐瞒了这一底牌，没公开。

“混沌城主老师曾说过，我的体内世界孕育生命是有极限的。像宇宙中独一无二的逆天生命，我的体内世界恐怕无法孕育。”罗峰暗道，“我选择那棵世界树应该没问题吧？界主级世界树应该是世界树中最弱的。”

一个生命，如果其生命基因层次无法提升，那么他在界主级巅峰时，体形就成长到极限了。

像金角巨兽在界主级巅峰时是上千千米长，那么在不朽级、宇宙尊者级、宇宙之主级阶段，都是上千千米长。

如果生命基因提升，体形有可能发生变化，但也仅仅是可能罢了。像罗峰修炼《九劫秘典》后，体形一直没变化，地球人本尊的身高依旧不足2米，并没有暴增到百米、千米、数十千米。

九棵世界树，高度、体形明显不一。显然，那棵最强的世界树的生命基因层次是最高的。据传，它的生命基因强度应该是人类的数千倍之多，属于宇宙高等级特殊生命。

三棵不朽级世界树比它稍弱一筹。

五棵界主级世界树比它再弱一筹。

“再怎么弱，也强于最强世界树的一根枝杈，枝杈长成的是生命树，都算不上世界树。”罗峰道，“不知道我的体内世界能不能孕育界主级世界树？”

“嗯，应该能成。”罗峰心中忐忑、渴望。

这是他看遍无数资料后最想拥有的第三分身。

那可是掌控时空的天赋啊！

6000万千米高的庞大树干，能拥有多么雄厚的神力啊！

神国才是不朽神灵的根本啊！

世界树有这三大优势，罗峰怎能不心动？

第962章

空间旋涡

“九棵世界树是生活在一起的，倒是有些麻烦，不过反正我只需要世界树的一片树叶即可，还是有希望的。”罗峰暗道。

其实罗峰还烦心一点——九棵世界树生存的地方很特殊，危险程度丝毫不弱于旁边那条连绵的山脉。

九棵世界树生存在九幽时空。

九幽时空最大直径12光年，虽然占地面积不如旁边那条山脉大，却是祖神秘境中非常可怕的危险之地之一。

罗峰通过情报知晓，九幽时空中拥有宇宙之主战力的特殊生命有好几个，九棵世界树所占地盘仅仅是那一方时空的一个角落罢了，有好几个强大的特殊生命所占地盘比它们的更大。

这仅仅是表面信息。

祖神教重点提醒过传承者，祖神秘境八大危险之地非常危险。进入八大危险之地，宇宙之主都可能永世无法出来。

九幽时空就是八大危险之地之一。

“得小心，连宇宙之主进入九幽时空都可能永世沉沦，我一个小家伙，还是谨慎点，有危险让魔杀族分身上。若是魔杀族分身完了，我的体内世界能再度凝聚，可若是地球人本尊完蛋，且在极危险之地沦陷，我的至宝恐怕都难拿回。”

罗峰的确有些紧张，没办法，九幽时空威名太盛。

“富贵险中求。我谨慎小心，凭借分身，就不信连界主级世界树的一片叶子都弄不来。”

九幽时空非常危险，却是传承者们经常去的地方，为何？

因为不怕死！

漫长历史中，一直无法突破的传承者被逼无奈，会去一些危险之地搏一搏。九幽时空虽然非常危险，但同样也是宝物极多的地方。虽然有大批传承者在那里殒灭，但还是有不少传承者在那里收获颇丰。

在九幽时空，偶然获得的某件宝物可能就匹敌至宝，这足以让宇宙尊者疯狂追逐。

历史上，传承者数量很多，绝大多数死在了秘境之地。

……

罗峰随便吃了一些东西，放松身心，半个小时后，再度化作流光，顺着山脉边缘朝虚空深处飞去。他时而飞行，时而施展瞬移，一路上都小心翼翼的。

虚拟宇宙，雷霆岛最高处，那充满无尽气流的宫殿中。

身穿金色袍子的混沌城主正站在宫殿前，俯瞰着广袤的雷霆岛。雷霆岛上宫殿座座。庞大的雷霆岛中央有一条山脉，宇宙尊者居住在山腰的一座座宫殿中，宇宙之主居住在山顶，而山顶完全被无尽气流笼罩，下面是怎么都看不清山顶上的。雷霆岛上，山脉之外，生活着虚拟宇宙公司的无数不朽神灵。

混沌城主居住的这座宫殿位于山脉最高处。

他俯瞰下方，一眼即可看清整个雷霆岛，也能看到远处那座悬浮的雨相山，甚至能看清雨相山上一个个核心弟子努力修炼、听强者讲课的场景。

“也不知我的徒儿这次能否安然得到世界树的一枝半叶。”混沌城主低声自语道，“想要让世界树成为第三分身，他的野心的确够大。能成为超级存在的，哪个野心不大？”

“虽然比较危险，但他有天赋分身之能，我倒也不担心他会殒灭。

“九幽时空，我没去过那里，那里是祖神教的地盘，很多重地是禁止我们六大族群去的。那儿的宝贝，只准他祖神教的强者拿到手。”

九幽时空名气不小，可对巨斧斗武场的创始者而言算不得危险。

巨斧斗武场创始者如果到九幽时空，完全可以将九幽时空的宝物全部弄走。

这样一来，祖神教的三大祖神肯定会暴怒。

祖神秘境是他们的地盘，很多特殊生命早就归祖神教了。那里的宝物，祖神教的三大祖神完全可以全部弄走，可他们没那么干，是因为想要培养后代。其实，那些宝物对他们自身没什么用。

那些传承者被祖神教培养，一些得到特殊际遇的传承者，将来会被吸纳为外围成员。

至于六大巅峰族群以及星空巨兽联盟、北疆联盟等势力想要进来，不可能。

“罗峰徒儿，就看你的了。

“你需要实力，需要头脑，也需要运气，还要看你的体内世界能否孕育出世界树分身。”

混沌城主很清楚，就这一两个月，这件事情将有结果。

至于金角巨兽分身的体内世界能否孕育出世界树分身，混沌城主也没把握。

因为金角巨兽分身的体内世界孕育生命的极限，是金角巨兽本身生命基因强度的十倍百倍，只有在这个范围内的生命，金角巨兽分身才能孕育。而那棵界主级世界树比最强世界树差些，说不定刚好在体内世界孕育生命的极限范围内。

“得靠运气，就看他有没有成功孕育世界树分身的运气了。”混沌城主的目光有着一丝期待。

……

罗峰小心翼翼地前进，避开一切危险之地，就算发现某些地方可能有宝物他也不去，他的目标就是九幽时空中的世界树。

罗峰不想节外生枝，在祖神秘境中，宝物代表着危险，危险也代表着宝物。

嗖！

罗峰化作流光破空飞行，在一些安全区域则施展瞬移，大型探测仪、微型探测仪一直维持探测功能。

距离罗峰0.8光年的一片茫茫虚空中，没有任何天体存在。

罗峰凭借着飞行、瞬移，1个小时后就抵达了这里。

“情报上描述，这方直径在10光年左右的虚空，有潜在的危险。”罗峰看着前方无尽虚空，“不过没办法，根据我得到的资料，我现在所走的路线，应该是最安全的一条路线了。但再安全，也必须经过十二个较为危险的区域，才能抵达九幽时空。”

想通过绝对安全的路线抵达九幽时空是不可能的。

罗峰实力太弱，很多地方对宇宙尊者来说算不上危险，对他来说却十分危险。这方虚空便是如此，宇宙尊者可以直接飞过去，也可以直接施展瞬移离开。罗峰的瞬移距离的极限是1光年，他无法施展一次瞬移离开这里。

“小心点，谨慎点。”罗峰释放出世界投影，仔细探测。

嗖！嗖！嗖！

他每次都在世界投影范围内施展瞬移，一次就是数千万千米，眨眼工夫，已施展数百次瞬移。

一次次施展短距离的瞬移，一口气移动了近1光年后，罗峰才停下歇息。

“这般施展瞬移，真是……”罗峰摇摇头，前方依旧是无尽虚空，一眼看不到尽头。

毫无征兆地，罗峰周围出现了一个直径大概上万千米的空间旋涡，强大的空间旋涡形成的压迫之力，令罗峰仿佛是遇上海上飓风的小渔船，根本无法挣脱。

“弑吴羽翼。”罗峰迅速展开双翼，驱动弑吴羽翼。他凭借现如今的法则感悟，使弑吴羽翼周围出现无数串联的丝线。

当初在域外战场，罗峰仅仅能驱动弑吴羽翼第一形态。

此时，随着罗峰驱动的法则丝线增多，弑吴羽翼竟然变长变细了，且边缘变成了金色。之前弑吴羽翼的一根根羽毛很普通，只是边缘锋利罢了，可此刻，每一根羽毛又细又长又锋利，仿佛一柄柄细长的战刀排列开来。

弑吴羽翼整体呈现银色，羽翼边缘却是金色。

弑吴羽翼摆动，无数“战刀”切割空间，在弑吴羽翼空间之力的牵引下，可怕的空间乱流形成了。

“给我破！”

陷入空间旋涡的罗峰，努力挣扎。

空间旋涡和外界完全隔绝，罗峰连瞬移都无法施展，只能凭借弑吴羽翼去破坏空间旋涡。

砰！

仅仅两秒，空间旋涡宛如烟雾消散。

罗峰暗松一口气，环顾四周，不由得错愕。

“这……这是哪儿？”

周围是一片大地，大地上长满各种花草树木，花朵五颜六色，花香四溢，远处是一条山脉，至于这片大地的高空却被青色气流笼罩。

“看看宇宙坐标。”

罗峰查看坐标后十分惊愕：“我……我竟然到了离刚才那方虚空300光年的地方！”

“那空间旋涡是一条通道？”罗峰皱眉看着四周。

突然遇到空间旋涡，破坏了自己原本的计划，不过还好，看宇宙坐标，这里离九幽时空反而更近些。只要自己能出去，估摸着十天内就能抵达九幽时空。

“这里是哪儿？在我得到的情报中，没有一个是描述这个地方的。”罗峰看着四周，双眸中满是警惕。

身处一个未知的地方，而且还是被那个突然出现的空间旋涡送到这里的，这个未知区域绝对不一般，潜伏危机的概率极高。

大型探测仪、微型探测仪开始进行探测。

“这里的空间波动和外界隔绝，似乎是因为那青色气流层，我感觉不到青色气流层外的空间波动。”罗峰抬头看了一眼上空，不能施展瞬移的环境在宇宙秘境中是较为常见的，“有麻烦了。”

第963章

虫洞

探测仪正迅速探测着一个个可能潜藏着危险的地方，罗峰则站在原地，没有贸然行动。

“我有两条路：一是在这未知地方冒险闯荡，找到出去的办法；二是直接施展神国传送回人类疆域，然后施展神国传送回紫荆岛，再前往九幽时空。”罗峰目光如刀，扫向四周，审视着一切。这里的花草都很漂亮，一片寂静，没有任何其他生物。

“闯！小心点，应该能闯出去。祖神教给传承者重点提醒的危险之地中，并没有这里。”罗峰暗道，“我可不想再从紫荆岛出发，浪费十几天时间，到时候恐怕还得经过那片虚空，如果再被传送进来，那就惨了。”

很快，罗峰的探测仪屏幕上显现大量数据信息。

罗峰低头看了一眼。

“很正常？”罗峰微微皱眉。

“出发。”

罗峰直接确定一个方向，破空飞行。

……

“发现天然虫洞。”探测仪提醒罗峰。

“天然虫洞？”化作流光飞行的罗峰立即减速，低头看了一眼探测仪显示的位置，立即赶去。

飞行了数千万千米后，罗峰来到了一座山的半山腰，遥遥看着前方半空那微微扭曲的空间。

“这个地方竟然会出现虫洞？”罗峰盯着那里。

虫洞在宇宙中较为常见，每个虫洞都连接两个地方，只要跨入虫洞便能直接抵达遥远的另一端。

若是在宇宙星空中遇到虫洞，罗峰不在乎，可在秘境之地……

“这个虫洞通往哪里？”罗峰略一思忖，心念一动，一道黑色气流飞出，凝聚成一名魁梧的男子，正是魔杀族分身变化而成。

“就算魔杀族分身完蛋，我也能再度凝聚，然后通过神国传送赶到这里。”罗峰暗道。

罗峰自己就等于活的信物，他的灵魂奴仆们当然能很容易感应到他。

魔杀族分身小心翼翼地飞入了虫洞。

穿过虫洞，魔杀族分身抵达另一个地方。

“嗯？”魔杀族分身看着前方，前方是一个巨大的盆地，盆地中有一个上万千米宽的湖泊，湖泊上方竟然悬浮着一座锥形山峰，这座锥形山峰有1000多千米高。

“湖泊？悬浮山峰？”魔杀族分身盯着那里仔细看。

“好近，地球人本尊距离这里不足百亿千米吧。”魔杀族分身有些吃惊，他能轻易感应到地球人本尊的位置，距离实在太近了，施展一个瞬移即可抵达。

地球人本尊正在飞行，他也得知了虫洞另一端的情况，却没急着探索。

地球人本尊飞行片刻后。

“发现一个天然虫洞。”探测仪提醒。

“又一个？”罗峰一怔，随即通过探测仪确定位置，连忙飞了过去。

这个虫洞是在一条河流中，罗峰不敢贸然进入，他让魔杀族分身施展瞬移回来，让魔杀族分身尝试进入。

魔杀族分身扑通一声跳入河流。

“这水没什么特殊的，只是密度比较大而已。”魔杀族分身迅速确定。

罗峰直接用世界之力凝聚出一个巨大的陶罐，装满河水。

“回去慢慢研究。”罗峰暗道。

魔杀族分身钻进河水中的虫洞。

这个虫洞的另一端依旧是河水，魔杀族分身从河水中钻出，冒出水面朝四周观望时，不由得错愕。

“我的天，这……这里……”魔杀族分身抬头看看上空，上空正悬浮着一座锥形山峰，下面便是广阔的湖泊，盆地地势。

“上个虫洞的另一端就在湖泊岸边，这次却在湖泊里。

“两个虫洞通往的地方竟然是同一处。”

魔杀族分身有些发愣。

罗峰满心疑惑地继续前进，很快又发现了一个虫洞，这次还是魔杀族分身尝试进入，发现那个虫洞通往的依旧是那个地方。

罗峰继续前进，虫洞又出现了，通往的依旧是那个地方。

一个个虫洞被发现……

最后罗峰急了，不再飞行，直接施展瞬移到了湖泊岸边。

“真是诡异。”罗峰站在湖边，看着前方的湖泊以及悬浮的锥形山峰，“我一共发现了九个虫洞，都通往这里。看来这个危险之地就特殊在这儿了。”

“发现一万零八十一个虫洞。”探测仪提醒罗峰。

“什么?!”

罗峰低头一看护臂上的屏幕，屏幕上标示出了一个个虫洞的位置，令罗峰心底有些发寒。这一万零八十一个虫洞仿佛巨大的蜂巢，遍布锥形山峰的四面八方，完全包围住了锥形山峰，而且形成的形状和魔杀族分身的生命晶核很像。

魔杀族分身的生命晶核有一万零八十一个切面，上面有着非常复杂的法则秘纹，对应着空间本源法则。

“越是特殊之地，越可能有宝物；同样，有宝物的地方，也有一定的危险。”罗峰暗道。

这是历代无数传承者留下的经验，如果某个地方有宝物却没有危险，只能说明危险被其他强者解决掉了。

罗峰看着锥形山峰，觉得锥形山峰最可疑，只是他不敢擅闯进去。假如锥形山峰中生活着类似寒鲸的可怕特殊生命，一旦被惊动，直接一口吞掉地球人本尊，要拿回弑吴羽翼、塔珠等至宝就难了。

“看看这一万零八十一个虫洞的另一端都是什么。”罗峰暗道。

嗖，魔杀族分身立即飞向半空的一个虫洞，钻进虫洞，迅速抵达虫洞另一端，那里距离湖泊大概300亿千米，是一个寂静的沙漠。

魔杀族分身立即返回，钻入另一个虫洞。

……

魔杀族分身疯狂地穿行在虫洞内，渐渐地，对这个神秘之地的情况，罗峰熟悉起来。

这些虫洞通往诸多地方，最远的一处距离神秘之地大概1200亿千米。最让罗峰心惊的是，他在其中三处发现了一些破碎的铠甲、兵器，却没有任何重宝。

“传承者地位特殊，拥有重宝的传承者比例很高，这些破碎的铠甲代表有生命来过这里，而来到这里的生命，很可能就是传承者。但只留下一些破碎的铠甲，贵重的一个都没有，连世界戒指都没有，重宝也没有一件。”罗峰握着手中的一块铠甲碎片，“应该有幸存者如我一般在这里活下，拿走了宝物。或者是这神秘之地的生物拿走了宝物。”

“来到这里的传承者应该很少，如果多，消息早就传开了。”罗峰暗道。

“若是有幸存者，幸存者为什么不将这个神秘之地的情报留下来？”罗峰思索着，想要发现蛛丝马迹。

嗖！

罗峰猛地后退，沿着一个虫洞飞行，退回到100亿千米外的地方。

“地球人本尊还是躲远点，让魔杀族分身进去探探。”

魔杀族分身朝悬浮的锥形山峰飞去，仔细观察着。锥形山峰上有密密麻麻的小山洞，按照探测仪显示的探测结果，共有一万零八十一个山洞，每个山洞也就三四米高，对于上千千米高的山峰而言，这些山洞毫不起眼。

嗖，魔杀族分身直接飞入一个山洞。

“石头？”魔杀族分身抓住旁边的石块，一用力，山洞岩壁上出现一片银光，魔杀族分身只感觉一股强大的力量猛地冲过来，将他的身体震得破裂开，随即黑色气流流动，身体恢复完好。

“嗯？”魔杀族分身一惊，盯着这看似普通的岩壁，“整个岩壁都是一体的？感觉像是有生命似的。我的力量小，毕竟只有界主巅峰之力，不知道让地球人本尊来撕裂石头会是什么结果。”

魔杀族分身继续小心翼翼地前进。

山洞幽深，空荡荡的，没有任何植物，行走其中，魔杀族分身感觉这里的空间波动有些特殊。

行走了数百千米后，魔杀族分身终于来到了锥形山峰的腹地。腹地中央是一个大水池，大水池被分成了五个小水池，每个池子中的水颜色都不同，而且散发着不同的强大气息。

火焰气息、金属气息……

五色池的上空有无数条空间裂缝，时而出现，时而消失。

无数条空间裂缝交叉在一起，仿佛巨大的巢穴。无数条空间裂缝的核心悬浮着一颗球形晶体。这是一颗有一万零八十一个切面的球形晶体，晶体表面时而如水流动，时而好似透明的火焰升腾，时而仿佛有植物生长……

“宝物！”魔杀族分身死死盯着球形晶体。

单单看周围的情景就能猜出，这个球形晶体肯定是宝物，而且下方的五色池水也绝对不是普通的池水。

“危险在哪里？”魔杀族分身哪敢轻易过去。

这个神秘之地的空间很稳定，球形晶体悬浮在那里，令空间不断出现无数条裂缝，如果威力真正爆发，魔杀族分身会瞬间完蛋。而且按照罗峰对秘境之地的了解，除了宝物自身伴有危险，一般还有其他危险。

魔杀族分身小心翼翼地观察着五色池、球形晶体和周围安静无比的腹地，以及仿佛有生命似的山峰。

第964章

本源至宝

魔杀族分身仔细观察着五色池和悬浮着的晶球。同一刻，距离这里100亿千米远的一条峡谷中，罗峰正潜伏在峡谷崖壁的一个山洞内。

罗峰盘膝而坐。

“先查查，看看五色池和晶球到底是什么来头。”罗峰的意识连接虚拟宇宙。

雨相山，罗峰的庄园，书房内。

罗峰坐在书桌前打开笔记本电脑，迅速查阅资料，以意识为传递途径，将图片直接传入网络，然后进行搜索。

人类族群的优势就在这儿，在遇到危险或者未知宝物时，可以连接虚拟宇宙进行查阅。当然，越神秘的宝物，查阅需要的权限级别就越高。自从刀河王之名传遍宇宙，罗峰的权限已经非常高了，比一些普通宇宙尊者还要高。

“罗峰，找到了。”罗峰肩膀上的巴巴塔喊道。

“嗯？”罗峰眉头微皱，盯着屏幕，随即轻轻点击最上面的资料。

根据图片，虚拟宇宙网络已经给出了准确答案。

五色池：名为五彩渊华，看似是水池，但那是视觉误差。水池中并非真的是水，实际上是五条深渊通道，深渊通道内环境特殊，处在其中的人无法转移位置。它们连接宇宙本源之地，将源源不断的五行本源之力吸过来，不断汇聚。五

彩渊华聚集之地，一般会诞生出空间之心。

晶球：名为空间之心，诞生于五彩渊华聚集之地，经过无比漫长岁月才逐渐形成，外形是球形，有一万零八十一个切面。从成形到成体，需要较长时间。成体过程中，表面会有五行变化。只有表面完全凝固、稳定，周围的空间裂缝全部消失，空间之心才真正成体，那时的空间之心，才真正有用。空间之心是制造本源至宝的核心材料。

“本源至宝？”罗峰微微一愣，又是一个陌生词。

能称得上至宝，那就绝对非凡。

要知道，《星辰布道图》、塔珠、弑吴羽翼都是勉强才达到至宝的门槛。像弑吴羽翼，对宇宙之主而言没多大用途，最多让宇宙尊者为之痴狂罢了。

“看来我这次是走大运了，祖神秘境不愧是最神奇的秘境。”罗峰暗道，同时立即通过网络开始查阅本源至宝、空间之心。

很快，屏幕上出现大量信息。

罗峰立即看下去：

本源至宝指的是本源类至宝，是某一类至宝的统称。

……

强者一生只有在成为不朽神灵的那一刻，才会引动宇宙本源之地的法则之海，有一次被灌入无尽能量将身体转换为神体的机会。这样的机会仅仅有一次。

随着修炼，实力会提高，在提高的过程中，强者也会引动宇宙本源之地的法则之海，慢慢吸纳能量，这时候的吸纳速度就慢太多了。不过因为大部分强者提高实力的速度都很慢，很多强者都经过百万年、上亿年才突破，所以虽然吸纳能量的速度慢，但足够使神体不断强大。

然而——

强者之间进行真正生死厮杀时，燃烧神力是常有的事。一旦燃烧了大量神力，比如燃烧了50%的神力，那么想要恢复，就需要极漫长的时间。幸好宇宙中还有大量宝物可以转化为神力，令强者迅速恢复，甚至能令陷入沉睡的不朽神灵苏醒，实力迅速恢复。

在普通不朽神灵阶段，许多宝物的作用还挺大。

可到了宇宙尊者阶段，宇宙尊者一旦损失30%～50%的神力，那么想要恢复，所需要的宝物就非常多了，是不朽神灵的万倍甚至更高，甚至于宇宙尊者拿出全部家产都凑不到那么多宝物。

这仅仅是宇宙尊者。

若是宇宙之主因为族群间的战争，或宇宙之主间的碰撞，神力损失50%，那就更可怕了。宇宙之主损失50%的神力，对整个族群而言都是一个巨大的损失。就算是人类族群，如果混沌城主损失了一个分身，那么整个人类族群都会为之心痛。混沌城主恢复一个分身得花费多少能量啊！

到了宇宙之主层次，能够在短时间内恢复他们实力的宇宙宝物太稀少了，而且没几个用得起。

对一些宇宙霸主、宇宙之主而言，有一类至宝无比重要，那就是本源至宝。

本源至宝不是用来防御的至宝，也不是用来攻击的至宝，而是可以让强者引动宇宙本源之地的法则之海的至宝。只要身怀本源至宝，就能引动宇宙本源之地的法则之海的能量，而且吸纳能量的速度比一般强者快上千倍、万倍、百万倍……至于具体提高多少倍，完全看本源至宝的层次高低。

本源至宝是宇宙霸主、宇宙之主们非常重视的宝物。

像宇宙之主受了重伤，神体大损，得百万年才能恢复完好，可如果有了一件能使吸纳能量的效率提高10万倍的本源至宝，那么仅仅十年时间就能恢复完好。对于宇宙之主那等层次的强者而言，十年何等短暂。

就算是只能使吸纳能量的效率提高1000倍的低等本源至宝，也依旧惹得宇宙霸主们眼红。

只要身怀这类至宝，那么战斗时候燃烧10%的神力根本不怕。燃烧的神力少的话，本来恢复时间就短，再加上拥有本源至宝，恢复时间还能再缩短。能让强者有底气燃烧神力，这类至宝的价值可想而知。

然而制造本源至宝的核心材料非常罕见，每一件都只在宇宙奇特环境下诞生，且需要经过漫长岁月。

空间之心是制造本源至宝的高等材料，属于连接空间法则之海的材料。

制造本源至宝的核心材料分为几个等级，低等的是连接金、木、水、火、土、风、光线、雷电法则之海的，高等的是连接时间、空间法则之海的，顶级的是连接融合类法则之海的，例如金之法则、空间法则形成的融合法则，木之法则、空间法则形成的融合法则等诸多融合类法则。

凭借一个空间之心，配合一些辅助材料，即可炼制出一件本源至宝。

悬浮山峰的山腹中，魔杀族分身正盯着那个晶球，暗自嘀咕："本源至宝一般都落在宇宙霸主、宇宙之主的手里。啧啧，空间之心算是制造本源至宝的高等材料，它的价值很惊人啊，怕是不低于我的弑吴羽翼。"

本源至宝，实力越高者越需要。实力弱者虽然也需要，但因为其本来吸纳能量的速度就慢，即使提高千倍、万倍，相对而言，也快不了多少。

像宇宙之主，吸纳能量的速度本来就很快，仿佛鲸吞，但因为他们的神体无比庞大，效果依旧很一般。有了本源至宝，吸纳速度在本来就夸张的情况下提升千倍、万倍甚至更高，这根本就是从宇宙本源之地法则之海中肆意地抢夺能量啊。

"嗯，没想到五色池竟然不是水池，是五条深渊通道。"魔杀族分身摇头。

"宝贝是那颗晶球——空间之心。"魔杀族分身看着被无数条空间裂缝环绕的晶球上隐隐有透明火焰、水流，"按照描述，它已然成形，只是还没完全成体。成体后，表面就该完全凝固，空间裂缝全部消失。"

"成体后才能拿走。"魔杀族分身暗自焦急，"这得等到什么时候！放弃？"

"这可是制造本源至宝的核心材料，以其为核心，加入一些辅助材料，即可炼制出一件本源至宝，其本身的价值怕不低于弑吴羽翼、《星辰布道图》，怎可轻易放弃？"

就在魔杀族分身既想得到晶球，又不知晶球什么时候完全成体，因而感到焦急时，嗖，在悬浮山峰下方的湖面上出现一道魁梧身影。

这是一个有着巨大蛇尾、人类上半身、三张面孔的异族强者，以人类的审美观来看，比较丑陋，两条粗壮的手臂满是鳞片，他正持着一根黑色权杖。

“发现五彩渊华之地至今，已有三千纪元，最近一纪元，空间之心已然成形，这声势明显大了不少，周围好几处虚空都经常产生空间旋涡，已然有好几批传承者侥幸进来，但都被我一一解决了。

“谨慎点，每天都来扫荡一次，杀死一切传承者，不能将消息传出去。

“虽说绝大部分传承者就算看到空间之心也不认识，但一旦他们知道空间之心的用途，消息传出去，恐怕会引来一些宇宙霸主，连护教兽神都可能过来。毕竟轻易就能得到一件本源至宝，谁都会来吧。

“不过，它是我的，它一定是我的！只要我炼制成功，我的生存能力、战斗力就会大增，燃烧神力也不惧！”

按照他扫荡的习惯，他会先查看一下锥形山峰，然后通过一万零八十一个虫洞，分别前往一万零八十一处地方，释放神力探测一遍，发现有其他传承者，直接灭杀。

“看看我的空间之心有没有完全成体。”

持着黑色权杖，这道魁梧身影直接飞向悬浮的锥形山峰。

第965章

骤变

锥形山峰的山腹中，魔杀族分身正盯着空间之心。这颗空间之心的价值足以匹敌弑吴羽翼等低等至宝。它的表面有五行变化，周围空间裂缝不断诞生、消失，显然还没真正成体。

“到底什么时候才能成体？”魔杀族分身有些焦急。

放弃？舍不得。

在这里浪费时间？虽说早已成形，但成体得等到什么时候。或许一千年内能成，或者立即就成，或者一千年后。

“若是真的能得到空间之心，在这里苦等千年，也不算什么。”魔杀族分身暗道，“或者我前往九幽时空，安排一名灵魂奴仆在这里盯着。”

正当魔杀族分身犹豫时，一道魁梧的身影飞入了一万零八十一个山洞的其中一个。山洞蜿蜒数百千米，幽深、阴暗，这名异族强者缩小神体，在山洞中飞行。蛇尾微微扫动，他迅速朝山洞深处飞去。

“我的空间之心，赶紧成体吧，我都等得不耐烦了。”这名异族强者三张狰狞的面孔上满是期待。

嗖！

这名异族强者飞入山腹，神体在迅速变大，恢复原本大小，可就在他神体变大的瞬间，他的三张面孔都露出了惊愕之色，他看到罗峰正站在五彩渊华边缘。

“传承者。”异族强者一眼便认出来罗峰是紫荆岛上的一名传承者。

魔杀族分身变化之时，模拟了传承者的气息，异族强者是无法一眼看出这是魔杀族分身变化而成的。

“嗯？”魔杀族分身若有所觉地掉头看去。

“宇宙尊者！”魔杀族分身吓一大跳。

这位异族宇宙尊者将气息收敛了，悄无声息地来到山腹中，魔杀族分身都没有发现。

“死！”在魔杀族分身掉头的瞬间，异族宇宙尊者的三张面孔愈加狰狞。

“杀！”这位异族宇宙尊者现在心情非常不好，因为罗峰竟然跑到锥形山峰这里来了，他不知道罗峰有没有将消息传出去。

当然，正常来说，遇到如此特殊的宝物，一般传承者都不会轻易向外传递消息的，但就算他杀死了眼前的罗峰，若是罗峰将来被复活，那么消息照样有泄露的可能。

“灵魂控制，灭杀！”这位异族宇宙尊者的头猛地一转，一张泛着墨绿色的面孔盯着魔杀族分身，施展灵魂控制之术。

只有灵魂被控制了，才能杜绝消息外泄的可能性。

虚化神力瞬间攻向魔杀族分身，犹如一阵风吹过，魔杀族分身丝毫不受影响，立即朝五彩渊华飞去，刹那，就已经站在五彩渊华与空间之心的中间。

站在那儿，魔杀族分身感觉到一股股金、木、水、火、土的本源气息不断从脚下涌上来，向头顶的空间之心汇聚。

“异族，你要杀我，就别怪我自爆了。你应该知道，我在五彩渊华上空自爆会导致什么结果！”魔杀族分身立即传音怒吼。

“停！”这位异族宇宙尊者吓一大跳，眼眸中都有着一丝焦急。

他知道不妙了，竟然遇到一个知道五彩渊华和空间之心的传承者。一般不朽级传承者是不知道本源至宝的秘密的。而听罗峰所言，他显然对五彩渊华了解得非常清楚，也知道其要害。

“你别自爆，千万别自爆！”这位异族宇宙尊者焦急地说道。

之前他想灵魂控制而没有用神力直接灭杀罗峰，除了要防止消息外泄外，也是怕强大的神力影响到五彩渊华。

五彩渊华是五条深渊通道，深渊通道内环境特殊，封王级强者的自爆足以撕裂空间，五彩渊华会受到破坏。虽说经过漫长时间，五彩渊华会逐渐恢复，但空间之心无法再吸收能量了。

“怎么可能?!他怎么可能逃脱我的灵魂控制？就算能抵抗，又怎么可能一点影响都没有？”这位异族宇宙尊者很焦急。

若是一般传承者胆敢威胁自己，直接灵魂控制即可，可眼前这位传承者竟然能抵抗自己的灵魂控制而丝毫不受影响，恐怕虚化神力的灵魂灭杀，也同样对他起不了作用。

……

当魔杀族分身发现这位异族宇宙尊者的瞬间，在100亿千米外，潜伏在一个山洞中的地球人本尊一惊。

“竟然有异族宇宙尊者，难怪之前的传承者都死了。”罗峰眉头微皱，“留下信物，我暂时离开这里。”

罗峰毫不犹豫，立即将一枚伪装成岩石的空间戒指扔在山洞的许多碎石中，随后立即飞下去，通过微型探测仪隔绝能量波动，并且让麾下仆从启动神国传送。

迷蒙金色光芒亮起，神国传送已经开启。

罗峰一步迈出，直接抵达了遥远的神国，离开了这里。

……

山腹中，魔杀族分身悬浮在五彩渊华和空间之心中间，看着站在五彩渊华边上的异族宇宙尊者。

砰！

魔杀族分身右臂上的感应接收器忽然炸裂，同时一股强大的神力瞬间压制他。

“传承者，”这位异族宇宙尊者一改之前的焦急、愤怒，冷漠地看着魔杀族分身，“你一个界主，竟然能够抵挡我的灵魂控制，真厉害。不过，你实在太愚蠢了，你以为自爆能够威胁我？如果你刚刚趁我措手不及时立即自爆，我还来不及阻止你，可你只要给我一点时间，你便一点还手之力都没有。”

只见五彩渊华上方忽然出现一个薄膜般的罩子，蕴含强大的神力，这完全是由神力凝聚成的罩子，将五彩渊华牢牢保护好。

“就算你真的自爆，你自爆的威力又怎么可能破坏我的保护罩？”这位异族宇宙尊者的语气中满是自信，“而且你的光脑接收器已经被我毁掉，哈哈……传承者的接收器是护教兽神赐予的，应该只有这么一件吧？你现在无法进入荣耀世界，愚蠢。发现你的第一时间，我就进了荣耀世界，一直盯着，就担心你这小家伙进入荣耀世界散播消息，可是你竟然没有散播消息。”

魔杀族分身看着他，虽然被强大的神力束缚，但魔杀族分身没有丝毫紧张。

“先毁掉我的感应接收器，接着保护好五彩渊华。”魔杀族分身露出笑容，“可你以为，我会这么愚蠢吗？”

这位异族宇宙尊者心中一惊。

他也觉得眼前魔杀族分身的行为很愚蠢，任何一个传承者都是天才人物，怎么会犯如此低级的错误？

“可你没有连接荣耀世界，也没有传播消息。若是你连接荣耀世界，你一出现在露天广场，我就会看到。”这位异族宇宙尊者道。

“你毁掉了我的感应接收器，可我还有虚拟宇宙感应接收器。”

“虚拟宇宙，人类的虚拟宇宙？”异族宇宙尊者大惊。

“聪明。”魔杀族分身微笑，“发现你的第一时间，我就在虚拟宇宙中留下多封邮件，并且设定了发送的条件。一旦我断开连接，所有邮件会瞬间发送出去。我的朋友、我族群的超级强者会立即知道。”

这位异族宇宙尊者面目愈加狰狞，咬牙切齿。

宇宙中很多异族都会在虚拟宇宙中安插一些情报网络，代价再大也要做。因为在浩瀚宇宙中，唯有虚拟宇宙才能做到将信息传遍宇宙任何疆域。

所以一些异族绝世天才携带不记名账号感应器是很正常的情况，说不定有些异族绝世天才就控制着人类奴仆。

“说，你想要什么？”这位异族宇宙尊者盯着魔杀族分身。

“我是生是死，都被你一手控制，就算你给我宝物，恐怕等你得到空间之心后，就会立即杀了我，我又怎么信你？”魔杀族分身道。

……

魔杀族分身正在拖延时间。

魔杀族分身原本的计划是直接冲进下方的五彩渊华中。五彩渊华是五条深渊通道，一旦魔杀族分身钻入通道，会被传送到其他地方。

他之所以不会被传送到宇宙本源之地，是因为宇宙本源之地会排斥魔杀族分身，中途就会将魔杀族分身排斥出去。

这样魔杀族分身就能安全离开了。

这个秘密恐怕一般宇宙尊者都不知晓，眼前这位异族宇宙尊者都不一定知道。可是——

当魔杀族分身实施计划时，他刚刚飞到五彩渊华上方、空间之心下方的位置，就立即改变了主意。因为他发现了一件让他感到震惊且激动的事情。

魔杀族分身体内那一颗生命晶核有一万零八十一个切面，上面有着复杂的空间法则秘纹，此刻生命晶核仿佛和上方那颗空间之心产生了共振，一股股奇异能量传递到生命晶核中，令生命晶核缓慢蜕变着。罗峰从未听说过这种事，可他感觉，这对自己有益。

生命晶核和空间之心都是一万零八十一个切面，二者都能和宇宙本源之地的空间法则之海产生共振，只是威力一强一弱。生命晶核的共振感应能令魔杀族分身在感应空间法则方面强大数十倍，而传说中的空间之心，一旦被制成本源至宝，能使吸纳能量的速度提高上万倍。

体积也是一小一大。

本质上也相差极大。

界主的生命晶核，不朽神灵即可轻易毁掉；空间之心坚不可摧，是制造本源至宝的材料。

当魔杀族分身出现在空间之心下方、五彩渊华上方时，生命晶核、空间之心开始发生奇异的变化，一股股能量在两颗晶球的共振下，不断传递到生命晶核中。

正因为发生了这样的变化，魔杀族分身才在拖延时间。

“可恶的传承者，你说，你到底要如何？你提出一个完美的方案来！”这位异族宇宙尊者面目狰狞，开口咆哮，声音回荡在山腹中。

“让我想想。”魔杀族分身皱眉道。

第966章

诞生

“我很清楚自己的实力。”魔杀族分身对站在五彩渊华边上的异族宇宙尊者道，“我没有夺得空间之心的能力，也不想殒灭，可现在，我不知道怎么才能信你不杀我。”

这位异族宇宙尊者面目扭曲，忽然道：“你我申请组成同一探险小队，队友间绝对不可相互厮杀，违背者将会遭到祖神教的追杀，这样可以吧？”

“不不不，难道尊者你忘了，我的感应接收器已经损坏？”魔杀族分身看着异族宇宙尊者。

“可恶！”这位异族宇宙尊者忍不住咆哮，“这也不成，那也不成，到底该怎么办？”

“尊者，你提出一个能保证我活着的方案，我保证不会将消息泄露出去，甚至愿意在空间之心成体前一直待在你身边。”魔杀族分身道。

……

嘴上和异族宇宙尊者说着，魔杀族分身的心思却几乎都在体内。

生命晶核和空间之心，一小一大。

一个仅仅是界主的生命晶核，一个是能量强大到足以成为一件至宝的核心材料；一个是魔杀族中一个普通的生命，一个是五彩渊华吸纳本源之地的能量经过漫长岁月才最终形成的。

它们彼此产生共振。

一股股能量不断传入生命晶核，这些能量是空间之心的精华，是经过漫长岁月积累而成的，是其作为一件至宝核心的根本。可此刻，它将能量不断传入生命晶核，每一股能量的强度都超过生命晶核本身拥有的能量。

生命晶核膨胀、缩小、膨胀、缩小……

几乎每一次膨胀、缩小都会使生命晶核发生根本性的变化，整个生命晶核每一秒都在发生根本性的变化。

生命晶核不断蜕变着。

魔杀族分身的根本就是生命晶核，当年罗峰孕育魔杀族分身，孕育出来的就是一颗生命晶核。按理说，魔杀族分身达到界主级巅峰境界，已经达到了界主级极限，无法再提高，除非突破成为不朽神灵，可此刻，生命晶核却在不断蜕变，这是生命基因层次的一次提升。

如同罗峰修炼《九劫秘典》后，地球人本尊、金角巨兽分身在界主级巅峰的基础上不断提高。

人类有提高生命基因层次、血统的办法，例如使用血洛晶。

宇宙是公平的，魔杀族也同样有提高生命基因层次的机会。只是魔杀族提高生命基因层次的难度更大，条件更加苛刻，加上魔杀族在宇宙中本就罕见，这个方法也就魔杀族高层知晓，其他族群的超级强者知道的屈指可数。

生命晶核不断蜕变，能量也在不断发生质的变化。

轰！轰！轰！

仿佛洪水决堤，空间之心蓄积了漫长岁月的精华不断传递着，特别是生命晶核蜕变后承载能力变强，传递过来的能量越来越强，越来越多。生命晶核不断发生蜕变，渐渐地，一道散发金色毫光的秘纹在生命晶核表面慢慢出现，仿佛一个画家在慢慢画画似的，一笔一笔……

秘纹逐渐变多，吸纳的能量也变多，一个无比复杂的秘纹渐渐成形。

生命晶核本身就有秘纹，此刻出现的第二种秘纹，比第一种更加复杂。

感应着自身的不断蜕变，魔杀族分身满心欢喜，表面上依旧和这位异族宇宙尊者说着话。

“好，既然这样，那——”这位异族宇宙尊者话音刚起，便惊愕地抬头看向魔杀族分身上方。

魔杀族分身也感觉到上方的异变，抬头看去。

他们俩都看着那一幕——原本环绕在空间之心周围的一万零八十一条空间裂缝竟然消失了，没再诞生出新的空间裂缝。

“嗯？”魔杀族分身还看到那颗空间之心内部的能量在涌动。

之前的空间之心沉淀亿万年，无比稳固，在失去大量能量后，已经开始不稳了，仿佛晃动的不倒翁，但这时空间之心的威压反而更大。

“空间裂缝消失了？”这位异族宇宙尊者看着那颗空间之心，脸上露出狂喜之色，“成体了，终于成体了！哈哈哈……空间之心是我的！没必要和这可恶的传承者废话了。”

嗖，异族宇宙尊者直接飞冲过去，欲抓住那颗空间之心。

只见空间之心忽然一颤，表面突然出现了一条裂缝，这把异族宇宙尊者吓了一跳，惊愕地看着空间之心。

“怎么回事？这……这……”异族宇宙尊者盯着空间之心。

他也只是搜集了一些有关空间之心的资料，从来没见过空间之心成体，没有这个经验，所以一时间有些茫然、疑惑。他总觉得真正成体不应该是这样，可是那些空间裂缝明明消失了，这就是成体的证明啊。

哧哧哧——

晶体上紧跟着出现第二条裂缝、第三条裂缝……裂缝越来越多。

“不、不！”异族宇宙尊者有些慌张，却无法阻止。

一眨眼，原本那颗有一万零八十一个切面的空间之心表面已然满是裂缝，紧跟着，一股可怕的能量猛地爆发。空间之心散发的能量无比强大，仿佛太阳照耀整个山腹，让异族宇宙尊者微微错愕，暗自疑惑：“难道是先破灭再新生？这股能量竟然如此特殊，能引起空间震动，而且如此强烈，空间之心的威力的确强大。”

直到此刻，这位异族宇宙尊者依旧抱有希望。

……

魔杀族分身感受着体内生命晶核的蜕变，生命晶核上不断出现新的秘纹，速度越来越快。当空间之心表面遍布裂缝时，生命晶核上已经形成了一套完整的复杂的秘纹，秘纹散发着金色毫光。

现如今，魔杀族分身有两套秘纹，一套是过去天生的，一套是这次诞生的。

就当魔杀族分身体内生命晶核蜕变到极致，秘纹也完全成形时，那不断传入生命晶核的空间之心精华能量终于停了，再也没有精华能量传来。同时，空间之心却爆发出最后一丝强大的能量，覆盖整个山腹，令这位异族宇宙尊者暗自疑惑，且有着一丝欢喜。

“看样子是‘回光返照’，最后的光芒了。”魔杀族分身心道。短短片刻，空间之心传递过来多少精华能量？太多了。

“而且进化已经完成。”

魔杀族分身感觉到自身的变化，身体与周围空间无比契合。如果说之前的魔杀族分身和空间的关系仿佛鱼和水，那么此刻的魔杀族分身和空间的关系就仿佛河流入海，已然成了其中的一分子。

“等一会儿再研究自身变化，看样子，空间之心快不行了。”

魔杀族分身不敢多待：“你看着空间之心吧，我就不奉陪了。”

魔杀族分身看着下方的五彩渊华。

之前这位异族宇宙尊者用神力时刻维护着神力保护罩，害怕魔杀族分身自爆令五彩渊华受损。可当那些空间裂缝消失，异族宇宙尊者认为空间之心即将成体时，他就不再分心护着五彩渊华了，神力保护罩自然消失了。

嗖！

魔杀族分身猛地朝下方其中一条金色深渊通道冲去，一闪而过，消失不见。

“嗯？”这位异族宇宙尊者略微惊愕，低头看了一眼，“消失了，进入五彩渊华消失了？这位传承者是会死在五彩渊华中，还是会活着逃出去？”

这位异族宇宙尊者得到的资料显然没有罗峰的详细，只知道五彩渊华是给空间之心提供宇宙本源能量的，不知道那其实是五条深渊通道。

“走了就走了，反正空间之心已经成体，就算他将消息泄露出去，也根本来不及了，空间之心是我的！”异族宇宙尊者满心期待，抬头看着眼前这颗散发强大能量的空间之心。

空间之心耀眼无比。

砰！

那颗散发着强大能量的空间之心仿佛玻璃破裂，无数碎片在半空化为能量，消失在山腹中。

“这……这……”这位异族宇宙尊者三张面孔上满是惊愕、难以置信，“怎么可能？怎么会碎？”

这位异族宇宙尊者根本就没想到是魔杀族分身的问题，因为他一直看着，魔杀族分身根本就没碰过空间之心。

“从未听说过空间之心会碎，难道……难道是刚才那个可恶的传承者冲进了五彩渊华，引起的特殊反应？”这位异族宇宙尊者俯瞰五彩渊华，他想不到其他原因，只有魔杀族分身冲进五彩渊华的行为令他感到诧异。

“不、不！”这位异族宇宙尊者不愿相信。

他煎熬了三千纪元，这三千纪元来，他一直期待着空间之心成体的那一天，特别是最近一纪元他发现空间之心已经成形，即将成体，于是每天都来巡视一遍，防止空间之心在最后时刻被其他强者夺走。

这可是空间之心，能够炼制出本源至宝的空间之心！

论价值，空间之心比一些勉强算是至宝的物品还要珍贵些。任何一件至宝，任何一件制造本源至宝的核心材料，都足以引起无数宇宙尊者为之疯狂。他煎熬了如此之久，最后竟然竹篮打水一场空。

“就算他冲进了五彩渊华，可那已经是空间裂缝消失之后的事情了，怎么会碎，怎么会碎？”这位异族宇宙尊者痛苦、愤怒、不甘。

“啊啊啊——”三张嘴同时发出愤怒刺耳的咆哮声，强大的神力猛地爆发，从洞府的一个个洞口迸射出去，一时间，无数洞口喷发出神力光柱。

第967章

天赋秘法

魔杀族分身可懒得管这位异族宇宙尊者，反正他心情极好。

嗖，钻入那条金色深渊通道的瞬间，魔杀族分身便感觉空间扭曲了起来，无比强大的金之神力的气息充斥周围。这是一条直接通往宇宙本源之地的金之法则海洋的通道，魔杀族分身迅速前往那里。

在即将抵达宇宙本源之地时，一股无法反抗的、来自宇宙本身的力量，压制住魔杀族分身，直接将魔杀族分身踢出了通道。

魔杀族分身在虚空中翻滚一下，而后悬空。这是一片虚空，远处有些不规则的天体，是一些巨大的陨石和大陆碎片。

“这里是……”魔杀族分身立即查看宇宙坐标，一查看，顿时露出喜色，“竟然离神秘之地只有数光年距离。”

“还好，这里离九幽时空很近。”

“哈哈……我不但没有浪费时间，反而节约了不少时间。”魔杀族分身满心欢喜，“感受一下这次的蜕变吧！”

魔杀族分身再也忍不住，开始仔细感受自身的变化。

就算真的得到空间之心，罗峰恐怕也不会像此刻这般兴奋，毕竟至少在罗峰实力达到一定程度前，空间之心的用途较小。

魔杀族分身双拳一握，强大的力量令虚空震荡。

“破！”魔杀族分身随意挥动右手，右手直接撕裂虚空。

“哈哈哈……这……这实在是太不可思议了！”魔杀族分身感觉到了那股强劲的力量。

之前的魔杀族分身实力一直很弱，靠着法则感悟才能和封侯级强者对战，本身力量只达到界主级巅峰而已。

“100倍！100倍！”魔杀族分身目光炽热。

强者的感应何等精准，魔杀族分身能清晰确定，自身力量提高了100倍，不多不少，正好100倍。

要知道，就算是星空巨兽的十二大巅峰血统之一金角巨兽，自身力量也只有10倍界主之力，可魔杀族分身能达到100倍界主之力，这已经算达到普通特殊生命层次了。

这颗空间之心等于造就了一个特殊生命。当然，这也跟魔杀族分身的生命基因有关。空间之心的确是一件适合改变魔杀族生命基因的珍宝，而且实力越弱，效果越好。

“据我所知，人类族群的强者们就算使用各种珍宝提高生命基因强度，提高10倍就算很难得了。”魔杀族分身暗道，“估计魔杀族也是一样，能提高10倍就很难得了。没想到我这次竟然能提高100倍！也对，这可是空间之心，是本源至宝的核心！”

实际上，在魔杀族内，像空间之心这等适合提高生命基因层次的宝物，族群的超级存在就已经在使用了，但他们的效果达不到魔杀族分身的这般夸张。除非族内出现一个亿万年难见的超级天才，否则一般都是超级存在自己使用。

感受了一番生命基因强度提高100倍的威力后，魔杀族分身开始施展瞬移。

嗖！

魔杀族分身融入虚空，紧跟着，在上亿千米外的地方出现。

嗖！嗖！嗖！

魔杀族分身尽情地施展瞬移，不断闪现在各处。

“哈哈哈……我施展瞬移竟然没有引起空间波动的变化，哈哈……”魔杀族分身一停下便忍不住在虚空中畅快地笑了起来。

不朽神灵和宇宙尊者的瞬移是有区别的。

不朽神灵施展瞬移时仿佛直接钻入空间波动，然后从远处再钻出来，这是会令空间波动发生特殊变化的，其他强者都能轻易感应到空间波动的特殊变化。像在冰狱中，一旦施展瞬移，是会被轻易发现的。

宇宙尊者施展瞬移就不同了，掌控完整的空间法则后，他们能完美地融入空间波动，不引起一丝特殊变化，在远处现身，也同样不会引起一丝特殊变化，空间波动依旧如常。

所以当初罗峰偷走黑色金属板，紫色兜寇尊者施展瞬移出现在他身后时，他都没有察觉。

这就是不同。

宇宙尊者的瞬移距离是上千光年，且不会引起宇宙空间的特殊波动。

不朽神灵的瞬移距离是1光年左右，会引起宇宙空间的特殊波动。

“我施展瞬移也没有引起宇宙空间的波动！”魔杀族分身无比愉悦，“我从未像现在这般，感觉空间非常亲切。我在锥形山峰时就感觉到，自己仿佛空间的一分子，此刻施展瞬移，感觉更加清晰。”

施展瞬移时，魔杀族分身能完美融入空间波动，再从远处出来。

若说之前魔杀族分身是空间的宠儿，那现在的魔杀族分身就是空间类特殊生命，与空间的契合度超过之前的千倍万倍。

“我能感应空间波动的距离也变了。”魔杀族分身满心欢喜，“感觉能够去到上百光年外的地方。”

去上百光年外的地方且不引起丝毫波动，这就是现在的魔杀族分身的实力。

“哈哈哈……”魔杀族分身欢快大笑着。

这是很正常的，因为特殊生命本就逆天，魔杀族分身可是吸纳了一颗空间之心的所有精华能量。

“看看最后的手段。”魔杀族分身眼中有着一丝期待。

当生命晶核上出现第二套法则秘纹时，魔杀族分身就知道，自己又多了一种天赋秘法。只是未施展，还不清楚这套天赋秘法的真正威力。

特殊生命的天赋秘法本就特殊，罗峰修炼《九劫秘典》后的蜕变，属于人为原因造成的生命基因的蜕变，魔杀族分身的蜕变其实更符合宇宙运转法则，这是一种自然的进化。

地球人本尊、金角巨兽分身在生命基因层次上再提高，也不会多出一种天赋秘法，可魔杀族分身是生命晶核上出现了一套法则秘纹，所以多出了一种天赋秘法。

“开始吧。”魔杀族分身驱动体内那套新的法则秘纹。

一瞬间，以魔杀族分身为中心、半径1万千米内的一切皆映照在魔杀族分身心中。

那种绝对掌控周围空间的感觉，实在是太美妙了。

“我就是空间，空间就是我，这是我的领域！”魔杀族分身声音沙哑，眼眸中满是激动。

在施展这套天赋秘法瞬间，秘纹中传来信息，并浮现在脑海中：“这个天赋秘法为域！”

新的天赋秘法——域！

魔杀族分身充满期待。

旁边的虚空中忽然出现迷蒙金光，在金光中，一道身影一步跨出，正是身穿银甲的地球人本尊。

魔杀族分身看向地球人本尊，二者对视，都露出笑容。

地球人本尊从世界戒指中将极虹王弄了出来。

“拜见主人。”极虹王向地球人本尊、魔杀族分身行礼，灵魂上的联系，令他感觉这两个人都是他的主人。

“在半径100万千米范围内施展空间封锁。”地球人本尊下令。

“是。”极虹王恭敬地回道。

随即，极虹王施展空间封锁，神力蔓延开去，空间波动全部停止。

“主人，半径100万千米范围内的空间波动已经被封锁，在这个范围内谁都无法施展瞬移。”极虹王恭敬地道。

“哈哈哈……”地球人本尊笑着看向魔杀族分身。

魔杀族分身闭上眼睛，很享受地施展新的天赋秘法域。以自身为中心，半径1万千米范围内皆掌控于心，这就是域。随即，魔杀族分身露出了笑容，嗖，消失，直接出现在5000千米外的地方。

“这……这……”极虹王瞪大眼睛。

魔杀族分身再度闪动，又向外移动了1万千米，紧跟着继续闪动。

嗖！嗖！嗖！

魔杀族分身不断改变位置，仿佛所谓空间封锁不存在似的。

“怎么可能？怎么可能？”极虹王完全惊呆了。

瞬移的原理就是自身融入空间波动，循着空间波动瞬间抵达远处。一旦空间波动被封锁，就绝对无法施展瞬移，就算是宇宙尊者也无法施展瞬移。

的确，在没有施展天赋秘法前，魔杀族分身虽然能轻易融入空间波动，不引起丝毫特殊波动，但绝对不可能在空间封锁的情况下消失、出现。

“这就是域。

“在域内，空间就是我，我就是空间。

“我能够瞬间化为半径1万千米的空间，成为空间的一分子，融入空间，然后出现。”魔杀族分身满心欢喜。

这并非瞬移，他也没有施展瞬移。

他所做的仅仅是两件事：一是化为空间，整个人化为半径1万千米的空间。二是从空间变成魔杀族分身。

这样自然可以选择出现在半径1万千米范围内的任何一处。

这就是域。

一种不受空间封锁控制的逆天手段。在域中，魔杀族分身能出现在任何一处。

“特殊生命的天赋秘法都很逆天，像银眸的无尽轮回，一旦被他的眼睛盯上，众多强者都将殒灭。像逐虫王是宇宙中独一无二的生命，连宇宙尊者都有可能被其灭杀，他的天赋秘法肯定更加可怕。”地球人本尊暗自点头，“魔杀族分身获得的新的天赋域，并非直接攻击的手段，要攻击还是得靠法则感悟、秘法，它是暗杀、逃命、探险的一等一手段。啧啧，魔杀族分身注定是适合暗杀的生命啊，这新的天赋秘法也是最适合魔杀族分身的。”

在域内，魔杀族分身无所不在。

第968章

九幽时空

论直接攻击的手段，魔杀族分身是不如银眸等一些特殊生命的，可在暗杀、潜伏等方面，绝对属于宇宙顶尖行列。

嗖，魔杀族分身瞬间消失，变成一块金属片被放在罗峰护臂与战衣夹层中。

“有魔杀族分身，宇宙之大，哪里我不能去？”罗峰满心欢喜。毕竟魔杀族分身的瞬移手段已经匹敌宇宙尊者，只是瞬移的距离稍微短点，而天赋秘法域，更是属于无法靠修炼得到的逆天手段。

“之前我需要近十天才能抵达九幽时空，现在魔杀族分身施展一次瞬移，便可达到100光年之远，许多危险之地可以直接掠过，哈哈……半天时间即可抵达九幽时空了。”罗峰挥手将极虹王收入世界戒指。

随即，他嗖的一声，消失在虚空中。

就算是祖神秘境，也很少有危险之地的长度达百光年之远的，就算有，罗峰也可以选择绕过去。

……

半天后。

罗峰出现在虚空中，银翼展开，遥遥看着远处的一方时空。

“九幽时空。”罗峰轻声道。

远处，那朦胧的一方时空中，海水澎湃，从外面看，九幽时空仿佛一个水的世界。

“谁又能想到，在这直径仅仅12光年的九幽时空中，单单我们传承者知道的拥有宇宙之主战力的存在就有好几位？”罗峰低叹道，“宝物更是无数，一代代传承者自觉突破无望的，都来这里探险夺宝，只是绝大多数都会殒灭。”

“希望我的运气够好吧，愿我此次能够得到世界树的叶子。”罗峰眼眸中满是渴望和战意。

若第三分身是世界树，那么罗峰定是前途无量。

天赋秘法掌控时空、神国稳固、无比庞大的神体，都是罗峰渴望的东西。

嗖，罗峰消失，直接施展瞬移进入九幽时空。

……

山脉连绵起伏，没有任何植被，有的只是冰冷的岩石，唯一的一抹亮色无疑是那瀑布。瀑布水从高处落下，落在下方水潭中，潭水朝四面八方流去。

在一片满是岩石的荒凉峡谷中，溪水潺潺。

嗖，身穿银甲的罗峰出现。

“终于到了。”罗峰环顾周围那些岩石，露出笑容，“荒石岛。”

九幽时空中虽然危险之地极多，但还是有些安全之地的，能让传承者们歇息片刻，像荒石岛便是其中出名的安全之地。漫长岁月来，荒石岛上从未出现过危险事物，也没有任何一个传承者在这里遭到九幽时空中可怕存在的袭击。

“安全代表着荒凉，除了水就是石头，其他什么都没有。”罗峰摇头。

嗖，罗峰化作一道银光，在山脉上空迅速飞着。

“残骸。”罗峰俯瞰下方，看到山脉中的一些残骸，暗自摇头，“死在这里的传承者，怕是被其他传承者所杀。”

虽说荒石岛是整个九幽时空中最安全的地方，没有九幽时空中的可怕存在，但传承者们为了争夺宝物，厮杀是常有的事。

罗峰飞行了足足上亿千米，越过最高的山脉，看到了远处那让他如痴如醉的景色。

“好美！”罗峰赞叹。

站在荒石岛最高山峰，罗峰遥看远处，只见这座岛屿之外是无穷无尽的海洋，一眼看不到尽头，乍一看呈蔚蓝色，紧跟着却变成紫色，再接着变成血红色，又变成透明色、金黄色、银白色、深灰色、蔚蓝色……

颜色不断变化，奇妙无比。

“这就是九幽之海。”罗峰感叹道。

九幽时空就是一个无尽的海洋，海洋上有着一座座或大或小的岛屿，岛屿上生活着一些原住民。而有些岛屿上居住着一些可怕存在，世界树便在其中一座岛屿上。那座岛屿庞大无比，被传承者们命名为树岛。

荒石岛渺小无比，是九幽之海上千座岛屿中最常见的小岛。

树岛却庞大得多，是九幽之海中排名前十的大岛。

“九幽之海广阔无尽，也危机四伏。”罗峰暗道，“除了那些居住可怕存在的岛屿外，九幽之海本身也很可怕，特别是九幽旋涡，据传，一旦陷入九幽旋涡，几乎没有活着出来的希望。”

罗峰抬头看向一个方向。

罗峰根据坐标判断，那个方向便是树岛所在的方向，只是距离太遥远，罗峰仅仅能看到无尽海洋，却看不到树岛。

“就靠魔杀族分身了。”

“即使魔杀族分身失败，我也能再度孕育。”罗峰微微点头。

嗖，魔杀族分身出现。

魔杀族分身直接化为一名传承者模样，紧跟着，施展瞬移，轻易渡过九幽之海，抵达树岛不远处。

“静等消息。”地球人本尊微微点头，随即进入一个山洞，开启微型探测仪，隐匿踪迹。

……

高空中。

魔杀族分身悬空看着前方数亿千米外庞大的树岛："真漂亮！这宛如仙境的地方却非常可怕。"

魔杀族分身眯着眼，看着树岛上的美丽景色。树岛上遍布着各种各样的植物，简直是植物的圣地。这里是紫色花的海洋，那里是七彩花的海洋……景色无比优美。

最耀眼的便是那棵冲天而起的大树，那棵大树最高，通体呈现翡翠色，树冠更是犹如华盖，每一片树叶都晶莹剔透犹如晶石雕刻而成，无尽的生命气息蕴含其中，它周围无数的花草等植物为之摇曳。

"世界树共有九棵，它是最强的一棵，是拥有宇宙之主战力的宇宙尊者级特殊生命。"魔杀族分身看着远处在树岛深处的最强世界树。

虽处于树岛深处，但因为它实在太庞大，所以罗峰可以看到。

最强世界树高5.9亿千米，它的树冠就已经比荒石岛还大了，加上树干宛如翡翠，隐隐散发着光芒，所以显得光彩夺目。

"三棵不朽级世界树，五棵界主级世界树。"

魔杀族分身一眼便看到环绕在最强世界树周围的八棵世界树，它们高低不一，高者为不朽级，矮一点的为界主级。界主级世界树也有6000万千米高，超过了树岛上其他非世界树的植物生命。

"树岛上很多生命都是普通花草，最强的是世界树，可其他植物生命中，也有不朽级的，根据资料上的描述，甚至还有宇宙尊者级植物生命，只是因为类别不同，导致体形远不如世界树，显得不起眼。如果我进入树岛，怕是会遭到袭击，所以得先避过其他植物生命，到世界树面前再说。"

魔杀族分身不再犹豫，嗖，直接施展瞬移，进入了树岛内。

……

树岛上以世界树为尊，且生存着大量植物生命，只有极少数属于特殊生命，论实力，很多都能对魔杀族分身产生威胁。

"看不见我，看不见我，注意不到我，注意不到我。"一朵类似蒲公英种子的拳头大的绒球在半空随风飘荡着，这正是魔杀族分身变化而成的。

罗峰想不到其他更安全的手段，只能这样做。植物生命一般都是不喜欢移动的，都是扎根在土壤中的，若是变成一株植物移动，肯定会引起它们的注意。

要知道，一些强大的植物生命是具有智慧的，特别是不朽级植物生命，智慧更是不低于人类。

罗峰不敢直接施展瞬移到最强世界树前，它可拥有宇宙之主战力，直接出现在其边上，其肯定会注意到魔杀族分身。

“我飘啊飘，飘到世界树前。”

绒球在半空慢悠悠地飘着。

“真慢啊，速度可真慢啊。”

绒球已经尽量以最快速度靠近世界树，但总不能太出奇吧，比如逆风飞，比如以亚光速飞行，如果这么做，肯定会被发现的。一旦被发现，那么罗峰就一点希望都没有了。

“我有的是耐心，我不急啊我不急。

“希望我到了最强世界树边上时，最好有树叶飘落，得到一片落叶我就走，我可一点都不贪心。”

魔杀族分身暗自嘀咕着，继续飘着。

在这座幽静的宛如世外桃源的树岛上，在无数飘荡的植物种子中，绒球丝毫不显眼，慢悠悠地飘着。

“太慢了！”飘荡三个月后，看着依旧遥远的世界树，绒球发出号叫。

第969章

没有落叶！

足足花费五个多月时间，绒球才最终飘荡到九棵世界树所在区域的最外围。

最强世界树自然是在最中央，其他八棵世界树则环绕在其周围。单单九棵世界树就占了整个岛屿约四分之一的地盘。

其他达到不朽级、宇宙尊者级的植物生命，全部避开这块地盘。

九棵翡翠般的世界树散发着碧绿色光芒，形成一层层光影，所有飘荡着的植物种子都无法穿过光影。

魔杀族绒球也悄无声息地降落下来。

“现在已经抵达最靠近世界树的地方，离我最近的就是一棵界主级世界树。”因为是魔杀族分身变化而成的，绒球能清晰地看到前方的一切，看到那棵主干粗壮、离他仅仅数千万千米的界主级世界树。

“竟然……竟然没有落叶！”魔杀族分身震惊不已。

魔杀族分身非常期待地面上有界主级世界树的落叶，捡走一片落叶，就可以立即施展瞬移溜掉。以他现如今的手段，就算宇宙尊者想要追到他，都不现实。

“没办法，不能捡，只能抢了。”魔杀族分身瞬间做出决定。

绒球看到头顶上空繁茂的枝叶，虽说此处距离界主级世界树主干有数千万千米，但树冠已经延伸到绒球的上空，只见一片片树叶仿佛翡翠雕刻而成，每一片都晶莹剔透。

“树叶只有枯黄后，才会自然掉落，世界树的每片叶子都蕴含非常强的能量，又怎么会掉落？”绒球随风而动，已然做好准备。

……

遥远的荒石岛上，地球人本尊在山洞内期盼着：“一定要成功，一定要成功！若是成功，我孕育第三分身就有希望了！”

……

绒球在风的吹拂下，在地面上滚着，偶尔碰触到光影便反弹回来，然后又被风吹过去，再被反弹回来，如此反复下去……

嗖，绒球突然消失。界主级世界树茂盛的树冠边缘的一根手臂粗细的枝条上，忽然出现了一道模糊的身影。这道身影刚一出现，便猛地抓住了一把宛如翡翠雕刻而成的树叶。

“嘿！”这道身影猛地用力想要拽下一把树叶。

魔杀族分身的力量何等强大？那可是100倍界主之力。这一拽，顿时把界主级世界树一根粗壮的枝杈给拉得倾斜了，整个树冠都一阵抖动。

“可恶的外族人！”愤怒的声音从翡翠似的枝叶中传出。

“竟然没被我拽下！”魔杀族分身错愕。

周围无数的枝叶原本是随风而动，可就在他一拽而没拽断的同时，一片片树叶全部涌向魔杀族分身，无比汹涌的力量完全缠绕住魔杀族分身。

砰！

魔杀族分身仿佛易碎的鸡蛋，瞬间就完全破裂了，毫无反抗之力，包括那颗生命晶核也完全破裂了。

魔杀族分身，殒灭！

“这么弱小？

“他应该是不朽神灵，怎么这么容易就死了？”

界主级世界树疑惑不已。

它曾经遇到过一些欲夺走它的树枝的传承者，要知道，世界树的枝杈是可以长成一棵生命树的，生命树具有稳固神国的功能。不过它是界主级世界树，小枝杈功效不大，所以传承者一般都想直接掰断它的一整根树枝。

这令界主级世界树一旦发现有敌人抢夺树枝，就立即全力以赴对抗敌人。

……

荒石岛。

“这么强？”山洞中的罗峰一脸惊愕，“这……魔杀族分身竟然还没来得及反抗就死掉了？”

“从刚才的交手来看，这棵界主级世界树绝对拥有封王级战力。”罗峰无比确定。

魔杀族分身没拽断界主级世界树树叶的同时，无数枝叶涌过来，瞬间就碾碎了魔杀族分身。

界主级世界树拥有绝对的优势！

“我估摸着界主级世界树的生命基因强度应该是人类的1000倍，嗯，它还有那拥有宇宙之主战力的最强世界树的教导，应该也懂得身体振幅手段，实力能提升数十倍，那可就是数万倍界主之力了，配合一些天生的攻击手段……还真是封王级水准！”罗峰暗自点头。

“魔杀族分身被瞬间弄死倒也不奇怪。刚才对魔杀族分身的死，其他世界树似乎没一点反应。”罗峰脸上露出一丝笑容，“和我预料的差不多，这种小打小闹，其他世界树不会在乎，特别是那棵最强世界树。恐怕只有威胁到界主级世界树的生命，那棵最强世界树才会出手吧。

“吃一堑长一智。”

罗峰盘算着下一步的计划。

……

过了许久。

山洞中出现蒙蒙金光，一道身影出现在蒙蒙金光中，正是魔杀族分身。

“上次失败，仅仅多消耗点能量罢了。”罗峰暗自点头。

魔杀族分身向罗峰伸手。

罗峰一翻手，掌心便出现了一颗隐隐散发着强大气息的火神源晶，魔杀族分身一把接过，而后直接施展一个瞬移，消失不见。

“我就不信这次还失败。”罗峰眼眸中闪过锐利的光芒，“这颗火神源晶爆炸的威力不算大，只能炸死封侯级强者，相当于封王巅峰级强者的随手一击。那棵世界树只达到了界主级，而且无法燃烧神体，肯定挡不住。但它体形大，这颗火神源晶爆炸范围是直径数十万千米，仅仅能伤到它罢了。”

“这等规模的攻击，那棵最强世界树应该不会插手吧？”罗峰暗自嘀咕，“若是我培养子弟，没大的威胁，也不会插手。”

“只要这颗火神源晶爆炸，定炸得树叶、枝杈漫天乱飞。”

“抢了一片树叶就立即施展瞬移走掉。”罗峰眼中有着期待，同时感应着魔杀族分身那边，“到了，这次一定得成功！”

……

魔杀族分身先到了海洋上空，距离树岛还有一段距离。

“这段距离不算太远，我能准确感应到之前的位置。”魔杀族分身遥遥看着，目光冷厉。

“行动！”

嗖，魔杀族分身直接施展瞬移，再出现时，已经到了那棵界主级世界树的树冠下。

“炸吧。”魔杀族分身猛地一扔火神源晶，同时再度施展瞬移，嗖，已然消失，只剩下那一颗被扔出的火神源晶。

轰隆隆——

这颗火神源晶在界主级世界树的树冠下轰然爆炸。

顿时，直径30万千米内的一切震荡起来，然后化为虚无，远处留下了部分枝杈残骸，再远处留下了一些树叶残骸……

直径30万千米的爆炸范围，对于界主级世界树来说，倒也不算什么。

这颗火神源晶爆炸时，距离它的主干数千万千米，那点能量波动，跨越数千万千米抵达主干后，根本无法令主干震颤。

“回来。”

爆炸范围内的一切都在汹涌的生命能量中迅速恢复着。原本被炸飞的大量树叶、枝杈残骸飞向树冠，恢复完好后，融入树中。

就在恢复的过程中，一道身影出现。

“到手。”魔杀族分身施展瞬移出现，在看到大量树叶、枝杈残骸朝世界树飞去时，立即伸手抓住了一根枝杈，枝杈上还有三片叶子，每片叶子都有残缺。

“走。”

一道毁灭性的能量在魔杀族分身抓住枝杈的瞬间，便降临在魔杀族分身身上，只见魔杀族分身一震，便动也不动了，微风一吹，便化为粉末。粉末在半空消散，完全消失。

“可恶的外族人！可恶的外族人！”界主级世界树整个树冠都在震颤，同时发出咆哮声，“父亲，父亲，你为什么不让我亲手杀死他？”

“七七好惨，掉了那么多叶子。”

“哈哈……七七，如果不是父亲，那个外族人可就逃掉了。”

“哈哈哈……”

其他世界树发出一阵阵笑声，或是苍老，或是清脆。

“都闭嘴！”那棵被炸的界主级世界树所有枝叶震颤起来，发出怒吼声。

“小七，那个外族人的逃跑手段的确很厉害，施展瞬移都没有引起空间的特殊波动，若是让他逃掉，就很难再找到他。他伤了你，我帮你惩罚他，难道不好吗？”一道温和的声音响彻世界树所占领的地盘。

“不好，不好，不好！”那棵界主级世界树的无数枝叶疯狂舞动。

“那你就好好努力，像你大哥它们一样成为不朽神灵，这样就不怕那些外族人了。”温和的声音继续说道。

“哼哼……”

界主级世界树原本的炸伤，在这短短一会儿的工夫里就已经完全恢复了，根本看不出之前受过伤，地面上根本没有一片落叶。

……

在那九棵世界树发出声音的同时，树岛上其他植物生命全部安静了下来。

第970章

吠镜王

“一定是那棵最强世界树！”荒石岛上一个偏僻寂静的山洞内，罗峰眼眸中满是震惊。

在魔杀族分身遭到可怕攻击，陷入绝境时，地球人本尊感同身受。能做到这种程度的，只有那棵最强世界树。

“它竟然出手？”

“它是宇宙尊者，又是特殊生命，有着庞大的体形，而且它可拥有宇宙之主战力！这样的存在，竟然对魔杀族分身下手。”罗峰感到难以置信，按照他的预估，魔杀族分身瞬间出现抓住枝叶，然后施展瞬移逃走，所用时间极短，就算是不朽级世界树恐怕也来不及阻止。

“我就想拿走一片树叶啊，眼看就要到手了，眼看第三分身有望了，没想到啊！只要第三分身孕育成功，那么我可以立即突破跨入不朽级！

“可现在看来，想要得到界主级世界树的叶子，不是这么简单的事。”

“那棵最强世界树竟然会出手，没想到啊！魔杀族分身已经死了两次，它们肯定警惕起来了，该怎么办？”罗峰焦急，冥思苦想，越想越心急。

“最强世界树，你那等身份，那等实力，我怎么敌得过？”罗峰现在最头疼的就是那棵最强世界树。

那棵最强世界树可是匹敌宇宙之主的存在啊！它拥有着掌控时空的天赋手

段，以它的实力，对一方时空的控制不会弱于真正的宇宙之主。

而且时间静止的威力一定非常可怕，它连逆转时空恐怕都能做到。

只要那棵最强世界树出手阻拦，时间完全静止，以魔杀族分身那点能耐，他根本逃不掉。

“怎么办？”罗峰冥思苦想。

罗峰其实不知道，最强世界树和周围八棵世界树有着特殊的关系——父子关系。

最强世界树作为特殊生命，随着时间流逝，周围会长出一些小树苗。

最强世界树是宇宙中独一无二的存在，能不能让周围长出小树苗，一切全凭它的意愿。

它只要分出一根枝杈，这根枝杈即可成长为强大的生命树。作为一棵充满强大生命力的世界树，它的生命本源是极其强大的。

它因为寂寞，所以让周围诞生了八株树苗，它更是将生命本源的一部分精华传递给八株树苗，犹如空间之心将精华能量传递给魔杀族分身。

这棵最强世界树宁可失去一部分生命本源，也要好好培育八株树苗，所以本质上，它就犹如父亲，呵护着八个孩子，培养着八个孩子。植物生命生性不喜欢移动，漫长岁月里一直待在这里。

它与八个孩子的关系，可比宇宙中很多族群的父子更加亲近。

宠溺、呵护，也就理所当然了。

荒石岛，山洞内。

罗峰想出了数个方案，都是有一定概率成功的，但都无法保证能百分之百成功。

“孕育成功。”罗峰感应到在遥远的人类疆域，原始秘境中，自己的体内世界已然成功孕育出魔杀族分身。

仅仅数秒钟，一道蒙蒙的金光亮起，正是神国传送。

魔杀族分身从遥远的人类疆域到祖神秘境，仅仅花费数秒钟。

嗖！

魔杀族分身一步跨出，出现在山洞中。

“出发。”魔杀族分身直接施展瞬移，消失，当再度出现时，已经到了九幽之海的上空，能够看到树岛。

“选择最保守、概率最大的办法吧。”魔杀族分身再度消失。

……

树岛上飘荡着无数植物的种子，这些种子中悄无声息地多了一颗种子。

绒球再度慢慢地朝世界树飘荡过去。

“我再花费五个多月飘过去，降落在界主级世界树边缘，到时候，让一名封王巅峰级奴仆出手，先扔火神源晶，再抢枝叶。”魔杀族分身暗自道，“战斗过程中，肯定有枝叶炸开乱飞，也肯定有很多枝叶被炸飞出光影范围。”

“我飘落在一片树叶上后，立即携带一片树叶施展瞬移。哼，就算是那棵拥有宇宙之主战力的最强世界树，在没有事先发现绒球的特殊之处的情况下，也根本不会攻击我，我施展瞬移溜走后，它再发现不对，已然晚了。”魔杀族分身暗道。

这就是新的计划。

……

时间流逝，绒球慢慢飘荡着，不断朝界主级世界树飘着。

对于高高在上的最强世界树而言，前段时间发生的事情仅仅是一个小插曲，毕竟九幽时空经常有传承者到来，抢夺它们的树枝。魔杀族分身的抢夺手段对它们威胁很小，很多传承者都拥有击杀界主级世界树的实力。

最强世界树要做的，仅仅是保护住八个孩子的主干。只要主干没事，那么被损坏的枝叶可很快恢复。

“飘啊飘，估摸着还有一个月就到了。”绒球随风飘荡，飘荡在风景优美的树岛中，飘荡在无数植物种子中。

九幽时空外的虚空中。

嗖！嗖！嗖！

七名不同族群的强者同时出现，体形有大有小。

一名爬行的强者，神体长度超过10千米，体形最大。体形最小的则是一名有着翅膀的半米高的异族强者。

“是九幽时空。”

“到九幽时空了。”

七名异族强者都看着九幽时空，充满期待。

“好快，吃顿饭的时间就抵达九幽时空了。”

“全靠兹鸦尊者，每次瞬移距离都能达到数百甚至上千光年，掠过大片大片的危险区域。如果不是兹鸦尊者，我们估计要好久才能抵达九幽时空，甚至有可能中途殒灭。”

“是，全靠兹鸦尊者。”

一片称赞的声音中，一道尖锐的声音忽然响起：“是，我们的确得感谢兹鸦尊者。”

这道声音一出，其他异族强者全部安静下来。

说话的是一个一直弓着腰的异族强者，双手双脚都呈爪状，全身有着密密麻麻的鳞甲，鳞甲上更是遍布金色秘纹，脸上有着金色鬃毛，长着一双金色眼眸。

“兹鸦尊者，我说得可对？”这名异族强者看向兹鸦尊者。

紫荆岛上上亿名传承者中的兹鸦尊者身高约6米，有六对黑色羽翼，全身隐隐散发着一层血红色的光，嘴巴犹如利刃，双眸呈血红色。

兹鸦尊者咧嘴一笑：“我也就赶路时起了点作用，等到了九幽时空，还得靠吠镜王你。”

“九幽时空中危机四伏，有吠镜王你在，我们活下的概率就大多了。”

“对，我们困在实力极限漫长岁月，得知吠镜王你这次要出发，不少传承者可都想一起来，最终还是我等占了便宜，得了好处。如果在九幽时空中发现宝物，定是吠镜王、兹鸦尊者你们先挑，我们不急。”

“按照功劳来，吠镜王先挑是应该的。”

其他五名异族强者都说道。

在场七人，一人是宇宙尊者，六人是不朽神灵。兹鸦尊者达到了宇宙尊者境界，吠镜王则是不朽神灵。

“哈哈哈……放心，一切按照功劳来，该是你们得到的，我自然不会抢。”吠镜王哈哈笑道。

兹鸦尊者也在一旁笑着。

其他五位也附和着笑。

“吠镜王是出了名的疯狂、心狠、贪婪。”兹鸦尊者见状，暗中嗤笑，“如果不是他的探测手段的确独步宇宙，我也不会和他联手过来。至于其他五名传承者……哼，真正的重宝哪会落到他们手里？不过这吠镜王，我得小心，可别栽了跟头，成就了他的名声。”

兹鸦尊者很忌惮吠镜王。

吠镜王在上亿名传承者中排名前十。

紫荆岛上的传承者数量庞大，且都是各族的绝世天才。排名前十的，绝对是宇宙中一等一的绝世天才。

逐虫王作为宇宙中独一无二的特殊生命，也仅仅排名前三。

吠镜王也是宇宙中的特殊生命，单单生命基因强度就是普通生命的2000倍！而且他有两大天赋秘法，独步宇宙，早早就被宇宙超级势力之一的北疆联盟吸纳进去，更被赐予了一件至宝和一套重宝。论战力，虽然比逐虫王稍微弱些，但强于很多宇宙尊者。

“我们进入九幽时空后，先去最安全的荒石岛。”吠镜王道。

“嗯，我们出发。”

兹鸦尊者当即施展瞬移，七人直接抵达荒石岛。

第971章

宇宙之镜

荒石岛的一块山石上空出现了七道身影，正是兹鸦尊者、吠镜王等七人。

“荒石岛和资料上描述的一样，果真是荒凉，我们到荒石岛了。”

兹鸦尊者、吠镜王等七名异族强者环顾周围，眼神都变得锐利。进入九幽时空，他们不由得小心翼翼起来。

“荒石岛还算安全，却没有什么宝物。这个岛屿很小，一旦出了荒石岛，那可就危险了。”吠镜王声音天生尖锐，扫视其他强者，“我准备探测九幽之海，寻找九幽之海中的宝物。九幽之海是整个九幽时空中最危险的地方，你们是否要跟着去，随便你们。”

“九幽之海？”

“吠镜王，你去九幽之海？”

其他五名传承者都震惊了。

吠镜王见状，暗自嗤笑。

其实，这五名传承者都来自北疆联盟，和吠镜王来自同一方势力，所以吠镜王才会给点面子带他们一起来。只是，让他帮助这五名传承者，那简直是做梦，他可没那闲工夫。

“吠镜王，你真去九幽之海？”

“要不，我们先去其他岛屿吧？”

吠镜王扫视那五名传承者一眼，冷哼一声，看向兹鸦尊者：“兹鸦尊者，你呢？”

吠镜王唯一重视的人就是兹鸦尊者了，兹鸦尊者毕竟是一位宇宙尊者，和吠镜王实力相近。

九幽之海可是真正的危险之地，有个帮手，也安全得多。

也不怪那五名传承者不敢去，整个九幽时空其实就是一个无尽的海洋，海洋上有着上千座岛屿，大多传承者是去岛屿上探险寻宝，敢深入九幽之海的极少。因为虽然九幽之海广阔，藏有的宝物数量恐怕超越所有岛屿，但危险系数也大于所有岛屿。

九幽之海中会偶尔出现一些漩涡。

九幽之海中最危险的当数九幽漩涡。

一旦陷入九幽漩涡，进入九幽之海的核心之地，就算是宇宙尊者，活下来的概率也很低。

“既然吠镜王要去九幽之海，那么我也随吠镜王你一起，只是……吠镜王你不会想去九幽漩涡吧？”兹鸦尊者担心道。

“当然不会，我虽然自信，但还不至于盲目。”吠镜王摇头，“这九幽之海中危机四伏，其他地方我还敢闯闯，可是九幽之海的九幽漩涡，我若是看到，定会早早就避让开，哪敢深入？”

兹鸦尊者暗松一口气，随即道：“那我便和吠镜王你一起，探一探那九幽之海。”

“哈哈哈……”吠镜王顿时笑了起来，声音刺耳。

兹鸦尊者也跟着笑了起来。

其他五名传承者彼此相视，暗中传音。

“怎么办，兹鸦尊者和吠镜王都要去九幽之海，我们怎么办？”

“没有他们俩，我们五个如果去其他岛屿探险，是九死一生。若是跟着兹鸦尊者和吠镜王，还能去一些奇绝之地，说不定就能侥幸得到重宝。我们和他们是队友，他们绝对不敢对我们下手。”

“我被困在实力极限漫长岁月了，这次就是九死一生，我也要去！拼了，我跟他们去。”

“去，我也去！”

“传说中最危险的九幽之海，我去！若是死，死在九幽之海也值了！”

五名传承者暗中迅速做出决定。

“兹鸦尊者，吠镜王，你们俩都去，我们自然也跟着去。”

“对对对，我们五个在九幽时空，去哪个危险之地都是九死一生，还不如和两位一起去。”

“我们都去。”

……

吠镜王、兹鸦尊者自然乐意。

“各位，让我先探一探，直径10亿千米内有哪些危险吧。”吠镜王道。

“吠镜王，请。”

六名传承者都避让开。

论探测手段，吠镜王的确独步宇宙。

吠镜王上前一步，双眸凝视前方，随即他全身鳞甲上复杂的秘纹亮起光芒，一双金色眼眸射出的光映照无尽天地。

吠镜王看着前方，自信地道：“前方岛屿上没有任何危险，岛屿下方便是九幽之海。距荒石岛直径3200万千米内的危险都可以忽略，越是深入九幽之海，危险越多，我已发现了一个宇宙尊者级生物。”

吠镜王随即又转头看向另外一个方向。

这其实是天赋秘法宇宙之镜，一旦施展开，可探测直径10亿千米内的一切，仿佛将一切都映照在镜子上，任何危险都能被发现。除非成为宇宙之主，能够完全掌控一方时空，否则绝对无法躲开宇宙之镜的探测，并且也根本意识不到自己被宇宙之镜探测了。

“这个方向，我发现了一个不朽级特殊生命。”

“嗯？”吠镜王看向右前方时，微微错愕，随即露出一丝古怪的笑容。

“吠镜王，发现什么了？”兹鸦尊者见状，忍不住问道。

“哈哈……你们猜猜，我发现了什么？”

吠镜王表情古怪，兹鸦尊者和其他五名传承者都疑惑不已。

“哈哈哈……是那个名气极大的刀河王。”吠镜王道。

“刀河王？”

兹鸦尊者和五名传承者都是一惊。

“有意思啊。没想到刀河王竟然敢来九幽时空，我听说他有一件善于飞行的至宝，在紫荆岛上无法对他下手，现在我们来到了这里，这是一个好机会啊。”吠镜王伸出猩红肥大的舌头，舔舐了一下嘴唇，露出獠牙。

“吠镜王，你……”兹鸦尊者一惊。

“哼，你不敢，我北疆联盟可不怕人类联盟。”吠镜王嗤笑道，“兹鸦尊者，你不必插手，也不必蹚这浑水，你只要规矩点，别提醒刀河王就行，否则就是与我为敌！”

“放心吧，我不会插手。”兹鸦尊者点头，无奈。

北疆联盟堪称宇宙中族群数量最多的一个联盟，属于顶级势力，完全能和人类、妖族、虫族等巅峰族群的几大联盟媲美。

“走。”吠镜王咧嘴一笑，直接朝远处缓缓飞去，不敢飞得太快，怕引起罗峰的察觉。

“若是能得到刀河王的至宝，这次来九幽时空就已经值了，都没必要再去九幽之海冒险了。”吠镜王金色眼眸中满是贪婪。他是特殊生命，本性贪婪、凶狠，他丝毫不以为耻，反而认为是理所当然的。

山峰的山洞内。

罗峰凭借微型探测仪隐匿踪迹，盘膝坐着。之前吠镜王施展探测手段时，他丝毫没有察觉，显然，吠镜王的手段已经超越了微型探测仪所能发现的极限。

“还有一个月。”

“一个月后，就能得到界主级世界树的枝叶，孕育第三分身，而后跨入不朽级。”罗峰满心期待着，丝毫不知吠镜王等七名强者已经到了山峰外。

……

“停。”吠镜王传音下令。

兹鸦尊者等一个个都在远处停下。

“刀河王有微型探测仪。”吠镜王咧嘴一笑，“不过那些狗屁探测仪，就算是机械族的顶尖探测仪，也无法和我的天赋秘法相比。”

“封锁！”

吠镜王看着前方的山峰，直接施展空间封锁，顿时，几乎小半个荒石岛的空间波动都完全停止了。

“进去！”

嗖，吠镜王当先冲向那山峰。

嗖！嗖！嗖！

其他六道身影也跟着吠镜王冲向那山峰。

……

“不好。”在感应到空间封锁的那一瞬间，罗峰目光扫了一眼山洞内的一些碎石，那些碎石中有一块石头便是伪装的信物。

这座山峰的另外一个山洞中还藏有另一个信物，是麾下仆从用来定位神国的。

“即使暂时离开，将来也可直接被传送过来。”

嗖，罗峰双翼一展，瞬间冲出山洞。

刚一冲出山洞，罗峰就感到一股强大的威压扑面而来，只见一名全身布满鳞甲的强者在破空飞来，他死死盯着罗峰。

“吠镜王。”罗峰一惊。

紫荆岛上出名的特殊生命，个个都不好惹。

吠镜王擅长跟踪、追杀，本性贪婪、凶狠。

嗖，罗峰双翼一振，速度飙升。

“哈哈……刀河王，在我面前还想逃掉？哈哈……我便是以追踪出名、在空间一道上极具天赋、天生速度就快的吠镜王，而且我的神体又远远强于你。看看是你快，还是我快？”吠镜王的速度也飙升，追逐罗峰。

吠镜王神体强大，生命基因强度是一般强者的2000倍。如果人类封王级极限强者拥有10万倍界主之力，吠镜王便拥有足足2亿倍界主之力，吠镜王完全可以力压宇宙尊者。

嗖！嗖！嗖！

吠镜王的速度不断飙升。

罗峰的速度也不断飙升。

“什么?!”罗峰震惊道。这是他拥有弑吴羽翼后，第一次没能与对方拉开距离。

吠镜王还在不断逼近。

“第二形态。”罗峰承认小瞧了吠镜王，顾不得其他，立即驱动弑吴羽翼第二形态。

只见弑吴羽翼的一根根羽毛宛如细长的战刀，一排排“战刀”整齐划一，直接撕裂了周围空间，形成空间乱流。

空间乱流中，罗峰身影都显得模糊不清。

第972章

贪婪

在后面追杀的吠镜王也陷入了空间乱流中，空间乱流中各种空间碎片乱飞，威力丝毫不弱于一颗颗撞击而来的星球。吠镜王在空间乱流中横冲直撞，他撞碎无数碎片，速度锐减，根本无法追杀罗峰了。

吠镜王不怒反喜，传音叫嚣道：“至宝的威力果真不凡啊！这样的至宝，你一个人类没资格拥有，我是强大的特殊生命，只有我才配得上这样的至宝！交出至宝，我饶你一命。”

轰！

吠镜王气息暴增，燃烧神体。

为了至宝，他可不吝啬燃烧神体，而且北疆联盟为了吸纳他，提供了无数资源，恢复神体的宝物他多的是。一旦燃烧超越普通宇宙尊者的神体，吠镜王的实力顿时飙升到很可怕的地步。

轰隆隆——

吠镜王速度再度飙升，直接从空间乱流中开辟出了一条宽阔的通道，所有阻碍他的空间碎片全部被震碎，化为粒子流。

已然拼命的罗峰发现后面吠镜王的速度再次暴增，迅速就追上来了。

“我速度不如他！”罗峰见势不妙，立即双翼一振。

嗖！嗖！嗖！

只见罗峰仿佛一只游隼，在空间乱流中不断改变方向，时而往前冲，时而往左飞，甚至猛地拐弯。要知道，速度越快，改变方向越难，就跟速度达到极致的跑车猛地改变方向很可能会翻车一个道理。吠镜王一时间措手不及。

“这么灵活？”吠镜王也跟着不断改变方向，追杀罗峰。

论直线加速，罗峰即使施展弑吴羽翼第二形态，形成空间乱流，也敌不过燃烧神体的特殊生命吠镜王。

可一旦罗峰不断改变方向，吠镜王就有点慌乱了。

“封！”

吠镜王怒吼着，操控神力压制罗峰，却被罗峰的弑吴羽翼直接撕碎。

“吠镜王，你何苦要追我？”罗峰传音道，“我这至宝是宇宙之主赐予的，你就算夺走了，只怕将来也要还回来。”

“哈哈……别拿宇宙之主压我，你们人类联盟有宇宙之主，我北疆联盟就没有？哈哈……至宝不愧是至宝，我在生命基础上超越你这么多，可在灵活改变方向这一方面却远不如你。我只能凭借速度一次次追上你，让你逃不掉。”吠镜王反而很兴奋。

后面的兹鸦尊者和其他五名传承者看着吠镜王追杀刀河王，吠镜王和刀河王早已冲出了荒石岛，在九幽之海上空飞着。

“吠镜王燃烧神体都追不上?! 不愧是至宝！”

“燃烧神体能令速度大增，可速度越快，改变方向越难，吠镜王只能保证不被刀河王甩脱。”兹鸦尊者道，“估计，该动手了。”

……

吠镜王快追不上了，突然，他面前出现了一个紫色晶球。

嗖！

这个紫色晶球在吠镜王的神力驱使下，速度自然远远超过吠镜王，直接到了罗峰上空。只见紫色晶球的体积暴增，从之前巴掌大的晶球变成了一颗直径数千千米的星星，这颗紫色星星的下端有一个巨大的洞。

轰隆隆——

洞中出现了旋涡，一股滔天的吞吸之力直接作用在罗峰身上，原本在半空灵活无比的罗峰顿时受到影响。

“这是我的封印类重宝，虽然我不懂得完整的空间法则，但有了这个重宝，再凭借我燃烧的神力，怕是比宇宙尊者的封印手段还要强上一筹。我就不信你能挣脱。”吠镜王哈哈传音道。

罗峰陷入无尽的吞吸之力中，身体有些不受控制。

“使用封印类重宝时都是先重伤敌人，在敌人反抗之力极弱时，再镇压封印，你竟然妄图直接将我镇压封印，简直是做梦！”罗峰怒吼，“弑吴羽翼，破开它！”

顿时，弑吴羽翼边缘一柄柄锋利的“战刀”切割空间，搅碎一切。

重宝有很多种，封印类重宝强在能镇压封印，攻击能力一般很弱。想要直接将一名强者镇压封印，除非二者实力差距很大，否则做不到。

罗峰自认有弑吴羽翼在身，吠镜王若使用重宝远程攻击，自己定然挡不住，可单单靠封印类重宝的吞吸之力就想要把自己吸进去，也太嚣张了。

哧哧哧——

罗峰在弑吴羽翼切割吞吸之力时，终于冲出了吞吸之力的范围。

“嗯？”看到这一幕，原本一直哈哈大笑的吠镜王一怔，紧跟着嗤笑道，“至宝的确不凡。刀河王，我本来不想杀你，现在，别怪我了。”

吠镜王忽然一张嘴巴——

静！

整个天地一下子安静了下来，吠镜王的嘴巴张得非常大。

远处的兹鸦尊者等六名传承者见到这一幕，顿感震惊。

“那刀河王怕是要死了。”

“刀河王可是有天赋分身手段的。”

“不管怎样，这个分身怕是得死了，他的至宝也要落到吠镜王手里了。”

那五名传承者暗中传音，兹鸦尊者也是这么想的。因为吠镜王的两大天赋秘法独步宇宙，一为探测，一为攻击。

探测可洞察一切。

攻击可毁灭灵魂。

……

罗峰在吠镜王张开嘴巴的那一瞬间，便感到一道无形的攻击降临。

“嗷——”

一道无比可怕的灵魂怒吼声传过来，即使是罗峰，脑中也瞬间一片空白。这道灵魂怒吼声欲以摧枯拉朽之势碾压、毁灭罗峰的灵魂，而坐镇灵魂核心的塔珠顿时显现，迸发光芒，笼罩灵魂。

一阵阵怒吼声响起。

罗峰的灵魂前方竟然显现出吠镜王的头部虚影。头部虚影张开血盆大口，向罗峰的灵魂发出咆哮声。

塔珠在微微震颤，罗峰的灵魂在颤抖，边缘精神力完全被震碎，只剩下核心灵魂被塔珠保护着，在拼命抵抗。

“嗷嗷——”

又是一阵阵怒吼声。

塔珠奋力保护灵魂核心。

“好可怕的手段！”罗峰意识一片空白，瞬间又清醒过来，感受到体内的一切后不由得震惊，“塔珠没显现时，攻击刚降临，我的意识就一片空白。显然，如果不是塔珠，我没有丝毫抵抗之力，绝对会被碾压成虚无。”

“而且塔珠抵抗时竟然都很吃力。”罗峰震惊。

越强大的特殊生命，天赋手段就越逆天。

像银眸等的，还算一般。

像吠镜王、逐虫王，天赋手段算是不可思议了。

“逃。”罗峰清醒地认识到自己的处境，一咬牙，竟然直接朝下方的九幽之海冲去。

九幽之海是整个九幽时空最广阔也是危险之地，特别是其中的九幽漩涡，可是此刻，罗峰顾不得那么多了。

砰！

海水炸裂，罗峰已然冲入九幽之海。

“不可能！”吠镜王眼眸中满是震惊，不敢相信罗峰竟然能够抵抗他最为骄傲的攻击。他当即面目狰狞，直接咆哮着冲入九幽之海。

海水上空。

兹鸦尊者他们六人从高空俯瞰，一时间都有些错愕。

“挡住了？”

“竟……竟然没死？”

他们六人都不敢相信。

兹鸦尊者更是连连摇头，道：“吠镜王神体无比强悍，能对战宇宙尊者，此刻燃烧神力，施展天赋秘法，这一招的威力绝对能匹敌宇宙霸主的一击。在这等威力下，那人类刀河王怎么可能挡得住？”

“兹鸦尊者，吠镜王有宇宙尊者实力，又燃烧神力用天赋秘法攻击，这等威力，刀河王怎么可能扛得住？难道他还有一件至宝，保护灵魂的至宝？”

“保护灵魂的至宝?!”其他传承者都惊愕不已。

“对，至宝。”兹鸦尊者连忙点头，“他的灵魂肯定遭到了那股攻击之力的攻击。他凭借自身能耐怎么都挡不住那股攻击之力，定是至宝！保护灵魂的至宝！逐虫王都有两件至宝，人类这么重视刀河王，他有两件至宝也有可能。”

“竟然有两件至宝！”

其他五名传承者都不敢相信。

“太……太疯狂！”兹鸦尊者也忍不住生出贪婪之心。

自己是宇宙尊者，却一件至宝都没有，而吠镜王、逐虫王都早有至宝在身，刀河王竟然也有两件至宝在身。

“如果被我侥幸得到，大不了躲起来。这可是两件至宝，一件用于逃命，一件用于保护灵魂……”兹鸦尊者目光冷厉，当即猛地朝下方海水冲去。

……

幽冷的海水充斥着一股股让人心颤的气息。

轰隆隆——

吠镜王在海水中疯狂追逐罗峰，并时刻维持着空间封锁，同时传音咆哮道：“你逃不掉的，竟然能够挡住我的天赋秘法的攻击，你定是有一件保护灵魂的至宝，一定有！都是我的，都是我的！”

吠镜王完全疯狂了。

保护灵魂的至宝比飞行类至宝更罕见，也更珍贵。

嗖！

罗峰在九幽之海中不断改变方向，不断朝深处冲去，哪里危险就朝哪里冲。

第973章

九幽漩涡

九幽之海深处，每一滴海水都沉重得如一座大山，可不管罗峰还是那吠镜王，都以最快速度穿行着。

“刀河王，你逃不掉的。”吠镜王激动、疯狂地咆哮着，“哈哈哈……你逃跑的能力厉害，抵抗灵魂攻击的能力也厉害，但我不信你还能抵挡我强大的物质攻击！除非你拥有飞行宫殿类至宝……死去吧！”

轰！

吠镜王猛地一挥利爪，一道隐隐呈现灰色的神力直接射向远处不断改变方向的罗峰。

“不好！”罗峰一惊。

吠镜王虽然是武者流派，但释放神力攻击对他而言是很简单的手段，只是这种手段的威力一般都比较弱。不过吠镜王本来就逆天，此刻又燃烧神力，尽管使用这种威力弱的手段，可是一旦那极度凝聚的神力击中罗峰，罗峰就完了。

至宝分很多种，像天狼殿、星辰塔都属于飞行宫殿类至宝。

劫甲属于护身战甲类至宝。

对于逃命者而言，天狼殿这类至宝作用更大。只要罗峰躲在天狼殿内，敌人即使狂轰天狼殿，恐怕也伤不了罗峰。

“可惜，我没那等至宝。”罗峰一直保持高速穿行，弑吴羽翼每一次震荡都引起巨大的空间乱流。

轰——

神力光柱刺穿无尽海水，又刺穿空间乱流，从罗峰左侧呼啸飞过。

“躲过了。”罗峰暗松一口气。自己一直保持高速穿行，只要能够不断改变方向，一般还真的很难被击中。

“哈哈哈……躲过一次，我看你还能躲几次！”吠镜王得意地传音大笑，“你果真没有飞行宫殿类至宝啊，哈哈哈……刀河王，你逃跑是靠至宝羽翼，你抵挡灵魂攻击是靠灵魂类至宝，可你没有专门抵挡物质攻击的至宝，可惜啊可惜，所以你死定了！”

轰！轰！

两道神力光柱连续射向罗峰。

不蕴含任何法则感悟，凭借的就是匹敌强大宇宙尊者的神力，且是燃烧神体状态的神力！

“我追不上你，我的神力难道还追不上你？”吠镜王眼眸中满是疯狂，他的实力远远超过罗峰，但罗峰灵活无比，又有灵魂至宝。可是只要凭借纯粹的神力去碾压——

除非罗峰还有天狼殿一类的至宝，否则必死！

“难道要让魔杀族分身回来？”罗峰无规律地改变方向，躲过一道神力光柱，而另一道神力光柱擦到了罗峰羽翼的边缘，令罗峰整个人猛地一转，而后又连忙改变方向。

弑吴羽翼完全爆发。

“虽然魔杀族分身有天赋秘法域，但仅够自身在域内任何一处移动，无法带着其他生命。”罗峰暗道。

这就是域的局限性。

域和瞬移是两种完全不同的手段。瞬移施展时是可以带着其他生命的，能带着其他生命进入空间波动，抵达远处。

魔杀族分身在域内是先完全化为直径上万千米的空间，和原有空间契合，紧跟着再恢复成魔杀族分身的。

魔杀族分身可以化为空间，但地球人本尊无法化为空间，除非地球人本尊进入世界戒指，魔杀族分身携带世界戒指，这样才行。可吠镜王那蔓延开的神力，哪会给地球人本尊进入世界戒指的机会？

……

“又逃了一次？”吠镜王怪笑道，“你竟然连连躲了两次，哈哈哈……那至宝羽翼的确令你的逃跑能力变强了，我看这第三次你怎么躲！”

吠镜王眼眸中出现一丝疯狂，同时一股汹涌的神力开始凝聚。

神力凝聚后威力极大，但如果覆盖直径上亿千米范围，分散开的神力的威力是很微弱的，只能用来探测，攻击敌人是不行的。

神力达到最凝聚状态时，会形成实体，也就是神体。

“神力丝线，囚笼！”

吠镜王猛地伸出利爪，顿时数千根无比坚韧的神力丝线直接追杀罗峰，每一根神力丝线都是神力达到最凝聚状态后形成的。单单这简单的一招，就消耗了吠镜王足足10%的神体。

战斗从开始到现在，其他招数加起来仅仅消耗1%的神体，可这一招就消耗10%，为何？一是神力达到了最凝聚状态；二是量大，有数千根神力丝线。

“你无处可逃！”吠镜王眼眸中满是贪婪。

两件至宝啊，自己若是拥有这两件至宝，就算面对宇宙霸主，怕也有逃命的希望。

轰——

九幽深海中忽然产生巨大的漩涡，漩涡滔天，撕扯力极大，漩涡中随即出现一道高大的血红色身影。那身影有着魁梧无比的身躯、两根弯曲的血红色长角，此时正发出低吼声，声音直接在吠镜王脑海中响起：“你这个外族人，竟敢在九幽之海放肆，受死。”

轰——

“什么?! ”吠镜王转头一看，大惊，“九幽漩涡？九幽漩涡中的强者？”

他只听说九幽之海中危机四伏，其中最危险的当数九幽漩涡，可是没有想到九幽漩涡会真的出现，而且还从其中钻出来一位宇宙尊者级强者。其气息之强大，绝对有力压吠镜王的资本。

血红色光芒直接笼罩向吠镜王。

“滚！”吠镜王操控神力丝线抵挡，这时，他想杀罗峰要轻松得多，但眼前九幽漩涡中的强者才是大敌。

那足足耗费吠镜王10%神体的数千根神力丝线，直接凝聚成一柄长矛，刺向耀眼的血红色光芒。

轰隆——

二者撞击，海水炸裂，暗流汹涌。这一招，二者竟然不相上下！

“有些实力。”九幽漩涡中的宇宙尊者吃惊地道。

“死！”吠镜王紧跟着张开嘴巴，施展天赋秘法。

寂静！

周围一片寂静，无声的怒吼直接轰击九幽漩涡中的宇宙尊者。

“哈哈哈……灵魂攻击对我没用。”宇宙尊者咆哮着杀过来。

“但你奈何不得我。”吠镜王也不惧，刚才交手后他就明白，他比这位宇宙尊者要弱一些，因为由数千根神力丝线凝聚的长矛消耗了他10%的神体，对方一击恐怕仅仅消耗1%～2%的神体罢了。

二者实力差距不大，现在灵魂攻击对这位宇宙尊者又无效。

“难怪说陷入九幽漩涡，进入九幽之海核心之地，活着出来的宇宙尊者很少。随便冒出一个强者来，就强成这样。不管他，我实力虽然不如他，但逃命手段怕是比他强些。”吠镜王转头追向罗峰。

这位宇宙尊者则追着吠镜王。

嗖！嗖！

二者一前一后，吠镜王擅长追踪，速度的确极快，连罗峰施展弑吴羽翼第二形态后都不如他，那位宇宙尊者的加速能力也不如吠镜王。

“我杀了你，然后就立即离开。”吠镜王追向罗峰，一挥爪，顿时大量神力丝线开始凝聚。

“拼了！”

罗峰见状，顿时顾不得其他，一咬牙，双翼一振，直接朝九幽漩涡冲去。

罗峰也是实在没办法了，之前运气好，关键时刻那位宇宙尊者现身，令吠镜王先去操控神力丝线对付他。可这次，吠镜王明知自己不是后面那位宇宙尊者的对手，现在一心想要杀死罗峰。

轰隆隆——

九幽漩涡的撕扯力无比惊人，吞吸之力也惊人。

罗峰一冲入九幽漩涡，就被吸入深处。

……

“不！”吠镜王刚凝聚出神力丝线，便看到罗峰冲进九幽漩涡中，顿时发出咆哮声。

吠镜王的确实力强大，可是根本不敢闯入九幽漩涡，罗峰是被逼得没办法，才死里求生的。可是吠镜王完全有能力逃走，哪会闯入整个九幽时空中最可怕的九幽漩涡?

“可惜了，两件至宝啊，我的两件至宝！”吠镜王怒吼，随即往上冲。

轰!

很快，吠镜王破开海水，冲向天际。

那位宇宙尊者踏着海浪，仰头看天，看着吠镜王施展瞬移消失，狰狞一笑：“算你逃得快。”

紧跟着，宇宙尊者返回深海，片刻后，来到九幽漩涡旁，直接钻入九幽漩涡，消失不见。

海水中。

兹鸦尊者这才现身，偷偷看完这一幕，眼眸中有着惊骇："都说九幽漩涡通往九幽之海核心之地，看来，那里应该生活着一群可怕的强者，随便出来一个，实力都比我强，而且似乎是不惧怕灵魂攻击的族群。

"可惜，刀河王也进入了九幽漩涡，他死了，至宝也遗落在核心之地了。不过至少没落在吠镜王手里。"

兹鸦尊者目光冷厉，看着远处的九幽漩涡。九幽漩涡此刻还在，估计能维持许久。九幽漩涡深处虽是无尽的虚无，却有着莫名的吸引力，令兹鸦尊者欲进入其中。

"好可怕！"兹鸦尊者瞬间惊醒，惊恐地看了一眼九幽漩涡，"突然出现一条传送通道，而且不是神国传送，这……这简直……不愧是九幽时空的最危险之地。"他当即一晃身，悄然施展瞬移，完全消失不见。

第974章

另一个天地

罗峰刚刚钻入九幽漩涡，便感觉滔天的碾压之力压迫过来，仿佛磨盘在磨豆子，全身筋骨发出噼里啪啦声，面部都扭曲变形了。

“单单这股碾压之力便能将我湮灭！”罗峰大惊。

“镇封星辰！”罗峰顾不得其他，一颗镇封星辰出现，他直接钻入了这颗镇封星辰。

镇封星辰是封印类重宝，内含一方空间。只要躲在这颗镇封星辰内，外界攻击便会被镇封星辰抵挡得只剩下1‰或者1‱。不过，躲在镇封星辰内也有一个巨大的弱点——敌人可以直接将镇封星辰一把抓走，而且在镇封星辰内，飞行、闪躲能力就差多了。

这就是刚才罗峰被追杀时没躲进镇封星辰的最主要原因。

……

镇封星辰内是一个美丽的世界，空中隐隐有一道道金光划过。

罗峰站在其中，意识融入镇封星辰，分出一丝念力探测外界。

“有点像神秘之地的空间旋涡。”罗峰暗道。

之前罗峰就因为空间旋涡被弄到了一个神秘之地上，在神秘之地侥幸得到空间之心的精华能量，让魔杀族分身有了一个大机缘。

“到了。”罗峰迅速感觉到周围稳定了下来。

念力探测外界，这一探测，罗峰吓了一跳。他清晰感应到周围上百千米内驻扎着一支异族军队，所有的异族强者皆有着魁梧的血红色身躯、血红色弯角，显然和之前那位追杀吠镜王的宇宙尊者属一个族群。

“嗯，宝物？这是什么宝物？”

离漩涡最近的一支分队的几名异族战士看着一颗镇封星辰直接飞了过来，紧跟着，他们便感觉到一股念力冲击过来。

“外族人！”

“是外族人！”

几名异族战士顿时咆哮起来。

嗖！

只见这颗镇封星辰突然消失，一名穿银甲的男子出现。

“我就不奉陪了。”罗峰目光一扫，驻扎在这里的军队一共有三百名战士，个个都是不朽神灵，为首的气势滔天，估摸着是封王级无敌水准。

“随便一支驻扎小队都这么强，据我所知，九幽之海中是有很多九幽漩涡的，那么驻守传送之地的小队肯定有很多。”罗峰心底一凉，就算是人类族群也没强大到让三百名不朽神灵去看守一个地方，而且这种地方还不止一处。

嗖！

罗峰心中震惊，动作极快，双翼一展，迅速破空而去。

“是外族人！”

“快追！”

很多异族士兵激动且兴奋起来，仿佛猎人看到猎物一般。

队长发出咆哮声：“第一、第二分队跟我来。第三分队继续驻守。”

顿时一道道血红色身影破空飞去，个个发出激动的号叫，约两百道身影直接杀向罗峰。

罗峰迅速感觉到这个世界和外界的区别。

“好强的阻力。”罗峰抬头看了一眼天空，这是一个有别于九幽时空其他区域的世界，天空中竟然有一颗颗璀璨的星星，而空气中则有一丝丝肉眼可见的雾气般的血红色气流，整个世界充满雄厚的特殊力量。

这股力量令这个世界内的空间波动完全停止，无法施展神国传送。

“无法施展瞬移！无法施展神国传送！”

罗峰明白了为何连宇宙尊者都是凭借类似虫洞的九幽漩涡出去，而不是施展瞬移和神国传送。

“哈哈哈……”

“外族人，这是我族的地盘，你们在这里受到巨大的压制，我们却没事，你逃不掉的。”

一道道声音通过神力传递过来，直接在罗峰耳边炸响。

罗峰回头一看，那一道道血红色身影正急速追来。罗峰感应到，虽然这个世界的血红色气流封锁了空间波动，但这些异族战士飞行时却如鱼得水，很轻松。

“哼，就凭你们也想追到我？”罗峰的弑吴羽翼顿时掀起空间乱流，同时速度不断飙升。

那群异族战士只能眼睁睁地看着罗峰不断远去，很快便化为一个银色小点，消失在他们的视线内。他们彼此对视，有些傻眼。

“怎么会这么快？”

“这个外族人在我族地盘，速度怎么能比我们还快？”

异族战士有些措手不及。

在漫长岁月中，他们早就积累出了对付外族人的丰富经验。如果是不朽级强者，一旦进入他们的家乡世界，会受到压制，速度锐减，被他们轻易追上。而如果是宇宙尊者级强者，他们会立即上报，让族内的宇宙尊者出马。

“可恶！”最高大的身影发出咆哮声，“竟然让一个不朽神灵逃掉了！”

“队长，怎么办？”

“现在怎么办？”

其他战士看向队长。

队长低吼道：“上报！不上报，难道想死吗？”

茫茫天地，繁星当空，天地间隐隐有血红色气流。

这个世界中有山脉，有水流，也有花草。

“好大的世界。我已经逃到100亿千米外了，没发现异族人的影子。”罗峰盘坐在草丛中，茂盛的杂草完全遮盖住了他的身影，“由此可见，这个族群的族人相对而言应该很少，不过他们实力却非常强。”

“无法施展瞬移，无法施展神国传送。”罗峰暗道，“也就是说，逃不出去，难道只能如同猎物般，被这些异族狩猎者杀死？”

“按理说，这里就是九幽之海的核心之地，看宇宙坐标，这里依旧在九幽时空内。”

罗峰查看了一下坐标，发现这个世界是属于九幽之海的底部世界。

“虽然无法施展瞬移，但魔杀族分身凭借天赋秘法域，是有办法进来的。”罗峰暗想，只要没有遭到追杀，魔杀族分身想要进一个地方还是很容易的。

“且先等等，魔杀族分身已经飘荡那么久，离最后的行动还有一个月，不能功亏一篑。

“而且魔杀族分身就算进来，想要再逃出去，也并非有百分之百的把握。

“嗯，我先联系下老师。”

罗峰思索片刻，觉得现在情势已经发展到超过他掌控的范围了，但世界树的枝叶，他志在必得！

就在罗峰通过虚拟宇宙联系混沌城主时，九幽时空的核心之地中，一座大型的古城内架设了虚拟世界，他们可以轻松地通过虚拟世界交流。

“外族人！一个不朽级外族人，你们竟然都没抓到！”一名穿着黑色铠甲、头上有着血红色弯角的壮汉发出咆哮声。

“孩儿们，跟我走！”

“是，将军！”

古城一座豪华的府邸中，这名穿黑色铠甲的壮汉率领着一支精英小队的十名战士，直接破空飞起。

“麻麻拓将军。”一道声音忽然在这名壮汉脑海中响起。

破空飞起的壮汉连忙停下，他后面的异族战士也都停下。

“将军？”战士疑惑地道。

“是皇子。”穿黑色铠甲的壮汉答道。

“皇子？”

十名拥有队长级战力的精英战士都是一惊，随即躬身，就连穿黑色铠甲的宇宙尊者级的麻麻拓将军也躬身了。

只见远处，整个古城最巍峨的宫殿中飞出数十道身影，其中有三道身影气息很强大。

数十道身影很快来到麻麻拓将军面前。

“皇子殿下。”麻麻拓将军再次躬身表示尊敬。

“皇子殿下！”十名战士更是直接跪伏下去。

数十道身影中，为首的是容貌俊美、皮肤白皙、脸上有血红色秘纹的皇子殿下。他穿着一身金色、血红色交错的华美铠甲，铠甲散发着强大的波动。这是一件至宝的波动。

皇子殿下的气息无比强大，模样与其他族人都不同。

不管是之前的麻麻拓将军，还是跟在皇子殿下身后的两位宇宙尊者和一群不朽神灵，皮肤都是血红色，头上有着血红色弯角。

从外貌上看，皇子殿下和将军、士兵仿佛是两个族群的人。

“麻麻拓将军，我刚刚得到消息，你麾下的一支小队发现了一个外族人，而且这个外族人仅仅是一名不朽神灵，却能逃脱你麾下小队的追杀。”皇子声音悦耳。

“是的，皇子殿下。”麻麻拓将军恭敬地道。

“有趣，一名不朽神灵竟然这么厉害。我听说在祖神教的无数传承者中，有些不朽神灵的确非常厉害。我也是不朽神灵，不知道我和他，谁更厉害？”

“皇子殿下实力强大，那个外族人怎会是皇子殿下的对手？”麻麻拓将军道。

“不可小觑外族人。”皇子殿下道，“走吧，带路。我也是无聊，追捕这个外族人挺有意思的。”

“这……”麻麻拓将军一怔。

“怕我遇到危险？”皇子殿下反问道。

“不敢。”麻麻拓将军道。

“哼，我们兄弟一百零八人，至今一个都未曾殒灭，哪有什么危险？”皇子殿下自信地道，“走。”

“是。”麻麻拓将军只能应命。

嗖！嗖！嗖！

当即，数十道身影簇拥着这位皇子殿下，去狩猎罗峰了。

第975章

九幽之主

虚拟宇宙，雷霆岛最高处，那无尽气流中的宫殿外，罗峰出现。

“事情超出了我的掌控范围。”罗峰站在宫殿门外，皱眉思索，“如果我在那个世界最终没能逃掉，被杀死，我的至宝都被夺走，再想要拿回来就难了。”

“罗峰。”一道声音响起。

罗峰一怔，猛地掉头。

只见宫殿外的悬崖边站着一道金色身影，正是混沌城主，混沌城主正在俯瞰整个雷霆岛。

“老师。”罗峰走过去，恭敬地行礼。

“你来见我，在门外又犹疑不已，有什么事？”混沌城主转头看了罗峰一眼，面带笑意，“你之前和我说过，你要去九幽时空寻找世界树的枝叶，孕育你的第三分身，难不成……有所变故？”

罗峰恭敬地回道：“寻找世界树的枝叶，弟子正在按照计划行事，相信可以得到，只是我的地球人分身出了一点岔子。”

“嗯？”混沌城主看着罗峰。

“我的地球人分身隐匿在九幽时空最安全的荒石岛，没想到祖神教另一批传承者也到了那里，并且其中有吠镜王。吠镜王以追踪、探测出名，自然发现了我。他眼红我的至宝，于是对我下手。”罗峰道。

“吠镜王？”混沌城主惊讶，“如果他对你下手，你怎么能逃掉？还是说，至宝已落入他手？”

“不。”罗峰摇头，“弟子逃掉了。”

“你逃掉了？”混沌城主疑惑，“他虽只是不朽神灵，但拥有宇宙尊者级实力，特别是他的天赋秘法，非常厉害。”

“弟子还有一件至宝，可以保护灵魂。”罗峰道。

“至宝？”混沌城主也忍不住吃了一惊。根据罗峰之前的一场场战斗，他推断出罗峰的念力兵器应该属于至宝，没想到竟然还有第三件至宝，且是保护灵魂的至宝。混沌城主忍不住追问：“罗峰，你到底有几件至宝？”

罗峰有些不好意思：“三件，弑吴羽翼、念力兵器、保护灵魂的至宝，我就三件。”

“就三件？还就三件，为师当年是界主时，也就一件至宝在身。”混沌城主忍不住道，“看来你的机缘果真不小！”

罗峰心中有些忐忑。

若老师追问自己另外两件至宝是从哪里获得的，自己该怎么说？

“你就算有至宝保护灵魂，以他的实力，他也不会让你轻易逃脱的，你是怎么逃走的？”混沌城主问道。

罗峰暗松一口气：还好老师没追问另外两件至宝的来源，否则自己只能编造谎言了，毕竟星辰塔的秘密不能暴露。

其实，像《星辰布道图》、弑吴羽翼等这类至宝，很多宇宙之主都是不屑一顾的，都是直接赐予族群内的强者的。

像天狼殿等至宝，就足以让宇宙之主们眼红。

像千宝河这等至宝，足以让宇宙之主们疯狂。

至于星辰塔，足以让无数族群为之痴狂，宇宙最强者们都拼命想得到。与之媲美的五彩极光湖是宇宙第一大势力的护教至宝，是保护祖神教大本营的根本！

罗峰很清楚，星辰塔的秘密，在自己能完全掌控星辰塔前，绝对不能暴露，否则自己就算有再大的背景，都阻挡不了宇宙最强者们的疯狂抢夺。

“按理说弟子的确无法逃脱，但因为他追杀我时，是在九幽时空中。”罗峰道，“危急时刻，我发现了九幽漩涡。弟子心想，若是至宝落在吠镜王手里，想要拿回来怕是很难了，虽然九幽漩涡很危险，但至少有一丝希望，于是心一横，直接冲入了九幽漩涡。

“九幽漩涡有点类似虫洞，弟子直接来到了另一个世界，那里生活着一群特殊的生命，个个魁梧高大，身体呈血红色，头上有着血红色的弯角。弟子通过九幽漩涡现身那个世界，弟子现身的那个位置刚好驻守着数百名不朽神灵，但弟子侥幸逃脱，不过估计会有实力更强者来追杀弟子。而且弟子在那个世界中无法施展瞬移和神国传送，只能傻傻地耗着。弟子能做的就是尽量拖延时间，毕竟那个世界还是很大的。”

混沌城主听完微微点头。

“你做得对，吠镜王是北疆联盟的，北疆联盟一直很嚣张，东西到他们手中，就拿不回来了。”混沌城主道。

罗峰吓得冒出冷汗。

塔珠牵扯到星辰塔，虽说吠镜王得到了也不一定认得出，但一旦塔珠暴露，星辰塔的秘密就会暴露。星辰塔不容有失！

“老师，弟子现在该怎么办？”罗峰看着混沌城主。

混沌城主面带笑意：“祖神秘境我未曾去过，我所知道的也极少，可是祖神秘境中一些最可怕的、纵横宇宙的超级存在，我倒是知道几位。”

“我问你，那个世界的宇宙坐标是多少？”混沌城主问道。

“就在九幽之海的下方。”罗峰道。

“嗯。”混沌城主点头，“我的猜测没错，你现在处于那个世界，我都只能隐隐约约感受到我留在你那儿的信物，显然受到了那个世界的干扰。能够做到这一步的，放眼整个宇宙，也就那么几个人。”

罗峰顿时吃了一惊，这个信物是老师给自己的保命之物，自己可以凭此在关键时刻向老师求救。

“我虽没去过九幽时空，但知道九幽时空的真正主宰者名为九幽之主。”混沌城主道，“而你所在的那个世界，就是九幽之主的地盘。”

“九幽之主？”罗峰眨巴一下眼睛。

“九幽之主是宇宙之主。”混沌城主道，“但你别将他等同于天狼之主等一些存在，这位九幽之主，论实力，不低于我。”

罗峰听了暗惊：“不低于老师？老师可有三大神体，个个逆天无比，九幽之主竟能与老师媲美！”

“这位九幽之主纵横宇宙，堪称无敌。”混沌城主道，“就算是祖神教的那位，也对他客客气气的。九幽之主和三大祖神也颇有交情，很多事情三大祖神不好出面，而兽神又解决不了时，一般会请九幽之主出马。”

罗峰仔细聆听。

“九幽之主实力强大，特别是在九幽时空中。”混沌城主道，“九幽时空是他的地盘。”

“在九幽时空中，九幽之主便是无敌的，宇宙中谁也奈何不了他。”混沌城主道。

“啊！”罗峰眨巴一下眼睛。

都说老师混沌城主在初始宇宙中是无敌的，这位九幽之主在九幽时空中竟也是无敌的。

“在九幽时空，他能发挥出最强实力。”混沌城主感慨，“不管是你知晓的最强世界树，还是其他拥有宇宙之主战力的存在，只要是在九幽时空，都不是九幽之主的对手。所以宇宙中其他超级存在是不愿去那里的。”

“他们到了九幽时空，很容易吃亏。”混沌城主道，“我也不愿去那里，也就一些不知情的不朽神灵、宇宙尊者会去那里闯荡，想要得到一些宝物。真正的宇宙之主，有几个敢去？九幽之主可是一个心狠手辣的家伙，在其他地方灭掉一位宇宙之主很难，可他在九幽时空中，灭掉一位宇宙之主，不难。”

罗峰暗自惊颤："没想到啊，没想到九幽时空背后还隐藏着这么一位主宰者！历史上的传承者们所知道的也仅仅是表面罢了，也对，传承者们根本没资格令九幽之主现身。"

"堪称无敌啊！"罗峰充满渴望，"老师在初始宇宙中是无敌的，这九幽之主在九幽时空中也是无敌的，我将来能否也做到这一步——放眼宇宙，谁也无法击败我？"

虽说都有条件限制，必须待在自己的地盘上，但已经让罗峰眼馋了，其实只要让一个分身待在自己地盘就可以了。

混沌城主道："九幽之主和我实力相当，也曾多次和我联手对战，而且他还欠我一个人情。"

"欠一个人情？"罗峰一怔。

"你若是真的遇到危险，实在是逃不掉了，便直接向他说明你是我的弟子。"混沌城主看向罗峰，"九幽之主完全掌控九幽时空，九幽时空中的任何一点动静都瞒不过他。你一喊，他就能知道，他一插手，你必定就没事。"

罗峰听后，也明白了。

"不过，能不动用人情，便不动用人情。"混沌城主道，"实在无计可施时，再用。"

"弟子明白，多谢老师。"罗峰点头，心中一阵感动。

人情债最难还。

九幽之主这等存在欠下一个人情，是多么难得的一件事。这个人情背后的价值多大？绝对不低于一件至宝。

"你如果开口了，也可以跟他提出一些要求，这个人情不能让他这么容易就还掉。"混沌城主道，"比如直接和他说，想要界主级世界树的枝叶。这种小事，他会答应的。"

"弟子明白。"罗峰郑重地点头。

自己有魔杀族分身，还是有逃掉的希望的。不被逼到真正的绝境，绝对不用掉这个人情。

"去吧。"混沌城主笑着道。

"是。"罗峰恭敬地行礼，随即消失。

第976章

庆贺

血红色气流弥漫的一方天地中。

“没想到整个九幽时空都是九幽之主的地盘。”罗峰躲在草丛中，“九幽之主在九幽时空中称得上无敌，难道特殊环境对强者的实力具有提高功能？”

皇子殿下率领的队伍距离他还比较遥远。

“嗯？他们找我干什么？”罗峰当即用意识连接荣耀世界。

荣耀世界中的露天广场上。

罗峰一出现，顿时惹得露天广场上的无数传承者都看过来。

“看，是刀河王。”

“刀河王现身了，果真厉害，他有天赋分身之术，想要杀死他都难。”

罗峰被盯得有些莫名其妙：都盯着自己干什么？这些传承者可都是绝世天才，之前的挑战风波早已经过去，自己进入荣耀世界时，也就少部分传承者会注意自己，不会像见了稀奇珍宝似的围观自己。

“刀河王。”在露天广场上的一处角落，察曼王连忙喊道。

罗峰立即走过去。

露天广场上，罗峰不管走到哪儿，都会吸引众多目光。那些传承者边看罗峰边暗中议论，这让罗峰愈加疑惑。

“刀河王，你的至宝羽翼还在吗？”忽然一道喊声响起。

罗峰瞥了一眼，是北疆联盟中的异族传承者，他们的脸上有着让罗峰厌恶的表情。

罗峰没理会，迅速走到了察曼王那儿。

“怎么回事？”罗峰坐在察曼王旁，旁边坐着离烁王、千雨王，这三人是众多传承者中和罗峰走得最近的。

“刀河王，听说你被吠镜王追杀，陷入了九幽漩涡？有没有这回事？”察曼王先将周围声音隔绝，而后问道。

罗峰一惊：自己陷入那个世界才多久，消息竟然都传开了。

“难道是真的？”千雨王从罗峰的表情中迅速辨别出来。

“对。”罗峰点头。

消息怕是已经传开，那也就没必要隐瞒了。

“你竟然真的陷入了九幽漩涡？那里可是连宇宙尊者陷进去都难以存活的。”千雨王连忙道。

旁边离烁王、察曼王都担心地看着罗峰，察曼王忍不住道：“都说你陷入了九幽漩涡，至宝羽翼也落在危险之地了？”

“你们哪来的消息？”罗峰忍不住问道。

“大家都在这露天广场上交谈，很快就传开了。”察曼王道，“都说你被吠镜王追杀，无路可逃，而后陷入九幽漩涡。”

“你真的在九幽漩涡？死了？”离烁王也忍不住问道。

现在很多强者都猜测，罗峰已死过一次，而后靠天赋分身之术再度复活，但至宝落在危险之地了。

“我陷入九幽漩涡到了一个危险之地，没殒灭，现在还在挣扎。”罗峰摇头道，“我才刚陷入那个危险之地，你们竟然就有消息了，传得还真是快。”

“刀河王，九幽漩涡通往哪里？”察曼王追问。

“有多危险？”离烁王道。

千雨王也盯着罗峰。

这可是机密情报，能从那里活着逃出来的强者屈指可数，情报价值极高，是一等一的机密，不能轻易外传。

只有那些容易被传承者发现的情报，才会被公开。

“那里很危险。”罗峰想到那位追杀吠镜王的宇宙尊者，声音低沉地道，“无法施展瞬移和神国传送，而且那里强者如云，我现在还在挣扎，恐怕也难逃被杀。”

“无法施展瞬移，无法施展神国传送？”

察曼王、离烁王、千雨王的神情都变了。

“这……这不等于是被困在封印类重宝的世界中吗？”察曼王忍不住道。

无法逃掉，即使不死，也等于被关押在那里，对强者而言，这的确很可怕。

“不和你们多说了，我还得继续逃命。”罗峰道，随即消失了。

察曼王、离烁王、千雨王都默默记下九幽漩涡的秘密。这可不是一般的情报，若非罗峰和他们关系好，怕不会轻易说出。

……

罗峰在那个世界中拼命逃窜，尽量跑远点，而在荣耀世界中，到处都有议论他的传承者。

“吠镜王来了。”

“是吠镜王。”

当吠镜王出现在荣耀世界露天广场时，他也受到了和罗峰同样的待遇，遭到大量传承者的围观。

“吠镜王，听说你追杀刀河王致使他陷入了九幽漩涡，这是真的假的？”有传承者询问道。

“哼。”吠镜王冷哼一声，没说话，直接走向北疆联盟成员的聚集处。

夺取刀河王的至宝失败后，吠镜王继续在九幽时空中探险，忽然接到多封邮件，是他的一些朋友通过荣耀世界发送给他的，吠镜王这才知道，之前发生的事情竟然都在荣耀世界中传开了。

“混蛋，不是兹鸦尊者，就是那五个杂碎。不过那五个杂碎应该没那个胆子，很可能是兹鸦尊者放出的消息。”

“哼，看来他也不蠢，没把刀河王拥有灵魂类至宝的消息传出去。”吠镜王暗道，同时走到了北疆联盟成员的聚集处，随意坐下。

吠镜王看了一眼周围，有不少传承者对这件事情都很好奇。

“我知道大家都好奇这事儿。”吠镜王咧嘴一笑，“虽然我不清楚是哪个杂碎传出的消息，可是……对，刀河王的确被我追杀，然后逃进了九幽漩涡。哈哈……那可是九幽漩涡，一旦陷入，就算是宇宙尊者也难以存活。刀河王虽然有天赋分身之术，但他的至宝肯定会落在那里的。”

吠镜王倒是敢主动承认一切。

六天后。

轰——

一股引起整个紫荆岛震动的强大本源法则气息直接降临，惹得紫荆岛上很多传承者都立即飞出来，看向本源法则气息最强烈的中心——真衍王的府邸。

府邸上空出现了五彩旋涡。

金、木、水、火、土的五种法则气息彼此契合，产生了一股更加强大的空间法则气息。五彩旋涡的核心是一片虚无，宛如一条神秘的通道连接着宇宙本源之地，无尽神力直接进入真衍王府邸。

“突破了？”

“空间法则。”

“这是谁？竟然悟透了完整的空间法则，成为宇宙尊者了。”

只见紫荆岛上空，一道道身影飞起，都震惊且羡慕地看着这一幕。

紫荆岛上许多传承者都困在那一步，都渴望有突破的那一天。

“这是谁的府邸？”

“我不知道。”

“我也不知道。”

“到底是谁？是谁突破成为宇宙尊者了？”

“不知道。”

这么多传承者竟然没几个知道到底是谁突破了。

大部分鸿盟成员也不知，还是察曼王道：“那座府邸和刀河王的府邸连在一起，莫不是人类族群派来的两个传承者中的另外一个？这次人类族群派来的两个人类传承者，一个是刀河王，另一个就是真衍王。”

“真衍王？”

“真衍王突破成为宇宙尊者了？”

很多传承者都震惊万分。

“真衍王困在那一步已经漫长岁月，他终于突破了，我们去拜访祝贺他。”

“不急，现在正是真衍王吸纳神力的最关键时刻，不能浪费一点时间。”

……

成为不朽神灵、成为宇宙尊者、成为宇宙之主，是强者之路上的三个关键时刻。在这三个关键时刻，宇宙本源法则都会降临，特别是第一次，在身体转化为神体的过程中，身体可以尽情吸纳神力，第二次和第三次就没那么好运了。

当然，成为宇宙尊者、宇宙之主的这两个关键时刻，虽然不可能尽情吸纳神力，但也比平常特殊得多。

本源法则降临，身体连接法则海洋，可以肆意吸纳神力，可惜，在这两个关键时刻，本源法则降临的时间是有限的。到了一定时间，本源法则就会消失不见，所以能够拼命吸纳神力的时间也就那么短短一会儿。

……

片刻后，一切波动消散。

鸿盟中的一些传承者乃至宇宙尊者都去拜访真衍尊者。

大门开启。

真衍尊者笑着迎接道贺的人：“哈哈哈……请进。”

“恭喜真衍王，不，真衍尊者。”

“真衍，恭喜，你也跨入宇宙尊者这一层了。”

和罗峰不同，真衍王的朋友要多得多，真衍王和很多宇宙尊者都有交情。

“是啊，经过漫长岁月，总算跨入这一层了。”真衍尊者点头，意气风发。

“这次吸纳了多少神力？”

“还行，本源法则降临时我狠狠吸纳了一番，我的神力储存量达到92%了。”真衍尊者道。

“竟然没有100%？我们人类体形小，储存的神力本来就少，趁此机会，要是能够吸纳100%就好了。”

体形越大，想要将神力储存到100%就越难。

比如像世界树，那么大的体形，如果跨入宇宙尊者境界，在本源法则降临的短短时间里，吸纳的神力或许比真衍王多，可相对它的体形而言，比例很少，还得将来在漫长时间中慢慢积累神力。

“真衍的生命基因早早就进化过了，强度提高了10倍吧？成为宇宙尊者后，神体内的空间也变大了，能储存92%，已经很不错了。”

真衍尊者和其他强者交流时，有些疑惑：自己突破成为宇宙尊者，罗峰去哪儿了？怎么没来？

第977章

真衍尊者

真衍尊者府邸中，鸿盟的强者一个个都热情无比。能够和一位宇宙尊者有些交情，这总是好事，而且鸿盟中其他几位宇宙尊者和真衍尊者的关系本来就很亲近。

为何?

因为宇宙尊者也是有区别的。

封王巅峰级强者突破成为宇宙尊者，和封王级无敌强者突破成为宇宙尊者，完全不一样。

封王级无敌强者有两种，一种是像银眸，生命基因层次天生就高，所以在封王中很容易达到封王级无敌水准。

一种是像真衍王，普通生命基因层次，虽然想尽办法提高生命基因层次，但想要达到封王级无敌水准，想要在宇宙尊者的攻击下保住一条命，是何等艰难，必须得有一些傲视无数强者的特殊手段才行。

不管是第一种还是第二种，一旦跨入宇宙尊者境界，战斗力都很强。

第一种成为宇宙尊者后，神体超强。

第二种成为宇宙尊者后，那还了得?要知道，第二种在不朽级时即可在宇宙尊者的攻击下保住一条命。

……

许久后，客人一个个离开，只剩下一人——武汤尊者。

武汤尊者和真衍尊者在很久以前交情就极好，即使在真衍尊者还没成为宇宙尊者前，也依旧与真衍尊者保持良好的关系。

“武汤，”真衍尊者问道，“你可知道刀河王的事？当初我和他一起来紫荆岛，一起接受了兽神传承后，我就闭关了，后面的事情我都不知，你和我说说。”

真衍成了宇宙尊者，罗峰却没来，肯定是发生什么事情了。

“后面的事情你都不知道？”武汤尊者声音洪亮，连忙道，“那你可就错过很多好戏了。刀河王刚来就出了大风头，先是紫荆岛上大量的传承者向他发起挑战，他们本想欺负刀河王，谁想却被刀河王捡了大便宜……”

武汤尊者说得痛快淋漓。

从刀河王连续战斗62万多场，到刀河王被追杀逃入九幽漩涡，全部说了一遍。

真衍尊者一开始听得满脸笑容，越往后脸色越难看，当知道罗峰被吠镜王追杀逃入九幽漩涡时，脸色难看到极点。

“传言都说罗峰就是刀河王。”武汤尊者笑着看真衍尊者，“难道刀河王真的是你徒弟？”

“这个你就别多管了。”真衍尊者道。

“哈哈哈……”武汤尊者笑着点头。

“有件事情请你帮个忙。”真衍尊者道。

“说，尽管说，我俩什么交情。”

武汤尊者的确很重视与真衍尊者的感情，一来，二者是生死之交；二来，他也很看好真衍尊者。

因为人类族群生命基因的问题，所以每一个能达到封王级无敌且能突破成为宇宙尊者的人，成就都不凡。

“我需要祖神秘境的一些危险之地的情报，特别是九幽时空的。”真衍尊者道。

“难道你要去那里？”武汤尊者道。

“别废话了。”真衍尊者目光冷厉，“我怎么可能不去？”

“哈哈……这才是真衍尊者，这才是当年那个桀骜不驯的真衍啊。”武汤尊者点头，“稍等。”

“我已经通过虚拟宇宙，将所有情报都发给你了。”片刻后，武汤尊者道。

真衍尊者点头，咧嘴一笑：“我在混沌城低调了亿万年，恐怕没几个人记得我了。”

……

真衍尊者在府邸内精心准备着。

半天后。

“老朋友，沉寂了亿万年，你怕是也寂寞了吧。”真衍尊者手中突然出现一根黝黑的长棍。这根棍棒的两端都有金箍，散发着古老的气息，这是真衍当年闯荡宇宙时得到的第一件重宝。

“我这徒儿待我如至亲，我能跨入宇宙尊者境界，也多亏了他，吠镜王竟敢欺负我徒儿，逼迫我徒儿逃入九幽漩涡，我岂能饶他！哼，特殊生命？擅长灵魂攻击和追踪探测？”真衍尊者身上原本那股沉稳的气息消失，散发出一股凌厉的暴虐气息。

这才是真衍！

真衍王纵横宇宙，征战无数次，杀伐果断，如此，才成就封王级无敌强者之名。

只是他沉寂太久，久到同他一个时代的很多不朽神灵都已经殒灭了。

“在这亿万年沉寂中，我自创了三大秘法，现在既然跨入宇宙尊者境界，就先拿吠镜王来试试吧！”

真衍尊者眼中有着疯狂，他在不朽阶段就跟宇宙尊者对战过，最后逃掉保住性命，他骨子里有着一种桀骜不驯。

嗖！

真衍尊者从府邸直冲云霄，而后施展一个瞬移，抵达岛主宫殿前的传送水幕，通过传送通道迅速前往秘境之地。

九幽时空，荒石岛。

作为一位宇宙尊者，瞬移距离能轻易达到上千光年，自然可以掠过很多危险之地，半天没到，真衍尊者就已经抵达荒石岛。

“我便在这里等着。”真衍尊者盘膝坐在山巅，“按照武汤给我的情报，在九幽时空中探险的强者会经常回荒石岛休息调整，只要那吠镜王回荒石岛……”

随即，真衍尊者便闭上眼睛，宛如闭眼休憩的老虎，等待猎物出现。

荒石岛下方，九幽之海的底部有一方天地。

罗峰便在其中不断逃窜。

嗖！嗖！嗖！

三道身影划过长空，忽然停下，正是皇子殿下和他麾下的两位宇宙尊者。

“竟然到现在都没找到那个外族人。”皇子殿下目光冷厉。

“皇子殿下，九幽世界广阔，那个外族人肯定趁机不停地逃，可能逃得比较远，想要找到他怕是得多花费点时间。”那位略微精瘦的宇宙尊者道。

这两位宇宙尊者皆是血红色皮肤，头上有着血红色弯角。

“这得等到何时？”皇子殿下皱眉，“我现在就传令，我的领地的所有城池都派出一半士兵，分散追查那个外族人！一旦有人查到那个外族人的踪迹，立即通过虚拟世界联系我。还有，每个士兵的意识必须时刻连接虚拟世界，一旦断开连接，便代表殒灭，定是被那个外族人击杀了！”

皇子殿下通过虚拟世界，立即传令给麾下各个军队。

在九幽世界，每个皇子都管辖一大片领地，对领地有着绝对的控制权。

……

“查，查，查！”

“快！”

“都去寻找那个外族人。”

只见天空中出现大批不朽级战士以及界主级战士，他们从城池中飞出，而后迅速分开，朝各个方向飞去，犹如蝗虫过境。

每个战士都负责一个小区域。

九幽世界的族人很特殊，他们有着血红色身躯，头上有着血红色弯角，是能量类生命的一种。他们的天赋极高，有点像金角巨兽，只要成年，就是界主，但没有天赋秘法，生命基因层次也只是和人类相当罢了。

因为成年就是界主，所以界主很常见，但族人数量和人类一比，稀少得很。

九幽世界也就那么大，罗峰之前飞了100亿千米距离都没有看到一个族人。

由此可见其人口之稀少。

这些战士个个兴奋地叫着，在高空中分散开，破空飞行，或者凭借世界投影，或者凭借法则领域，或者凭借神力探测……总之想尽办法寻找罗峰的踪迹。

……

罗峰在逃窜十余天后，终于遇到第一个搜索者。

一个湖泊中。

罗峰直接躲在湖泊下方，仰头看向上方，透过湖水能看到高空中高速飞行的血红色身影。

同时一道神力直接扫射整个湖泊。

罗峰凭借微型探测仪隐匿踪迹，平静地看着这一幕："哼，单单靠神力扫射怎么可能发现我？我的这个探测仪，可是我所能购买到的最高端的微型探测仪。"

可当神力扫射到罗峰这里时，竟然停顿了。

"不好，被发现了。"罗峰立即明白了，"怎么可能被发现？"

天空中那道血红色身影猛地停下，俯瞰下方，眼眸中满是兴奋："外族人！"

嗖！

罗峰顾不得疑惑他为何能发现自己，当即破水而出，双翼一振，化作一道银光，速度飙升到极限。

"外族人，是外族人，我发现外族人了！"那名不朽级战士追着罗峰，却发现距离越来越远，他立即通过虚拟世界上报，他的眼眸中满是兴奋，"哈哈……

这个外族人以为自己使用了探测仪，我就发现不了他？”

“哈哈……在我们九幽世界，我的神力可以引动九幽世界之力，能够清晰探测出一切非我族群的生命。

“别说是不朽神灵，就是那些宇宙尊者，到了我们这里，也一个都逃不掉！”

嗖！嗖！嗖！

罗峰速度快得吓人，很快就消失在那名不朽级战士的视线内。

“怎么会被发现？”罗峰急速逃窜时，满心疑惑，“我凭借这个探测仪，就是封王级无敌强者也不可能发现我，吠镜王能发现，靠的是他逆天的天赋手段，可是那个普通的不朽神灵怎么就发现我了呢？”

“麻烦大了，这下麻烦大了。”罗峰知道，自己怕是不能安稳了。

的确，那位皇子殿下一得到消息，顿时带着麾下两位宇宙尊者朝这里杀来，并且还安排周围一些不朽级战士乃至宇宙尊者前来阻拦罗峰。

第978章

围剿

在那位皇子殿下所掌控的领地上，大量不朽级战士、界主级战士都分散开了，撒网似的搜索罗峰。

所以当皇子殿下命令他们去围剿罗峰时，他们得从各个区域赶去，需要很长时间。

“逃！估计他们本是分散在诸多地方的，想要合拢围剿我，大概还要不少时间才能到。”罗峰施展弑吴羽翼，化作一道银光，破空急速飞行，“我必须抓紧时间尽量拉开距离，千万不能陷入包围圈中去。”

大量的战士从四面八方飞来，而罗峰则拼命想要从天罗地网中逃出。

第二天，罗峰便连续遇到了三名战士——两名不朽神灵、一名界主。

砰！

罗峰的念力直接钻入那名界主级战士体内，只发现了其体内有一颗晶钻。

“能量类生命，类似魔杀族分身，灵魂类攻击对他们一律无效。”罗峰瞥了一眼那名界主，知道无法击杀，继续双翼一展，远远逃开。

那名界主级战士有些发蒙：“他没杀我？”

“我发现外族人了，我发现外族人了！”那名界主级战士紧跟着通过虚拟世界，上禀消息。

……

第二天，罗峰遇到了三名战士。

第三天，罗峰遇到了十二名战士。

第四天，罗峰遇到了二十一名战士。

第五天，罗峰遇到了足足五十二名战士。

随着时间流逝，原本分散在各地的战士们正在不断汇聚，以罗峰为中心的周围大片区域的战士密度开始不断增大。这让罗峰愈加担忧，可是他也没有任何办法，显然敌人正在逐渐掌握他的行踪。

诡异的是——

第六天，罗峰仅仅遇到一名战士。

第七天，罗峰也仅仅遇到一名战士。

第八天到第十二天，每天也都仅仅遇到一名战士。

“不好，前些日子，我遇到的战士越来越多，说明敌人已经逐渐掌握我的行踪，还有过十一名不朽级战士联手围攻我的情况，可现在，一下子消失了？”罗峰有一种风雨欲来的感觉，自己宛如瓮中之鳖，一直在挣扎。

这次怕是真的麻烦了。

连绵起伏的山脉上空。

高贵优雅的皇子殿下以及他麾下的两位宇宙尊者都站在半空。

“没想到这个外族人的逃命能力竟然这么厉害。”皇子殿下微笑道，“我族不朽级战士联合围攻他，都拦不住他。看来对付他，唯有使用对付宇宙尊者的手段了。”

“皇子殿下，现在大型包围圈已经差不多形成，九位将军也都到位。”身材精瘦的宇宙尊者恭敬地道，“只要皇子殿下一声令下，大军立即就可以进行最后的收网行动。那个外族人根本没希望逃掉。”

“别急，等，等我赶去。”皇子殿下微笑，“不朽神灵能这么厉害？我很好奇。让将军们击杀他太可惜了，我要亲手击杀他。”

"是，皇子殿下。"

两位宇宙尊者都恭敬地回道。

"走，赶过去。"皇子殿下下令。

嗖！嗖！嗖！

他们三人直接飞向大包围圈。

就算是皇子殿下，麾下的宇宙尊者也不多，调遣九位将军已经是他的权力极限了。幸好整个九幽世界无比安全，所以他才能将麾下所有将军都安排过去。

……

"这些战士一定在不断聚集，很可能形成了大型包围圈。"罗峰在沼泽地上，眉头微皱，"很可能是多重包围圈，一旦我逃出一个包围圈，其他战士会自然朝我靠拢，形成另一个包围圈，不断攻击我，甚至很可能是宇宙尊者带队。"

宇宙尊者级的战士，罗峰见过，攻击得吠镜王只能逃命。

"我如果遇到宇宙尊者，那就完了。"罗峰眉头微皱，"执行分身计划。"

嗖！嗖！嗖！

罗峰周围出现了九道身影，都是异族。

"主人的主人！"异族奴仆们全部恭敬地行礼。

"变为我的模样。"罗峰下令。

"是！"

这些异族奴仆个个变化神体，很快都变成罗峰的样子，只是气息完全不同。不朽神灵本就可以变化，只是如果体形变得过大，对实力就会有影响，可显然罗峰体形不大。

至于所谓气息，那些战士中真正见过罗峰的也就那么些，整个大军怕是很难辨认出真假。

"听我命令。"罗峰立即传令下去。

"你为1号，他为2号，你们俩先行动。"罗峰立即开始详细布局。

罗峰的奴仆也有奴仆，特别是普通不朽级、封侯级的，更是有一堆。

“是。”1号和2号奴仆恭敬地道，而后化作两道流光迅速飞离。

罗峰故意诱导那些战士，让他们改变包围圈的布局。

就在执行计划过程中，罗峰忽然收到了荣耀世界的短信，短信的内容很简单——真衍尊者和北疆联盟斗上了！

这把罗峰吓了一跳。

“真衍尊者？老师成为宇宙尊者了？”

“和北疆联盟斗上了，老师怎么和北疆联盟斗上了？”罗峰脑海中第一时间想到的是吠镜王，而后顾不得其他，分出一丝意识连接荣耀世界。

荣耀世界露天广场。

罗峰一出现，顿时吸引了其他传承者的目光，但他顾不得了，立即来到了鸿盟成员聚集处。

“真衍尊者是怎么回事？”罗峰连忙坐下，看着察曼王、离烁王、千雨王问道。

“斗上了，斗得很疯狂。”千雨王兴奋地道。

“真衍尊者实在是太厉害了。”察曼王忍不住赞叹，“当年就闯出封王级无敌强者的威名，沉寂亿万年，一朝爆发，果真是厉害！”

“厉害，厉害。”离烁王也道。

“快说，到底是什么情况啊？”罗峰是一头雾水，“真衍王成为尊者了？还有和北疆联盟到底是怎么回事？”

他们三人都看了罗峰一眼。

早就有传言说罗峰就是刀河王，如果传言是真的，那么刀河王这么关心真衍尊者就不奇怪了。

“真衍王突破成为宇宙尊者就是十几天前的事。”察曼王连忙说道，“后来他就离开了紫荆岛，我们也不知道他去了哪里，现在看来，他是去了九幽时空。”

“九幽时空？”罗峰心中一动。

“嗯，就在今天，他和吠镜王在九幽时空的荒石岛争斗了起来。”察曼王兴奋地道。

旁边千雨王也插嘴道：“真衍尊者竟然将吠镜王击败了，你没想到吧？吠镜王甚至被攻击得无路可逃，差点直接殒灭，关键时刻他呼唤他们北疆联盟也在祖神教的一位强者来帮他，那位强者是万酆尊者。”

“万酆尊者是祖神教的外围成员，实力极强。”离烁王道。

“是他？”罗峰震惊。

祖神教的外围成员中，除了候补神使、候补神将外，还有将兽神传承修炼到极高水准者（至少已经完全接受第五重传承）。

希罗多是完全接受第六重传承的水准，他是宇宙霸主。

万酆尊者虽然算不上宇宙霸主，但也很接近了。

“然后呢？”罗峰紧张，连忙追问。

“真衍尊者无比强悍，攻击得吠镜王差点殒灭后，又和万酆尊者对上了。不过万酆尊者不愧是能成为祖神教外围成员的人，真衍尊者不是他的对手，而后真衍尊者拼命逃窜，竟然从万酆尊者手中逃走，保住性命，现在回到了紫荆岛。”察曼王兴奋地道。

“回来了？”罗峰暗松一口气。

“嗯。”察曼王点头，“当年真衍尊者还是封王级强者，在外面闯荡时，便和宇宙尊者战斗过，那时候他就能逃掉，他的逃命能力的确很强啊。听说论速度，吠镜王根本不及真衍尊者，逃都无法逃，被真衍尊者追着攻击……若是万酆尊者晚到一会儿，恐怕就殒灭了。”

罗峰暗自惊叹：“厉害，真是厉害，老师一直困在最后一步，隐匿混沌城亿万年，不显山露水，没想到成为宇宙尊者后，速度比吠镜王还快，而且实力这般强悍，竟然能够抵挡吠镜王的天赋秘法的攻击。”

罗峰也为之感到兴奋。

关于这一战，罗峰满是激动、好奇，连忙通过虚拟宇宙联系真衍尊者。

虚拟宇宙，一个专属位面空间中。

人类族群每一位宇宙尊者在虚拟宇宙中都能被分配到一个位面空间。

这是一座悬浮着的金色山脉。

山脉下有着熊熊火焰，时刻灼烧着整个山脉，山腰处生长着无数黑色植物，任凭火焰灼烧，依旧顽强生长。而这座金色山脉的顶端有着积雪。

“老师。”罗峰出现，当即笑着喊道。

真衍尊者身穿金色铠甲，正坐在那儿，畅快地喝酒。

“哈哈哈……来来来，徒儿，陪我喝酒，痛快，痛快啊。”真衍尊者道。

罗峰也不废话，直接过去陪真衍尊者喝酒。

“徒儿，你可知道我为何这么痛快？”真衍尊者看着罗峰。

“为何？”罗峰好奇，“是打得痛快？”

“打吠镜王的结果在我意料之中，而我被万鄷尊者打得身受重伤，拼命燃烧神力，现在只剩下46%，我打得痛快个屁！”真衍尊者咬牙道。

“那老师为何这么痛快？”罗峰好奇地问道。

第979章

一根枝杈

“意外收获！”真衍尊者拿起酒瓶，喝了三大口，然后双眸放光地看着罗峰，“你知道，为师也是有些运道的。虽然不如你，但还是不错的。”

“老师是得到宝物了？”罗峰心中一动，开口道。

真衍尊者摇头：“到了宇宙尊者这一层次，能让我们开心的，除了修炼上有所突破外，恐怕就是得到宝物了。不过你说我是因为得到宝物才这么开心，不够准确。之所以开心，是因为我发现，我原先拥有的一件重宝，我以为它只是普通重宝，没想到不是，这件重宝就算没跨入至宝层次，那也绝对是顶级重宝。”

“恭喜老师。”罗峰笑道。

“开心啊，在不朽级，我都没发现它的特殊之处。这次跨入宇宙尊者级后，第一次尽情地战斗，我燃烧神力施展它，它发生了新的变化，竟然有另一种形态，这绝对算是顶级重宝了。若是有三种形态，那就跨入至宝门槛了。”

罗峰点头，心道：弑吴羽翼便有三种形态。

“老师，你说的到底是什么？”罗峰忍不住好奇地问道。

“哈哈……”真衍尊者看了罗峰一眼，说道，“虽然为师身法厉害，但那吠镜王毕竟天生擅长追踪探测，逃命能力极强，我就算能压制他，也不至于让他连逃跑都做不到。这次我之所以能做到这一点，是因为我当年得到的一双战靴发生了形态变化，威力展现。”

“战靴威力展现，配合我自创的巅峰秘法，速度极快。”真衍尊者忍不住兴奋地道，“在这种情况下，连吠镜王都无法逃脱我的追踪。就算遭到万酆尊者的攻击，他实力远远超过我，我依旧能凭借战靴逃掉。徒儿，这类能逃命的重宝，可真是无价啊！论实力，万酆尊者可丝毫不弱于蚀火尊者，能在他的攻击下逃命，说明为师虽然战斗能力在宇宙尊者中算一般般，但是论逃命能力，为师排前列。”

“徒儿，得到宝物是开心，可本以为拥有的是一件普通重宝但其实是一件顶级重宝，让我更痛快啊！”真衍尊者感慨。

宝物蒙尘，但终有一日会绽放光芒。

真衍尊者也终于绽放光芒，立足于宇宙强者之林。

“老师，你凭借那双战靴让吠镜王无法逃脱你的追踪，但你说自己实力一般，那怎么能令吠镜王毫无还手之力？”罗峰忍不住问道，“我听说不少宇宙尊者都较为惧怕吠镜王，吠镜王虽然在速度上不如你，但他的天赋秘法很厉害。”

“吠镜王本身实力不算太强，强是强在他的天赋秘法。”真衍尊者解释道，“你应该知道，普通宇宙尊者的神体强度是封王级强者的100倍。”

“知道。”罗峰点头。

“宇宙尊者的神体，最普通的也拥有1000万倍界主之力。”真衍尊者道，“而能成为宇宙尊者的，谁不想方设法提高自身生命基因强度？一般都能提高几倍，我早已提高约10倍，所以我成为宇宙尊者后，神体拥有1亿倍界主之力。而吠镜王的神体强度是普通封王级强者的2000倍，拥有2亿倍界主之力，仅仅是我的2倍而已。”

罗峰微微点头。

“吠镜王的神体，加上那件防御至宝，令他足以和普通宇宙尊者对战，可是他的攻击能力就很一般了，而且法则感悟比宇宙尊者浅，仅在神体上比我强，他自创的秘法也不如绝大多数宇宙尊者，所以只能凭借他那逆天的天赋秘法攻击我。”

“他的天赋秘法极强，但幸好，我是武者流派，武者流派最怕的是遭到幻境等一些灵魂攻击，所以我一直在研究灵魂防御类秘法。”真衍尊者道，“当年我纵横宇宙时，创造的灵魂防御类秘法就极强，已然算是巅峰秘法层次。而且我当时无法在法则感悟上有所突破，隐匿混沌城亿万年，很多精力都花费在创造秘法上。我虽然资质天赋不如你，但亿万年研究下来，也创出了三大秘法。”

“其中最强的就是灵魂防御类秘法，虽然依旧是巅峰秘法层次，但比之前的强上10倍。”真衍尊者笑道，“我燃烧神力，凭借灵魂防御类秘法，还有磨砺亿万年的意志，我就不信我杀不死吠镜王。吠镜王到如今，可没有击杀宇宙尊者的战绩。”

罗峰点头。

逐虫王有击杀宇宙尊者的事迹，可吠镜王没有。

“他的天赋秘法攻击力很强，可我扛下来了。”真衍尊者咧嘴一笑，“我能扛下他的天赋秘法的攻击，那么他注定不敌我。”

紫荆岛。

吠镜王的府邸中。

“可恶，可恶，可恶！”吠镜王在府邸中发出愤怒的咆哮声，咆哮声在府邸中不断回荡，却丝毫没有传出去。

吠镜王目光冷厉。

“可恶的真衍！”吠镜王咬牙切齿，“我记住你了，我记住你了！很好，竟然敢对我动手，竟然敢对特殊生命动手，你真是找死！现在算你厉害，等我跨入宇宙尊者级，到时候杀死你，轻松得仿佛踩死一只小臭虫！”

“不过，他竟然直接硬扛我的天赋秘法的攻击，而且还扛住了，好可怕的棒法。”吠镜王回忆与真衍尊者战斗的场景，有些不寒而栗。

真衍尊者手持黑色长棍，硬是砸得吠镜王差点殒灭。

“若非我有至宝护身，若非万鄲尊者及时赶到……”吠镜王一阵后怕。

虽然吠镜王的天赋秘法强大，但真衍尊者在法则感悟上明显比他强，而且真衍尊者施展巅峰秘法时，攻击力极强，虽然威力每次都被吠镜王的护法至宝削弱九成，但依旧令吠镜王的神体不断损耗。

“等着，等着，终有一日，我会成为宇宙尊者，然后……”吠镜王眼眸中有着疯狂、怨恨，这是他第一次接近死亡，也令他愈加仇恨真衍尊者。

九幽时空，那一方天地中。

罗峰的意识刚刚从虚拟宇宙中回归。

“传言都说，封王级无敌强者如果能突破成为宇宙尊者，比普通宇宙尊者都强，果然传言非虚。”罗峰暗自点头，“厚积薄发，这就是厚积薄发。本来就达到了封王级无敌层次，在漫长岁月中不断积累经验，法则感悟不行就去研究秘法，不突破则罢，一突破，实力的确极强。”

罗峰露出微笑。

“魔杀族分身飘荡这么久，终于到了界主级世界树那里。只要得到界主级世界树的一片叶子，我便能孕育第三分身，到时候就能踏入不朽级。

“吠镜王，你竟然敢杀我夺宝，等我跨入不朽级后，我定杀你。”

对自己，罗峰有着十足的信心。一旦成为不朽神灵，罗峰自然能和那些宇宙尊者相比，和逐虫王等一些宇宙中独一无二的特殊生命相比。

“能不能得到界主级世界树的枝叶，就看这次了。”罗峰不再多想，主要精力都集中在魔杀族分身那边。

九幽时空，树岛上。

树岛依旧那般宁静，美丽的花草遍地都是，许多植物种子随风飘荡，绒球也随处可见。

魔杀族分身这时候已经降落在临近界主级世界树的地面上。

“到了，就看这次了。”魔杀族分身无比期待，专注地看着眼前的一切。

这棵界主级世界树依旧那般高大，每一片树叶都犹如翡翠雕刻而成，美丽得动人心魄，那一道道光芒环绕在其周围。

这时，在荒石岛的洞窟中，一名封王巅峰级奴仆手持着火神源晶出现了。

嗖！嗖！嗖！

他直接施展三个瞬移。

前两个瞬移发生在海域上空。通过第三个瞬移，这名封王巅峰级奴仆直接来到了树岛核心——世界树的领域。

他出现的地方正是离魔杀族分身最近的那棵界主级世界树的树冠中，离魔杀族分身大概50万千米。

“爆。”封王巅峰级奴仆刚出现，就扔出火神源晶。

紧跟着，他再度施展瞬移，直接到了100万千米外、庞大树冠的下面，他立即攻击界主级世界树。

轰隆隆——

火神源晶被扔出的瞬间就被引爆了。

这颗火神源晶爆炸的威力比上次那颗略强，若是距离够近，威力足以击杀封王初等级强者。罗峰的火神源晶就那么多，这颗已经算是威力弱的了。

随着火神源晶的爆炸，爆炸点周围的一切顿时化为一片虚无，离爆炸点远一点的枝杈断裂，被强烈的冲击波直接轰飞，而无数残破树叶在冲击波下更是犹如箭矢，朝四面八方飞去，漫天都是。

“世界树的枝杈。”封王巅峰级奴仆施展瞬移，在100万千米外刚一出现，就立即抓住一根足有300多米粗的巨大枝杈。

“给我断！”封王巅峰级奴仆猛地一拽，欲拽断这根大枝杈。

界主级世界树发出愤怒的咆哮声，整个树冠都震颤起来，大量枝叶直接缠绕向封王巅峰级奴仆：“可恶的外族人，可恶的外族人，又伤害我，又伤害我！去死，去死！”

第980章

失败了

上次，最强世界树出手了，可这次却没有。

显然，最强世界树是想要让它的孩子吃点亏，长点教训，更何况，它的神力早就暗中笼罩了界主级世界树的主干，能够保证它的孩子不会死。既然如此，那就让孩子多吃点苦吧。

封王巅峰级奴仆有些疯狂，直接燃烧神力，犹如一颗燃烧的恒星，强大的神力令周围的无数枝叶化为虚无，旁人无法靠近。

咔嚓！

一声脆响，仿佛玉石断裂，那直径300多米的大枝杈被封王巅峰级奴仆给掰断了。

“走。”封王巅峰级奴仆当即施展瞬移离开。

按照罗峰的命令，他先扔火神源晶，然后夺世界树枝杈，最后逃跑。他是封王巅峰级强者，又燃烧了神体，的确轻易就掰断了界主级世界树的一根枝杈。

时刻关注这一切的最强世界树终于插手了，一道无形力量直接掠过封王巅峰级奴仆。抱着那300多米粗的界主级世界树枝杈的封王巅峰级奴仆整个一颤，随即化为粉末，飘洒在半空，紧跟着，粉末都化为虚无。

殒灭！

……

从封王巅峰级奴仆施展瞬移出现到掰断世界树、被击杀，整个过程都不足半秒时间。

“还是死了。”魔杀族分身道。

“我以为封王巅峰级奴仆在扔出火神源晶时，就会引起最强世界树的注意，在之后施展瞬移时恐怕就会被击杀，没想到还有掰断枝杈的机会。”魔杀族分身暗暗奇怪，以最强世界树的能耐，它一旦发现封王巅峰级奴仆，那么紧跟着即可将其击杀。

罗峰哪里知道它们父子间的一些事情？

无数残缺树枝、树叶破空飞来，射向周围各处，那强烈的冲击波也引起了一些植物种子乱飞，其中就有枝叶落到魔杀族分身所在的方位。

“来了！”魔杀族分身期待着，他不敢有一丝特殊反应，完全犹如普通绒球般，随着冲击波飘荡着。

其中一根残缺枝条上面仅仅有一片树叶。

这根残缺的枝条最先砸向魔杀族分身方向。

“就是这一刻，走！”魔杀族分身装作也被冲击波波及，乱飞起来，直接碰撞在这根残缺的枝条上。

嗖！魔杀族分身施展瞬移。

无声无息，魔杀族分身直接到了数十光年之外，离开了九幽时空。

……

在整个树岛核心、世界树领地的界主级世界树的树冠都在震颤，同时还在咆哮：“又是我，又是我，又来攻击我，怎么又是我？可恶，可恶！”

“哈哈……可怜的七七。”

“七七，你说不要父亲插手，但如果父亲不插手，那个外族人可就逃掉了。”

“我说了不要插手，就算被偷走枝杈，我也甘愿。父亲，你为什么插手？”被攻击的界主级世界树发出愤怒的咆哮声。

“别闹了，那么大的枝杈，足以培育出一棵生命树，我绝对不会看着那个外族人偷走你的枝杈的。”温和的声音响彻整个世界树领地。

“哼。”界主级世界树当即开始恢复，一些残缺的枝叶从远处飞来，飞回树冠。它甚至都没发现其中一根枝杈消失了。

在魔杀族分身逃走时，唯有那棵最强世界树凭借对一方时空的感应，瞬间反应过来。可等它发现时，魔杀族分身早已经逃到九幽时空外了。

界主级和不朽级有着本质的区别。

一旦跨入不朽级，每片叶子都融入灵魂、生命印记，自然能够清晰感应自身。可界主级植物生命还是有着一定的植物特性，不是每片叶子都有生命印记的，界主级世界树根本感应不到自己丢失了一片叶子。

别说植物生命，就算是人类界主，情况也可能相同。

刚才因为火神源晶爆炸，树叶、枝杈损毁极多，界主级世界树根本没意识到有一根残缺枝杈被带走了。

“瞬移？宇宙尊者的瞬移？

“隐匿气息的能力如此之强，竟然连我都没发现，应该是天赋秘法。一个懂得改变气息的宇宙尊者，竟然偷一根枝杈？”最强世界树暗自疑惑，却也没多想。对它而言，孩子少了一根枝杈，就跟人类掉了一根头发一样。

九幽时空外的虚空中。

嗖！

穿黑衣的罗峰出现，手持着一根宛如翡翠般的碧油油的枝杈。

“哈哈哈……终于到手了。”魔杀族分身盯着手中的枝杈，激动无比。

“第三分身！

“有了它，如果我的运气好点，就能孕育出世界树分身，到时候将世界树根植于神国，稳固神国，令我神国无比稳定庞大。而且它的体形庞大，比坐山客老师、比混沌城主老师的神体还要庞大，即使我其他分身耗费完神力，也能从世界树分身中迅速得到补充。”

不同分身，却有同一种神力。

像法则海洋中的神力是最纯净的，一旦融入生命印记，便是有主的神力。

不管是地球人本尊、魔杀族分身、金角巨兽分身，还是将来的世界树分身，都是融入生命印记的神力聚集而成的。

即使金角巨兽分身损耗80%神力，也可以从世界树分身中迅速得到补充。相对世界树而言，金角巨兽分身80%的神力，恐怕都不及世界树的1‰！

“世界树还拥有掌控时空的天赋。

“若是能成……”

魔杀族分身愈加期待。

突然，旁边的虚空中出现碧绿色的光芒，一名普通的不朽级奴仆从中跨出，这名普通的不朽级奴仆是在原始秘境的金角巨兽分身专门派遣过来的。

“主人的主人。”奴仆恭敬地行礼。

“走。”魔杀族分身当即带着这名奴仆，以这名奴仆的神国为中转站，抵达了原始秘境。

原始秘境，巍峨的宫殿内。

天阵王正站在那里默默等待。

当碧绿色光芒出现，魔杀族分身和不朽级奴仆一道出现时，天阵王立即躬身：“主人。”

“嗯。”魔杀族分身点头，顾不得其他，直接吩咐，“从现在起，禁止任何人进入我的宫殿。”

“是。”天阵王回道。

嗖！魔杀族分身已然消失。

原核的体内世界中。

金角巨兽分身、魔杀族分身都站在无尽的平原上。

金角巨兽分身那宛如山峰般的头低垂着，看着魔杀族分身手中抓着的那一根世界树枝杈。

“最后一个难关。”魔杀族分身轻声道，“我的体内世界孕育生命是有极限的，该生命不能超过金角巨兽分身生命基因强度的数十倍乃至百倍，而这棵界主级世界树刚好差不多达到金角巨兽分身体内世界孕育生命的极限。是成功，还是失败？”

忐忑！

紧张！

花费了无数心思，付出了巨大努力，连地球人本尊都因此受到牵连困在九幽世界，但罗峰不会后悔。毕竟找到一个适合自己且强大的分身太难了。

现在，罗峰只希望这第三分身能成。

“最后一搏！”魔杀族分身猛地一挥手，宛如翡翠的美丽的世界树枝杈直接飞向高空。

……

“最后一搏！”九幽世界中的罗峰眼眸隐隐泛红，前所未有地紧张。

三大分身都期待着这一刻，决定命运的一刻！

嗖！

绿色流光直接飞向高空，不断地飞，仿佛一道极光，非常耀眼。

魔杀族分身、金角巨兽分身都扬起头看着，世界树枝杈不断飞向高空。

体内世界的直径有上亿千米，而世界树枝杈一直飞到体内世界最核心处才终于停下，悬浮在那里。

“天赋秘法——分身！”罗峰立即发出命令。

他拥有孕育三个分身的机会，第一次孕育了地球人本尊，第二次孕育了魔杀族分身，这是最后一次。

轰隆隆——

体内世界开始震颤起来，无尽的世界之力开始疯狂汇聚，一时间整个体内世界仿佛陷入末世，同时一个巨大的金色球出现在体内世界的半空。

“最关键的时刻。”

魔杀族分身、金角巨兽分身，包括九幽世界中的地球人本尊，都很紧张。

砰！

金色球猛地一颤。

魔杀族分身等都是一惊。

砰！

金色球又是猛地一震，仿佛内部有火神源晶爆炸似的。

砰！砰！砰！

一次次连续的轰鸣。

罗峰的意识强大，他感觉到了金色球体内的世界树枝杈的生命印记带来的强大压力，那股压力令整个体内世界感到难以承受。

只见金色球上突然出现裂痕，渐渐地，裂痕越来越多。

“不好！”罗峰脸色大变。

砰，金色球又是猛地一震，炸裂，化为无尽世界之力乱飞，而世界树枝杈也在这个过程中完全化为了虚无。

魔杀族分身、金角巨兽分身都默默地看着这一幕。

寂静。

整个体内世界呈现出死一般的寂静。

九幽世界中，一直紧张的地球人本尊也是心中一颤，拳头不由得紧握，眼眸中掠过一丝痛苦和不甘。

失败了！

孕育，失败了！

第981章

穿行九幽世界

站在杂草丛中的罗峰，抓着面前的杂草，直接将杂草化为虚无。

“失败了！孕育第三分身竟然失败了！”罗峰感觉脑中嗡嗡的，就算是地球人本尊陷入如此绝境，他也没有这么心乱过。

从地球走出，踏入宇宙以来，罗峰一直在拼命地提高自己，一次次拼搏，在强者路上走得越来越远，但罗峰必须承认，魔杀族分身和金角巨兽分身在其中起了很大的作用。虽说意志、心性等很重要，但天赋也很重要。

“第三分身对我将来的发展，对我将来地位的提升有着极其重要的作用。像不死尊者，虽然他仅仅是宇宙尊者，但是那些宇宙之主都不敢小瞧他，因为至今没有人能真正杀死他。”罗峰暗道，“我若是有了世界树分身，其他分身即使殒灭，凭借世界树分身提供的大量神力也能迅速得到补充恢复，到时候我便拥有和不死尊者一样的能力，堪称不死！”

“神国是不朽神灵最大的要害。

“而世界树在神国中，一来能稳固神国，二来世界树本身就强大，掌控时空配合神国威压，绝对能让我实力暴增。”

罗峰心中不甘啊，世界树是他从已知的界主级特殊生命中最终选出来的最适合他自己的。

其实罗峰有《九劫秘典》，按理说更适合去找一个血肉类特殊生命来当第三分身，这样神体能达到极强的地步。

可罗峰凭借现如今的地位权限知道了一些信息，包括宇宙是有极限的。

比如神体振幅、灵魂振幅的极限是100倍。

比如生命基因层次最高的，宇宙独一无二的特殊生命，其生命基因强度也是有极限的，只有几千倍上万倍。

“我已有了金角巨兽分身，凭借《九劫秘典》，金角巨兽分身绝对能达到那些独一无二的特殊生命的层次。”罗峰暗道，“既然如此，我根本没必要再找一个血肉类特殊生命，毕竟血肉类的体形大多不大。”

体形越大，代表着储存的神力越多。

“像界主级世界树，因为体形够大，所以就算面对最强火神源晶爆炸也不惧。相比其6000万千米的高度，最强火神源晶爆炸带给它的仅仅是轻伤。”

“像最强世界树，不谈自身实力，单单那庞大的神体，就足以令其他宇宙尊者们绝望。宇宙尊者即使自爆，恐怕也仅仅能伤到最强世界树，而且这个伤对最强世界树来说，根本不重。”罗峰不甘，“不谈任何法则感悟，单单那庞大的神体，便使得唯有宇宙之主才对它有威胁。”

“孕育世界树分身失败，我现在怎么办？”罗峰咬牙，“第三分身到底该孕育什么？”

失败一次没事。

凭借天赋秘法分身，罗峰注定会有三个分身，当然前提是在不朽级之前就孕育成功。若是踏入不朽级，没有了体内世界，自然无法孕育，这个机会就浪费了。

“孕育什么呢？我的第三分身到底该孕育什么？”罗峰脑海中闪过一个个特殊生命的名字。

“血肉类特殊生命？

“即使修炼《九劫秘典》，也就是和金角巨兽分身相当罢了，我已有金角巨兽分身，没必要再来一个，暂时排除。

“能量类特殊生命？体形小，排除。

“岩石类生命？植物生命？

“这两类中倒是有些选择。”

植物生命中，罗峰最重视的就是世界树；岩石类生命中，罗峰最重视的是黎火山。

“黎火山在我的候选名单中排第三，第一是世界树，第二是祖星树，前两个都是树类特殊生命。”罗峰暗自摇头。和世界树一比，祖星树明显差了一筹，黎火山比祖星树还要略差一筹。

罗峰选择第三分身的第一条件就是体形大。

世界树、祖星树、黎火山，都是体形巨大的特殊生命。

孕育第三分身失败，罗峰受到很大的打击，可很快他便恢复过来了。

“得仔细考虑。”罗峰道，“我现在困在九幽世界，身上可携带着三件至宝，每一件都不容有失，特别是塔珠，还是先让魔杀族分身带我离开这里吧。”

原始秘境内，被千宝河环绕的无数宫殿中的一座内。

嗖！

魔杀族分身出现在大殿内。

“主人。”天阵王恭敬地行礼，同时他心中疑惑，他原以为罗峰会闭关很久，所以才吩咐其他人这段时间不要来打扰罗峰，没想到这么快就出来了。

“哼！”魔杀族分身眼中依旧有着不甘。

“送我去荒石岛。”魔杀族分身迅速召出了一名奴仆，他在荒石岛的两个山洞中都留有伪装成岩石的信物戒指，每枚信物戒指内都有好几件信物，分别属于不同的奴仆。

“是。”异族奴仆恭敬地回道。

金色光芒亮起，沐浴在金色光芒中，魔杀族分身已然看到通道另一端的浩荡海洋。

嗖！

魔杀族分身直接被传送过去，消失。

九幽时空，荒石岛。

魔杀族分身刚一出现在荒石岛，就直接朝下方的九幽之海冲去，他能够清晰感应到地球人本尊的位置。

哗啦哗啦——

深海中，海水汹涌，每一滴水都重如大山。

魔杀族分身出现在海水中。

“地球人本尊就在下方。”魔杀族分身俯瞰着下方，“我能感应到地球人本尊的准确位置。”

嗖！嗖！嗖！

魔杀族分身连续施展瞬移，朝下方逼近，仅仅施展三个瞬移，就来到了整个九幽之海的最底部。九幽之海的最底部，无尽的血红色气流翻腾，周围弥漫着匹敌宇宙尊者的强大气息的威压，魔杀族分身色变。

“我在下方无法施展瞬移了。”魔杀族分身眉头微皱，“这些血红色气流完全将空间波动给压制住了。”

“从宇宙坐标看，我和地球人本尊的距离大约是6光年。”魔杀族分身焦急。

6光年，得飞六天才能抵达，魔杀族分身凭借天赋秘法域，每次最多前进上万千米，就算1秒钟前进上百次，也得两三天才能到。

前提是——

这血红色气流中，没有任何危险、阻碍。

“可看样子，这血红色气流中就不像没危险的样子。”魔杀族分身看着翻腾的血红色气流。九幽之海的海水虽然无比沉重，但无法侵入血红色气流蔓延的范围。

“拼吧，反正失败了只是损耗一些能量。”魔杀族分身不再犹豫，直接朝下方血红色气流中钻去，他并没有直接使用天赋秘法域，使用的是最普通的飞行手段。

刚一碰触血红色气流，魔杀族分身就感觉到了一股无比可怕的阻力。

哧哧哧——

魔杀族分身硬是朝里面飞，可那血红色气流的阻力大得离谱，越往里飞，阻力越夸张。魔杀族分身钻进去不足2米远时，便完全卡死在血红色气流中，根本无法再飞进去一点，甚至连返回都做不到。

“好可怕的阻力！”魔杀族分身再次色变，“若是其他强者，他们没有天赋秘法域，一旦尝试硬闯，陷入血红色气流深处，那是动都无法动。不愧是九幽之主的地盘，在他的地盘上，他便是无敌的。”

魔杀族分身直接施展天赋秘法域。

嗖！

宇宙本身便是时间、空间结合而成的。

魔杀族分身瞬间化为空间，然后化身魔杀族分身，顿时就前进了上万千米。

呼，呼，呼！

魔杀族分身开始拼命施展天赋秘法域，每秒钟前进上百次，疯狂朝下方前进。所过之处，皆是无尽的血红色气流。血红色气流中的阻力大得离谱，魔杀族分身如果没有施展天赋秘法，那么无法前进丝毫。

“地球人本尊就在下方，我就在他头顶正上方。”魔杀族分身能清晰感应到地球人本尊的位置。

“快，快，快！”

魔杀族分身疯狂施展着天赋秘法，虽然很疲惫，但是时间很紧迫。他连续施展天赋秘法6个小时后，仅仅休息20分钟，便又不停地一次次前进。

……

当魔杀族分身在努力穿行时，九幽世界内，那形成巨大包围圈的战士看到三道气息强大的身影从远处飞来，正是皇子殿下和他麾下的两位宇宙尊者。

“皇子殿下。”在半空的那位宇宙尊者级将军连忙恭敬地行礼。

“拜见皇子殿下！”周围上千名战士全部跪伏下去，无比恭敬。

“哈哈哈……”皇子殿下微笑道，“一名不朽神灵居然能够让我的领地这么热闹，哈哈……宇宙尊者们若是遇到他，禁止杀死，我亲自动手。至于其他士兵，则可以全力出手。”

“传令，收网！”皇子殿下下令道。

“是。”在半空的那位宇宙尊者级将军立即恭敬地回道，同一刻，皇子殿下的命令通过虚拟世界传给了其他八位将军。

随着皇子殿下的一声令下，布置许久的包围圈终于开始收网。

第982章

包围圈

包围圈的直径是300亿千米，参与的战士数以亿计，界主级战士和不朽级战士的比例约是1000：1。那些界主级战士或许无法阻拦罗峰，但是能够探测他的行踪。如此大的包围圈，即使以亚光速飞行，也需要两三天时间。

包围圈分九层，里面八层都是界主级战士，最外面一层才是不朽级战士以及宇宙尊者级将军。

“那个外族人肯定逃不掉。”

“他已经陷入包围圈内，他唯一的结局是被擒获击杀。”界主级战士们彼此相距数万千米，开始急速推进。他们直接释放世界之力，引动九幽世界之力，横扫一大片区域，任何异族都逃脱不了他们的探测。

……

界主级战士们不断推进，包围圈在缩小。

约3个小时后。

“外族人，是外族人。”一名急速飞行的界主级战士猛地停下，俯瞰大地，同时将情报迅速上报。

哧哧——

干涸的大地猛地裂开，一道穿银甲的身影迅速冲天而起，散发着强大的气息，速度极快。

“追。”这名界主级战士拼命地追，无奈实力相差太大。

嗖，嗖，嗖！

数十名界主级战士从各个方向追去，可他们只能眼睁睁地看着穿银甲的男子朝包围圈外冲去。

“逃不掉的，我们仅仅是包围圈最内层的，包围圈可足足有九层。”

这些界主级战士们都开始退回到自己的位置。

此刻——

包围圈北部的战士都停止前进，第二层、第三层、第四层……第八层的界主级战士都开始去追穿银甲的男子。

嗖！

穿银甲的男子不断穿行，迅速甩掉那些界主级战士。

“逃得倒是快！”

“这个外族人的速度真快。”

最外围第九层的不朽级战士们早就开始行动了，其实里面八层的界主级战士去追罗峰，就是要确定罗峰的准确坐标，这样最外围第九层的强者们才能提前赶到关键位置。

从第一层到第九层，穿银甲的男子足足飞了近30分钟。

“他已穿过第八层，即将抵达。”

“大家必须小心，这个外族人的速度非常快，按照早先的情报，连我族的队长都无法追上他，所以一对一是绝对不行的。我们联合起来，靠围攻来阻拦他。”近八百名不朽级战士分成三大队，蓄势以待。

30分钟足以让不朽级战士飞行数亿千米。

所以直径数亿千米内的所有不朽级战士都会聚到了这里，共近八百名不朽级战士。

……

皇子殿下站在包围圈的另一处。

“没想到他朝那个方向逃了。”皇子殿下摇头，“可惜，不能在第一时间和他交手。希望他的实力强点，能够抵挡住我族近八百名不朽级战士的围攻，能幸存20%、30%的神体，保住一条命，那我就能亲自见见这个外族人了。”

“皇子殿下，那个外族人本领很不凡，虽说在我族近八百名战士的围攻下肯定逃不掉，但保住性命应该没问题。”旁边精瘦的宇宙尊者恭敬地道。

“开始动手了。”皇子殿下眼眸一亮，他通过虚拟世界的同步传送，能看清一切。

……

三支大队，共近八百名不朽级战士。

“外族人出现，九幽合击！”这近八百名不朽级战士中地位最高者立即下达命令。

所有的不朽级战士同时举起了宛如树藤缠绕而成的粗壮右臂，嘴巴同时发出吼叫声，紧跟着，手臂立即燃烧，出现血红色的神力光芒。

这一方天地中的血红色气流完全被引动，疯狂朝每名不朽级战士汇聚而去。

每一名不朽级战士右臂上空都出现了模糊的血红色刀影气流，接着，两百多名不朽级战士的上方，两百多道血红色刀影气流化为了一柄巨大的血刀。

三支战队上空各凝聚着一柄巨大的血刀，血刀还在疯狂吸纳着天地间的血红色气流，威力不断提高，直至达到这些不朽级战士自身所能控制的极限。

嗖！

穿银甲的男子一出现，就看到了远处的一支战队，穿银甲的男子顿时惊慌逃窜。无奈，其他两个方向也各有一支战队。

除了后退，他无路可逃！

“攻击！”一声令下。

三支战队位于三个方向，近八百名不朽级战士齐刷刷地同时挥出右臂。

哧哧——

巨大的血刀立即破空飞出，血刀所过之处，无物可抵挡。

三柄巨大的血刀同时杀向穿银甲的男子，男子拼命逃窜，但又怎么比得上血刀的速度？

轰！

三柄巨大的血刀飞行数十万千米，当靠近穿银甲的男子时，同时爆炸。

这是一股非常可怕的力量，仿佛一位超级强者在旁边自爆，那无尽威力瞬间冲击穿银甲的男子。

“啊！”一声凄厉痛苦的号叫响彻天际，穿银甲的男子在这股威力下直接湮灭，化为虚无，完全消失不见。

“那个外族人已死！”近八百名不朽级战士迅速飞来，神力扫荡过去，“只剩下一件普通的不朽级兵器和一枚世界戒指！”

……

皇子殿下立即就得到了消息。

“死了？”皇子殿下很吃惊。

皇子殿下听说罗峰的速度能超越己方的队长，认定对方不一般。因为在九幽世界内，本族人是受到护佑的，而外族人是受到压制的。

“皇子殿下，使用九幽合击时，不朽级战士们只是引子，引动的是我们这个世界的世界之力——九幽世界之力，击杀了那个外族人也不奇怪。若是不朽级战士足够多，引动的一方世界之力足够强，击杀宇宙尊者都是有可能的。”旁边壮硕的宇宙尊者恭敬地道。

皇子殿下通过虚拟世界下令：“查看那枚世界戒指。”

片刻后，皇子殿下得到属下的汇报。

世界戒指中没什么宝物，也就一些不朽神灵的普通物品，对皇子殿下而言，都是些破烂货。

“假的，那个死去的外族人肯定是假的。”皇子殿下摇头，“在速度上比我族队长还快的，在外界肯定不凡，怎么可能就这么点东西？”

“或许他只是擅长逃命。”精瘦的宇宙尊者道。

“先探测一遍再说。”皇子殿下道，同时通过虚拟世界下达命令。

“所有不朽级战士归位，”皇子殿下下达命令，“包围圈继续缩小。”

近八百名不朽级战士缩小包围圈，之前他们聚集到一起要花费近30分钟，现在返回原先位置，也花费了近30分钟。

一来一回，因为这个穿银甲的男子，他们已然浪费了1个小时。

……

2个小时后。

“发现外族人，发现外族人！”

“什么?!”

“那个外族人不是死了吗？”

控制整个包围圈的皇子殿下得到消息，哈哈大笑：“我就知道，那个外族人的实力不容小觑，现在看来，之前那个人一定是他的不朽级奴仆。他让不朽级奴仆变化成他的模样，故意引诱我们。”

“殿下，我们这下怎么办？这人不一定就是他啊。”两位宇宙尊者都看向皇子殿下，虽然他们俩都有些想法，但皇子殿下地位无比尊崇，不管对错，一般都得听从皇子殿下的。

“继续按照原计划行动，出现的每一个外族人，我们都必须慎重对待。”皇子殿下自信地道，“若是大意，逃掉一个，说不定逃掉的就是我们要抓的。”

“可这样，缩小包围圈的速度就慢了。”

“宁可慢一点，也必须稳妥。扫除一切外族人，不放走一个！这样一来，那个外族人肯定逃不掉。”皇子殿下下令。

……

的确如皇子殿下猜测的那般，那是罗峰派出的一个不朽级奴仆。

每个不朽级奴仆都在包围圈中肆意逃窜，吸引大量不朽级战士，但最终都被灭杀。可每次不朽级战士击杀一个不朽级奴仆后回到原先位置，短则花费1个小时，长则2个小时。

……

杂草丛中。

罗峰正皱眉思索着详细计划。

“幸好我的仆从中，有好几个都是灵魂类大师，他们都有数十乃至上百名奴仆，甚至他们的奴仆，也有奴仆。”

论速度，每个不朽级奴仆不一定比这些界主级战士快，可一旦燃烧神力，实力飙升千倍，每个不朽级奴仆的速度都远远超过这些界主级战士。

“快，快，快！”罗峰心中焦急。

罗峰仰头看天，就在他头顶这个方向，血红色气流深处，魔杀族分身正在不断施展着天赋秘法域，一次次朝下方前进。

“快，现在就看是敌人的速度快，还是魔杀族分身赶来的速度快了。”

罗峰焦急，他的原计划是让奴仆们扰乱战士们的判断，然后自身趁包围圈部分区域的防御力不强时，从中逃脱。

可罗峰仔细想了想，发现成功的概率不大。

因为包围圈布置得非常巧妙，包围圈有九层，特别是最外一层，结构类似于齿轮，很难突破出去，而且虽然大部分不朽级战士会被奴仆们吸引，但还有极少数不朽级战士是岗哨。他们凭借齿轮结构的包围圈轮流追踪，盯着罗峰一两个小时都不难。

“若是运气差，那个方向因为经常有奴仆出现，他们安排一个宇宙尊者在那儿，我就完蛋了。”罗峰暗道，“最安全、最保险的方法就是等魔杀族分身来。”

“魔杀族分身可是最擅长隐匿、逃跑的。”罗峰看向天空。

第983章

逃出生天

这一方天地的天空深处有无尽的血红色气流，是九幽世界的禁地，就算是宇宙尊者也无法深入。

可就是这个禁地中——

嗖，嗖，嗖！

魔杀族分身一次次闪烁，不断地朝下方前进。

“必须赶到！”

……

就在魔杀族分身拼命穿行在九幽世界的血红色气流层中时，巨大的包围圈依旧在稳步收缩着。

“第三十九个，哈哈哈……看看，我早就说了，那个外族人很不凡。能弄出这么多不朽级奴仆的人，是普通强者吗？”皇子殿下面带微笑。

“皇子殿下英明！”

两位宇宙尊者都奉承道。

“不朽级奴仆伪装成他四处逃跑，甚至一名不朽级奴仆藏在另一名的世界戒指中，趁我们战士懈怠时突然出现。

“又或者三名不朽级奴仆陆续冲击同一防线的不同区域。不过，我麾下有上亿名战士，又怎会被他逃掉？”

皇子殿下非常自信。

“那个外族人不过是在做最后的挣扎。”精瘦的宇宙尊者道。

“很快他便无路可走。”另一位宇宙尊者也道。

皇子殿下点头：“现在包围圈缩小到只有之前的一半，我们的战士数量本来就多，一半的战士依旧继续寻找那个外族人的踪迹，另一半战士则不停地前进，而且不管有没有遇到外族人，都依旧前进，我要以最快速度搜寻一遍。”

“这样一来，那个外族人即使派遣奴仆，也无法影响包围圈的缩小速度。”

皇子殿下目光冷厉，两位宇宙尊者都连声附和。

的确，随着包围圈的缩小，战士数量就富余了。

皇子殿下下达命令后，其中一半的界主级战士、不朽级战士开始高速朝包围圈中心搜寻。

……

“不好。”杂草丛中，罗峰脸色一变，通过派遣出的奴仆，他清楚知道包围圈的一些动向。

“竟然开始不管我的奴仆，直接往里冲。”

罗峰一想就明白，这是包围圈缩小的缘故。

“怎么办？这下怎么办？”

罗峰急了。

按照罗峰的计划，时间原本很充裕，可现在，奴仆无法拖延包围圈缩小的时间，那么罗峰就麻烦了。

“快快快，快点来！”罗峰仰头看向天空无尽的血红色气流。

……

包围圈现在分成外包围圈和内包围圈。

外包围圈的战士依旧按照之前的策略行动，内包围圈的战士则只顾往里面冲，想要通过搜寻，清楚罗峰的一切布置。

“冲！”

“冲！”

“冲！”

一名名奴仆往外冲，轻易冲出内包围圈，因为根本没有人阻拦他们。

……

一天后。

内包围圈的数千万名战士们终于会聚。

“皇子殿下，我等已经搜寻完整个包围圈。”

“好。传令，内包围圈开始扩张，和外包围圈彼此靠拢，同时，但凡遇到任何一个外族人，击杀。”皇子殿下下达命令。

这个时候，整个包围圈已经小很多了，同时战士密度也增大很多。

罗峰已经陷入极为艰险的境地。

“内外夹击？”罗峰咬牙切齿，“拼了，争取最后一点时间，魔杀族分身估计还有3小时17分钟就能抵达，必须争取到这一点时间！”

虽说那位高高在上的九幽之主欠混沌城主一个人情，但九幽之主的人情何等重要。

罗峰不想轻易使用这个人情。

“如果我能逃过他们的追杀，九幽之主应该就不会对我下手。我可从来没听说过，九幽之主直接对传承者下手的。”罗峰暗道，随即一挥手，出现六名不朽级奴仆，他们恭敬地行礼：“主人的主人。”

“听我命令……”罗峰直接下达命令。

“是！”

六名奴仆变成罗峰的模样，听从罗峰的命令迅速飞离。

……

罗峰真的被逼疯了。

两个包围圈同时推进，击杀一切外族人，因此奴仆的反击就会影响包围圈的推进速度。不朽级战士击杀奴仆是要花费不少时间的，可包围圈越小，奴仆的影响力越弱。

……

“皇子殿下，内外包围圈即将合拢，很快，那个外族人就逃不掉了。”两位宇宙尊者都很期待。

皇子殿下微微点头，面露微笑。

瓮中之鳖?

最后的挣扎?

罗峰的拼命挣扎，令皇子殿下很愉悦。

“他很不想死吧。”皇子殿下道，“否则不会明知道已经陷入绝境，还这般拼命挣扎了。”

“可是，你终究是要落到我手里的。”

“我会好好看看，你这个外族人的手段。”

皇子殿下愈加期待，在漫长的生命中，他的乐趣真的很少。

……

罗峰仰头看向天空，脸上露出一丝惊喜之色。

嗖!

高空中出现一道身影，身影一次次闪烁，眨眼就冲到了下方，而后停下，正是魔杀族分身。

“来了。”罗峰暗松一口气，迅速进入了魔杀族分身的世界戒指。

黑色气流涌动，魔杀族分身摇身一变，直接变成了对方的不朽级战士的模样。那血红色的身躯、血红色弯角与对方一模一样，连气息都是复制当初罗峰刚来到九幽世界时，曾追杀罗峰的数百名不朽级战士中的一个的。

“每一秒都施展天赋秘法上百次，我的意识都快累得发疯了。”魔杀族分身暗松一口气，这段时间实在太累了，他根本没有一刻放松的机会。

像这般高频率地施展天赋秘法，就算是宇宙尊者，很多也扛不住。

罗峰因为意志很强，加上对生命的渴望，这才坚持下来。

“估摸着还有11分钟，内包围圈的战士就会抵达我这里。”魔杀族分身露出笑容，“可惜，你们晚了一步。”

……

内包围圈、外包围圈的上亿名战士们距离罗峰已经很近了，开始了最后的扫荡。

高空中。

皇子殿下悬浮在半空，看向无尽大地，战士们发现皇子殿下后都自然躬身，表示尊敬。

“哈哈哈……最后的绞杀，很快，每一寸空间都有我的战士，我看那个外族人往哪里逃。”

皇子殿下畅快不已。

可过了20分钟——

“皇子殿下，我麾下人马找遍了，没发现那个实力强大的外族人。”

“我麾下人马也没发现那个强大的外族人。”

“没发现。”

……

一个个将军都将情况迅速禀报皇子殿下。

这令皇子殿下顿时傻眼。

“怎么会没有?!”皇子殿下在虚拟世界中，对九位将军咆哮。

九位将军连忙解释：

“皇子殿下，我们在扫荡过程中，已经击杀八十名想要逃跑的外族人。不朽级战士的合击引动九幽世界之力，外界的封王巅峰级强者瞬间被我们灭杀了，很可能那个外族人在这个过程中已经殒灭。”

“对，皇子殿下，我们曾发现一名可疑外族人，速度极快，实力也极强，而且他殒灭后，留下的宝物也不少，很可能就是我们要找的那个人。”

“应该就是那个人。”

九位将军的回禀内容令皇子殿下愈加愤怒："不，那个人肯定不是，根据驻扎小队禀报的内容，他的速度比队长还快。速度快成这样，肯定不是一般强者。而且至今，除了他，我就没发现过这样的异族。"

"找，给我找！一定要将他找出来！"皇子殿下咆哮着。

"是。"

"是。"

……

九位宇宙尊者级将军在皇子殿下的愤怒下，只能乖乖听从命令。

在无比愤怒的皇子殿下的命令下，上亿名的战士疯狂寻找罗峰的踪迹，他们朝各个方向飞去，魔杀族分身也趁机朝远处飞去。

每个战士都负责一片区域，魔杀族分身自然也是如此。

然而任凭上亿名战士们疯狂地寻找，可就是寻找不出罗峰的踪迹。

"当然查不出，因为我就是你们战士中的一员啊。"魔杀族分身悠闲得很。

于是——

魔杀族分身便飞远了。

任凭皇子殿下如何愤怒、咆哮，任凭上亿名战士在那片大地上翻来覆去地找，怎么都找不到罗峰。

最终，皇子殿下再不甘心，也只能命令所有战士回各自所在地。

魔杀族分身倒也没急着离开。

"有了魔杀族分身，一来，可以隐匿气息改变身份，他们根本查不出来。二来，就算被查出，凭借天赋秘法域，就算是宇宙尊者，也根本拦不住我。"

不怪魔杀族分身如此自信，毕竟在九幽世界中，宇宙尊者也无法施展瞬移。

而魔杀族分身却能够施展天赋秘法域，谁能追得上魔杀族分身？

"安静的城市。"

魔杀族分身在天空中飞了许久，路途中遇到了其他一些战士，没有人对魔杀族分身起疑心。因为在此之前，进入九幽世界的外族人，从来就没有能活着的。

“这个城市没有外城墙。”

一眼看去，整个城市有着大量的建筑物，很多有着血红色身躯、头上有血红色弯角的居民生活在城市外围。城市最里面有着高大的城墙，那应该是内城。魔杀族分身估摸着，内城中应该生存着一些所谓地位高者、实力强者。

第984章

父皇

罗峰在这个异族世界坦然而行，一眼看去，许多建筑中生活着很多居民。这些居民个个都是血红色身躯，头上有着血红色弯角，有的犹如婴儿，高不过膝盖，却能在地上乱跑；有的已经长大一点，是孩童，开始彼此战斗，一试高低。

“婴儿就拥有行星级实力，一成年就是界主。”魔杀族分身在城内行走，他看到，但凡体形达到正常身高的，几乎个个是界主。

“难怪之前追杀我的战士中，会有那么多界主。”

“这个族群还真是强大，比我所去过的金角族群要强多了，在宇宙中，恐怕有资格名列强大族群。”魔杀族分身暗想。

耳边忽然传来声音。

三名婴儿正在飞奔嬉闹，他们都是行星级实力，飞奔的速度很快，一拳就能将同伴砸飞。

“我可是出生于祖海，你们就该让我当首领。”

“生于祖海，吸纳祖海精华诞生的你的确天赋好，可不代表你一定能成为不朽神灵。我们出生于皇海，实力照样比你强。”

“不服我，我就打得你们服。”

“谁怕谁？”

三个婴儿打闹着。

魔杀族分身一转头就看到这一幕，暗道："他们只是体形似婴儿，可和金角巨兽一样，天生便拥有极高的智慧，怕及得上人类的一般少年了吧。"

"吸纳祖海精华诞生？"魔杀族分身脑海中掠过诸多念头，"难道说，这些居民不是各自的母亲所生？是了，他们是能量类生命，能量类生命的诞生的确与其他生命不同。听起来，有些居民是从祖海中诞生的，有些居民是从皇海中诞生的。祖海听起来似乎比皇海高一等。"

"皇海为何以'皇'字命名？我这一路过来，碰到了其他居民，早就听说了那位皇子殿下引领上亿名战士围剿我的消息。皇子殿下的地位应该不是最高的，肯定还有地位更高的皇吧。"魔杀族分身暗想着。

"祖海？皇海？皇子？"

魔杀族分身脑海中浮现诸多疑惑，随即继续漫步。那些居民看到魔杀族分身后都无比恭敬地行礼。这点魔杀族分身早就知晓。这个世界的生命，对强者是非常尊敬的。

一座巍峨的古城里生活着无数居民。

这座古城比魔杀族分身正在逛的那座要大得多，因为这里是皇子殿下居住的地方，宇宙尊者级将军在这座古城内也各有府邸。

古城，皇宫内。

"混蛋！可恶！"

皇子殿下在殿内来回走着，眉头紧锁，时而咬牙切齿，所有仆从皆被赶出去了，殿内只剩下皇子殿下一个。在大殿外，所有的仆从都胆战心惊，他们不知道皇子殿下为何突然就暴怒起来。

"竟然敢耻笑我，不就是比我更早跨入宇宙尊者级吗？"

"不仅认为那个外族人绝对无法逃脱九幽世界之力的探测，还认为是我乱想！"皇子殿下咬牙切齿。

作为这个世界中高高在上的存在，连宇宙尊者都对他非常恭敬，他的麾下将士根本不敢招惹他，敢惹他的也就是他的那群兄弟。他有一百零七个兄弟，他们之间自然存在着一次次争锋、一次次比试高低。这次围剿外族人的事自然隐瞒不住，而且还被耻笑了。

“我没错，我没错。”

皇子殿下猛地一挥手臂，轰隆隆，殿门轰然关闭，吓得外面的仆从们根本不敢发出一丝声音。

殿内，那根巨大的支撑柱上有着淡淡的红光。

“父皇，父皇，孩儿求见父皇。”皇子殿下猛地仰头喊道。

轰隆隆——

一股无可匹敌的气息忽然降临在这个大殿内，强大的九幽世界之力开始汇聚，然而如此大的动静，大殿外的奴仆们却丝毫没有察觉到。大殿内和大殿外，宛如两个世界。

九幽世界之力不断汇聚，逐渐形成了一个模糊的巨大的头部轮廓。

“我的孩子。”巨型头俯瞰着皇子殿下。

“父皇，孩儿有事要对父皇说。”皇子殿下先是恭敬地行礼，然后不忿道，“这次孩儿指挥上亿名战士去围剿一个外族人，前后击杀了那个外族人的很多奴仆，就算到最后，孩儿都认定那个外族人没死。我传唤并询问了当初驻守九幽漩涡的那三百名不朽级战士，那群曾追杀过外族人的不朽级战士都说，那个外族人的速度奇快。我的战士之后击杀的那些奴仆，每一个的速度都一般，这也更证实我的猜测是对的。”

“可是，可是……”皇子殿下咬牙切齿。

巨型头声音冰冷，缓缓道：“可是你麾下的宇宙尊者，还有你的兄弟们都认为你在胡编乱造，对吗？”

“嗯。”皇子殿下连忙点头，不甘心地道，“可是——”

“你想得没错，他们想得也没错。用九幽世界之力去探测，却找不到那个外族人，他们认为你在胡编乱造，这很正常。”巨型头打断道，“不过，那个外族人的确还活着。”

“活着，真活着？”皇子殿下顿时大喜，哈哈笑道，“我就知道他一定还活着！我当初刚刚得到情报，就认定他肯定不凡。”

“是不凡，非常不凡！”

“那他是怎么逃脱我大军的包围圈的呢？”皇子殿下连忙问道，对此，他很好奇。

之前他的兄长就如此责问他：“用九幽世界之力去探测，一切异族皆会被发现，现在不仅九幽世界之力没有发现你说的那个外族人，上亿名大军去搜查也没有发现，显然那个外族人已然被你击杀。你说他活着，那我问你，他是怎么逃脱你大军的包围圈的呢？”

皇子殿下也满心疑惑。

“因为他有伪装手段，他能够伪装成任何一个九幽族人。”

“啊?!”皇子殿下不敢相信，“那……那得赶紧杀了他，他能够伪装成任何一个族人，那还得了？”

“嗯？”巨型头忽然冷哼了一声。

皇子殿下顿时反应过来，乖乖不吭声。他的父皇虽然疼爱他们，可是他的父皇本性很冷漠很孤傲，若是他们敢对父皇的事指手画脚，就会被惩罚。

“你还是赶紧修炼，如你三个兄长一样尽早跨入宇宙尊者级，如此，我就可以带你出去闯荡了。”巨型头说了一声便消散了，可怕的气息也消散了。

皇子殿下这才长舒一口气。

“还好。”皇子殿下一阵后怕，他之前一意识到说错话，就立即做出一副乖乖不吭声的模样。他如果胆敢狡辩，那就悲惨了。

“宇宙尊者级？哼，我一定能达到，一定！”

皇子殿下一想到这个，眼神瞬间就变了，他心中有一股戾气，被压抑无限岁月的戾气。

所有皇子只有达到宇宙尊者级，才有资格离开家乡，去外界闯荡。

……

魔杀族分身行走在许多建筑物间，忽然看到前方有一群婴儿在嬉闹。

“过来。”魔杀族分身对其中一个招手。

那个闹得最欢腾的婴儿显然是他们的头儿，那个婴儿立即乖乖跑来，然后恭敬地行礼：“拜见不朽神灵。”

“嗯。”魔杀族分身笑着问道，“你出生于祖海？”

“是。”那个婴儿摸了摸自己的弯角，很害羞地道。

魔杀族分身点头，根据他的推断，出生于祖海的居民比出生于皇海的居民天生就强些，像这群嬉闹的婴儿中，出生于祖海的是头儿。

“和我说说祖海吧。”魔杀族分身吩咐道。

“不朽神灵大人没去过祖海？”婴儿显得很兴奋，随即似乎很自得地道，“嗯，祖海可是在我们现在所处世界的外面呢。就算我们出生于祖海，可一旦离开祖海，进入现在所处的世界，就很难再回祖海了，除非将来成为不朽神灵，寻找机会，才能通过九幽漩涡，去到祖海。”

魔杀族分身听得一愣。

“祖海？

“九幽漩涡？

“外面？

“难道是九幽之海……”

魔杀族分身认真分析着。

“祖海广阔得很，”这名婴儿继续道，“无穷无尽，就在现在这个世界上方，据说比这个世界还要大。哼哼，那些出生于皇海的，根本无法和我们比。皇海共有一百零八个，就算是最大的皇海，都不及祖海一点大。”

魔杀族分身心中咯噔一下：“上方？比这个世界还大？”

“九幽之海！”魔杀族分身心中一颤，“祖海其实就是九幽之海？”

“原来，九幽之海会孕育出一些生命。”

那个婴儿在那边侃侃而谈，显然为自己出生于祖海而骄傲。

虽然魔杀族分身心中掀起了滔天巨浪，但表面上不露声色，点点头，同时笑着道："出生于皇海也不算差，你去过皇海吗？"

"我没去过。"婴儿摇头，明白眼前不朽神灵出生于皇海后，连忙道，"皇海其实也不差，特别是最大的皇海。我现在年龄还小，等我将来实力强了，还是能去的。"

魔杀族分身心中顿时明白。

"能去皇海？"

"这些居民想要离开这个世界是很不容易的，想再见到祖海都难。既然等他将来实力强了就能见到皇海，那皇海肯定是在九幽世界内了。"

第985章

秘密

“他们呢？”魔杀族分身看向远处其他婴儿，“他们都出生于哪儿？”

“北安螺也出生于祖海。”婴儿的眼睛很亮，说话也有条不紊，“除了北安螺和我，其他的都出生于皇海，有的出生于大皇海，有的出生于小皇海。”

魔杀族分身听得暗自点头：“皇海分大皇海和小皇海？”

“嗯，好好努力，将来你也能成为不朽神灵。”魔杀族分身摸了一下这个婴儿的血红色弯角，笑着说道。

“嗯。”婴儿点头。

魔杀族分身随即转身离去。

这个婴儿看着魔杀族分身离去的背影，咬着嘴唇，眼眸中有着不甘。

“首领。”

“首领。”

其他婴儿一个个飞过来。

“怎么样，首领，那位不朽神灵有没有收你为徒啊？”

“还问，那位不朽神灵都走了，当然没收。”

其他婴儿一个个叽里呱啦地说着，这些婴儿个个都很聪慧。

这就是九幽生命的特殊性，像当年还处于孩童阶段的金角巨兽实力就很强，甚至造成了整个地球的大灾难。

“闭嘴！”

那个婴儿猛地发出一声咆哮，随即依旧不甘心地看了一眼魔杀族分身远去的背影。

原本他以为魔杀族分身很看好他，愿意收他为徒，他那般热情地说着一切，可没想到魔杀族分身并没收他为徒。

要知道这个族群的族人成年后就是界主，所以界主非常多，可是不朽神灵无比稀少。

军队中，界主级战士和不朽级战士的比例是1000∶1，这还是绝大多数界主级民众都没进入军队的结果，不然，界主和不朽神灵的比例更加夸张。

所以，普通民众都认为能得到一位不朽神灵的栽培，那才叫有前途。

“他没收我为徒，是因为我出生于祖海，而他出生于皇海吗？”那个婴儿咬牙，眼眸中有着不甘，“哼，我出生于祖海，论出身，自然更加高贵！总有一天，我唛司螺一定会成为不朽神灵，而且会成为队长，甚至是将军！”

……

魔杀族分身悠闲地在这个城市中闲逛，他的耳朵能清晰地听到周围上千千米内的上万名民众交谈的内容，他一边听着一边在脑海中整合情报。

魔杀族分身听到关于一百零八位皇子的对话，他一开始悠闲地听着，突然，他仿佛被雷电劈中般一怔，愣愣地站在原地。

“一百零八位皇子？一百零八位？一百零八个皇海？”魔杀族分身站在原地一动不动，脑海中仿佛有一道灵光亮起。

“祖海，皇海。一百零八个皇海，一百零八位皇子。”

“怎么会这么巧，刚好都是一百零八？难不成皇海和皇子有关？”魔杀族分身的眼睛越来越亮，“如果皇海和皇子有关，那么祖海难道和九幽之主有关？是了，老师曾经说过，在九幽时空，九幽之主便是无敌的，九幽之主恐怕能够动用九幽之海的力量。那个直径十几光年的九幽之海，威力无限，恐怕不比五彩极光湖弱。他能动用九幽之海的力量，的确称得上宇宙无敌。”

魔杀族分身越想越兴奋，甚至于他心底还有另外一个想法：皇子凭什么都会有皇海？难道是伴随而生的？就是说，每位皇子诞生后，都会有皇海？

“若是我的第三分身能和皇子一样，天生有一个皇海……一百零八位皇子，按照我这么久听到并搜集整理的情报来看，有的皇子是宇宙尊者级，有的是不朽级，也有的是界主级。

“虽说皇子地位高贵，甚至有宇宙尊者级护卫，获得皇子基因很难，但如果皇子的天赋真的逆天，为了第三分身，就算使用九幽之主欠的人情，也在所不惜。”

魔杀族分身迅速整理着情报：

“九幽之主和祖海数量完全吻合，加上九幽之主在九幽时空无敌，可以说，九幽之主与祖海极大概率是有关联的。一百零八位皇子和一百零八个皇海数量完全吻合，皇子可以算是实力弱小的九幽之主。而且听那些居民说，皇子个个似乎都拥有死不了的能力。”

……

魔杀族分身继续听着周围的一些民众的议论声，搜集信息，一连在这座城市中逛了两天。

显然，孩子们从小就被灌输“必须忠诚于皇，忠诚于皇子！”“皇、皇子的威严不可侵犯！”“为皇而战，为皇子而战，是荣耀！”等思想。

搜集到的有关皇子、皇的信息越多，魔杀族分身的期待值越高。

最终，魔杀族分身决定去见混沌城主。

虚拟宇宙，雷霆岛最高处，那座笼罩在无尽气流中的巍峨宫殿外。

罗峰跨入门槛，步入大殿。

“老师。”站在大殿中，罗峰面对无尽气流，恭敬地道。

“在九幽世界遇到麻烦了？”伴随着温和的声音，一身金色袍子的混沌城主走了过来，“人情已经用掉了？”

“还没有。”罗峰恭敬地道。

“嗯？”混沌城主有些惊讶，“你逃脱追捕了？”

“弟子有魔杀族分身。”罗峰道，“弟子陷入九幽世界，在最危险时，魔杀族分身及时赶来了。”

“他怎么赶去的？”混沌城主追问，“你的魔杀族分身难道能穿越九幽漩涡？怕不行吧？”

“魔杀族分身确实能直接穿越九幽漩涡进入九幽世界。”罗峰道。

混沌城主疑惑地看着罗峰，虽说他没去过九幽世界，但那里既然是九幽之主的地盘，那么肯定是很危险的，恐怕就算是宇宙尊者，也无法硬闯入那一方天地。

“弟子的魔杀族分身有些特殊际遇，获得了天赋秘法域。”罗峰直接道。

“域？”混沌城主虽然吃惊，但也知道魔杀族的一些宇宙尊者已经拥有了天赋秘法域，毕竟魔杀族作为一个能繁衍的族群，这不是太机密的情报，外界的一些存在早早就知晓了。

“域这一招是很厉害。”混沌城主微笑点头，“除非成为宇宙之主，否则这一招的威力一直都颇为强大。”

“嗯。”罗峰点头。

“你既然有魔杀族分身保护，那么从九幽世界中逃走应该不难，你毕竟是祖神教的传承者，九幽之主和祖神教关系匪浅，他不太可能亲自出手对付你。既然如此，你来找我又有何事？”混沌城主好奇地问道。

罗峰深吸一口气道：“弟子之前已经得到了世界树的枝杈，但孕育第三分身失败了。”

“失败了？”混沌城主轻轻叹息一声。

混沌城主也为罗峰感到可惜。

“可弟子发现了另一件事情。”罗峰看向混沌城主。

“说。”

“弟子想先请问老师，九幽之主和九幽之海是什么关系？”罗峰盯着混沌城主问道。

混沌城主惊异地看了罗峰一眼，随即道：“这是宇宙中的一大秘密，我可以告诉你。九幽之主……就是九幽之海，九幽之海也就是九幽之主！”

罗峰身体一颤。

天哪！这比自己预想的还要不可思议。

“在宇宙历史上，九幽之主一直是一位很可怕的存在。论地位、实力，他都不低于我。”混沌城主感叹，“一对一，他要比我弱些，可为何能和我媲美？就是因为，即使击杀了他，很快他又会再度现身。”

“就是说……他是死不了的！”混沌城主道。

罗峰一惊。

“杀死九幽之主，又冒出新的九幽之主，再杀，再冒出一个，源源不绝。这样的对手，是何等可怕！”混沌城主再次感叹，“所以连祖神教都得礼待九幽之主，很多兽神办不了的事，会请他去办。”

“很多强者都在研究，九幽之主为何能够迅速再生。毕竟损失一个强大的神体，会失去那么多能量，按理说，再诞生出一个神体要很久。”混沌城主道，“后来才发现，他一旦死了，九幽之海中就会迅速诞生出一个新的神体。”

“九幽之海便是他源源不绝的能量源泉。”混沌城主感慨，“一开始，大家只是猜测九幽之海和九幽之主有特殊关联，后来发生了一件大事，这件大事既令九幽之主名震宇宙，又让大家发现了九幽之主的秘密。那次，他灭杀了一位宇宙之主。”

“因为一件至宝，妖族的两位宇宙之主联手追杀九幽之主，一直追杀到九幽之海。”混沌城主道，“那时，九幽之主直接逃入九幽之海，在他进入九幽之海的那一瞬间，便完全消失了，同时整个海洋完全燃烧起来，燃烧着无尽神力。”

“整个海洋燃烧？”罗峰一愣。

“对！”混沌城主感慨，“整个海洋都在燃烧神力！显然那次九幽之主暴怒了，倾尽全力，燃烧整个海洋，那股威力太可怕了，直接压制妖族两位宇宙之主，瞬间便灭杀一位宇宙之主，另一位宇宙之主则凭借至宝逃掉了。”

“死去的宇宙之主叫苍鸯之主，逃掉的宇宙之主叫天狼之主。”

混沌城主看着罗峰：“此战当时还有其他强者尾随，随时准备捡便宜，他们目睹了这一切。消息传开，宇宙中一些超级存在才知道九幽之主就是九幽之海，九幽之海就是九幽之主！

“只要九幽之海存在，九幽之主就永恒不灭，而且回归九幽之海后，更是堪称宇宙无敌！”

第986章

抵达皇海

“直径十几光年的神力海洋啊，宇宙中谁敢和他比拼神力？”混沌城主感叹，“太离谱了，神体之大，大得离谱。”

罗峰点头。

离谱啊。

宇宙中的特殊生命有不少，体形巨大的也有很多，可顶尖的特殊生命也就能达到数亿千米高度，且主要还是植物类和岩石类特殊生命。而九幽之海直径十几光年。

数亿千米与十几光年相比，如同九牛一毛。

“只是没有人知道，他为何会有那么大的神体。”混沌城主摇头，“宇宙中，除了九幽之主，没有人有这么离谱夸张的神体。哦，还有一点，我从未听说九幽之主拥有什么天赋秘法。”

“嗯？”罗峰一怔，“没有天赋秘法？”

“九幽之主毫无疑问是宇宙中的特殊生命。”混沌城主道，“可即使被杀湮灭，再诞生出一个神体来，他也从未施展过天赋秘法。”

“宇宙是公平的，宇宙赐予了他这么广阔的神体，恐怕也给他设置了很多的限制条件。”混沌城主道。

混沌城主忽然看向罗峰：“你问九幽之主的事到底是为了什么，现在可以说了吧？”

“弟子想要孕育的第三分身，便是类似皇子的分身。”罗峰道。

“皇子？”混沌城主一愣。

“对，九幽世界中的皇子。”罗峰解释道，“根据弟子所知，那些皇子也有类似于九幽之海的海洋，叫作皇海。”

“可九幽之主仅仅有三个孩子。”混沌城主道。

“三个？”罗峰错愕。

“对，他只有三个孩子，其中一个算是宇宙霸主，另外两个是宇宙尊者。”混沌城主道，“不过这三个孩子即使被杀，也能再度复活。”

罗峰顿时笑了：“老师，据弟子在九幽世界中探听得知，九幽之主其实一共有一百零八个孩子，而九幽世界中也有着一百零八个皇海。只是这些皇子实力有强有弱，其中宇宙尊者级皇子有三位，不朽级皇子有数十位，界主级皇子也有数十位。”

“一百零八个?! ”混沌城主惊诧，随即眼睛一亮，“九幽之主竟然有一百零八个孩子，他们的生命基因层次应该不相同，有高有低，你成功孕育的概率极高。”

罗峰点头。

他也是这么想的，九幽之主足足有一百零八个孩子。越逆天的生命，数量就越发稀少，像很多生命都是宇宙独一无二的。反之，数量越多，生命越普通。

“你能得到皇海的海水？”混沌城主道。

“一百零八个皇海位于九幽世界的核心，且没有任何军队驻守。”

“错！”混沌城主摇头，“之所以没有军队，是因为九幽之主会亲自关注。”

罗峰一怔。

对啊，九幽之海可就是九幽之主，那一方九幽世界恐怕也是完全被他控制的，九幽世界内发生的一切，九幽之主肯定都知晓。

“我仅仅取一些海水，应该没事吧？”罗峰忐忑不安。

“海水毕竟是他孩子神体的一部分，或许没事，或许有事。”混沌城主道，“若是被九幽之主发现，你就和他说，你是我的徒弟，一个人情换一点海水，没什么。”

罗峰心下愈加感激混沌城主，混沌城主的确帮罗峰极多。

混沌城主看着罗峰，愈加满意。若是将来罗峰的第三分身类似九幽之主，那么即便死了也可再度复活，而且能量堪称源源不绝！那他将来绝对是人类族群的一大悍将，不怕死的悍将！

“弟子这就去努力得到海水。”罗峰再也忍耐不住。

“去吧。”混沌城主也充满期待。

九幽世界内。

魔杀族分身眼中掠过一丝炽热，随即冲天而起，直接朝九幽世界的核心飞去。

九幽世界广袤无边，魔杀族分身这一飞，便足足飞了大半年时间。

“皇海！”魔杀族分身在高空，遥遥看到那无穷无尽的海洋了，的确是波澜壮阔。

“我先仔细探测下这一百零八个皇海的情况。”

罗峰虽早早知道这一百零八个皇海，但没有详细资料。这些海洋可牵扯到罗峰的第三分身，他当然得弄清楚。

这一探测，便又过了一个月。

魔杀族分身从高空俯瞰，用肉眼观察出一些数据来。

一百零八个皇海中，有五十六个皇海的海水呈血红色，宛如血液，完全称得上是血海！这五十六个血海大小一致，最大直径都约8000万千米。

又有四十九个皇海大小一样，海水波涛汹涌，和普通海水一般，直径达到惊人的9.6亿千米，这便是居民口中的小皇海。

剩下三个皇海的海水也和普通海水一样，大小略有差别，直径320亿千米至1010亿千米不等，这是居民口中的大皇海。

“好多民众前来朝拜。”魔杀族分身俯瞰下方。

只见一百零八个皇海周围，不，是小皇海和大皇海四周，都能看到一些民众跪伏在那里，表示崇敬。至于容积最小的血海，却没有民众朝拜。

“朝拜。”魔杀族分身暗自点头。

很多居民都诞生于小皇海和大皇海，皇海等于是他们的父母。他们刚刚出生就会被带走，送往各个城池，而等到他们成年，实力足够强后，一般就会来这里朝拜。

甚至很多居民寿命快到大限时也会抵达这里，跪伏在这里，静等大限来临。

生于此，也死于此！

“这些居民恐怕并不知道，‘皇子就是皇海，皇海就是皇子’的秘密。”魔杀族分身从高空俯瞰，暗道，“不过他们有的诞生于皇海，有些诞生于祖海，估计从出生起，就会自然而然地尊崇皇子，尊崇皇吧。”

嗖！

魔杀族分身俯冲，很快便落在一个皇海旁。

血海，代表着界主级皇子；小皇海，代表着不朽级皇子；大皇海，代表着宇宙尊者级皇子。

“界主级皇子实力最弱，他们海洋的海水都呈现血红色，而且，血海是无法诞生出生命的。只有成为不朽神灵后，血海才会蜕变，变得类似普通海洋，这时候才能诞生生命。”罗峰暗自道。

大皇海和小皇海周围都有无数民众在跪伏朝拜，血海旁却没有民众前来朝拜，因为没有生命是从血海中诞生的。

“你在这里干什么？”天空中一道身影飞下来，正是一名不朽级战士。

魔杀族分身看了他一眼，便转头看向前方广阔的血海，血海中无尽海水在澎湃翻涌，魔杀族分身的声音中饱含恭敬：“我只是想看看这血海。我出生于大皇海，可是，大皇海在很久以前，也如这血海一般。”

“你小心点。”那个不朽级战士盯着魔杀族分身，“早有严令，禁止在血海周围打斗，弄走血海之水等。”

“我当然明白。”魔杀族分身点头。

“嗯。”

这名不朽级战士没再多说，他相信族人不会做那些禁忌的事。

魔杀族分身看着那名不朽级战士离去，暗道：“没想到还有这等禁忌，我搜集情报的时间果真太短。血海是界主级皇子，界主级皇子实力弱小，生命相对而言就脆弱，一些强大的战士在战斗时的确容易误伤血海。如果有心，杀死界主级皇子都有可能。”

天地间，一丝丝血红色气流常年存在。

血海中，海水不断澎湃涌动着，在这血海边缘，魔杀族分身站在那里。

“管不了那么多了。”

魔杀族分身看了一眼四周，血海周围没有朝拜者，距离这儿最近的朝拜者都在十几亿千米外，只要动作够快，恐怕没有人会注意魔杀族分身，只有一位存在肯定会知道——九幽之主！

“我弄一点血海之水就走，应该没事吧？这可是直径约8000万千米的血海，希望九幽之主不在乎这点海水。”

魔杀族分身有些紧张，因为有一定的可能，那位可怕的九幽之主会愤怒。

“为了第三分身，为了将来的机遇，拼了！”

魔杀族分身瞬间施展天赋秘法域，嗖地出现在血海海面上方，直接就将少许血海海水收入世界戒指。这枚世界戒指是地球人本尊贴身携带的，堪称罗峰拥有的最坚硬最安全的世界戒指。

当然，以九幽之主的能耐，能够轻易毁掉它。

“这哪里是海水，根本就是鲜血。”魔杀族分身手指碰触血海海水时，鼻子都能闻到那股浓郁的血腥气。

嗖！

魔杀族分身又瞬间回到原先所站的位置。

连续两次施展天赋秘法，花费时间不足0.1秒，血海之水已经到手。

“我进入九幽世界，九幽之主早就知道我拥有天赋秘法域。”魔杀族分身看了一眼远处朝拜的民众，“他们没发现就好。若是被这些民众发现我触犯禁忌，恐怕会围攻我。”

就在魔杀族分身打算离开时——

轰！

一股强大的、不可思议的气息直接降临，周围上亿千米内的九幽世界之力瞬间形成真空，汇聚在罗峰前方半空，直接形成了一个巨大的头部轮廓，而周围的天地也充斥着无尽的怒气，天地完全变色，变成一片血红。

血红色的天地中，那巨大的头冷漠地俯瞰魔杀族分身。

九幽之主降临了！

第987章

外围成员

魔杀族分身大惊，目光一扫，便发现周围上亿千米内的天地和外界完全隔绝了。能瞬间使出这番手段的，恐怕也只有那位九幽之主了。

而此刻在皇海边朝拜的民众，他们就算朝罗峰这个方向看，也只能看到一如平常的血海，看不到其他任何特殊之处。

巨大的头悬浮在半空，俯瞰魔杀族分身。

“人类，你是在挑战我的耐心！”

冰冷的声音响彻整个天地。

魔杀族分身暗惊：这位九幽之主的确无所不知，自己在九幽世界中的一切举动，恐怕都在他的监视下，自己现在是魔杀族分身，可他直接称呼自己人类，显然是认定自己的人类分身才是本尊。

“还好，他没一来就下杀手。”魔杀族分身暗忖道，“看来他还是顾及自身地位的，而且他和祖神教关系匪浅，对我这个传承者，不好直接动手。

“可现在我怎么办？

“他的地位特殊，就算是祖神教的三大祖神，遇到事情也得请他帮忙。他之所以没对我动手，也只是碍于身份罢了。若是我再激怒他，恐怕他会直接对我下杀手。不管祖神教还是人类族群，恐怕都没办法救我。

“第一，不能再激怒他。第二，必须保住血海海水。

“九幽之主很可能根据我之前的一系列行为，比如夺取世界树树枝，猜出我的真正目的。不过也不一定，我夺取世界树树枝是在树岛上，那是世界树的地盘。最强世界树好歹也有宇宙之主战力，九幽之主应该不会一直关注着那里。

“没有任何一个强者喜欢被一直盯着。

“就算是我，也不愿时刻被盯着，更别说那棵最强世界树了。所以，我夺取世界树枝杈的行为，九幽之主很可能并没发现。

“若是没有被发现，我这次弄一些海水，他不一定猜得出我的真正目的。”

魔杀族分身在九幽之主形成的巨大的头发出咆哮声时，便迅速闪过诸多念头，也立即做好了应对准备。

“拜见宇宙之主。”

魔杀族分身恭敬地行礼，同时身体切换，地球人本尊现身，魔杀族分身则回到世界戒指中。

既然九幽之主都直接称呼罗峰为人类了，他当然要以地球人本尊的身份露面，这是对九幽之主的一种尊敬。

“你既然已逃出他们的围剿，为何还不离开？”巨头俯瞰罗峰。

“我……我心存侥幸。”罗峰恭敬地道，“逃出围剿后，我自认魔杀族分身不会被看穿，而祖神教历代传承者都对九幽漩涡通往的地方很好奇，这一直是个秘密，所以我也想趁机好好看看。我心存侥幸，觉得自己不会被发现，只是现在看到宇宙之主，顿时明白之前的一切都在宇宙之主的控制之下。”

巨头观察着罗峰。

罗峰非常恭敬，毫不慌张。

“我之真名，九幽。”巨头忽然开口。

“拜见九幽之主。”罗峰恭敬地道。

九幽之主缓缓道：“人类刀河王，我也听说过你的一些事，你自恃天赋分身之术，觉得即使被我击杀也能复活，所以才这般处变不惊，是吗？”

罗峰连忙道：“刀河遇到九幽之主，怎能不惊慌？只是在故作镇定。”

"哈哈哈……"九幽之主发出笑声，笑声犹如浪涛，席卷整个血红色天地。

许久，笑声渐歇，九幽之主的表情渐渐变得冰冷，他冷冷地看着罗峰："你应该知道，一百零八个皇海，特别是其中的血海，是禁止碰触的，这是禁忌！你在我这一方世界中，应该搜集到这些情报了，为何还胆敢弄走血海海水？说！"

声音直接刺入罗峰灵魂，在脑海中不断回响，一时间令罗峰陷入幻境中。

"破！"

罗峰的意志超越绝大多数的宇宙尊者，坚定、可怕，九幽之主想单凭一道声音所产生的幻境影响罗峰，还是不够的。

"嗯？"九幽之主俯瞰罗峰，冰冷的面孔露出一丝惊讶。

他知道刀河王是界主，一名界主竟然能抵抗他声音产生的幻境，须知，一些宇宙尊者一不小心都可能着了道。

"九幽之主，我对传说中的一百零八个皇海很好奇，于是前来观看。我发现其他皇海的海水很普通，唯有这小型的血海，海水都犹如鲜血，甚至能隐隐闻到血腥味。我在好奇之下，弄了一点海水。"罗峰回道，"我本想，血海这么大，一点海水应该没什么，我也是心存侥幸。"

"心存侥幸？"九幽之主俯瞰罗峰，声音愈加冰冷，"哼，明知道是禁忌，还敢触犯！那就得有承担后果的准备……"

罗峰听了心中大惊：不好！

罗峰本还想尽量不使用九幽之主欠的人情，现在顾不得那么多了，九幽之主明显已经生气了，他立即开口："九幽之主！"

"我本想——"

罗峰和九幽之主同时发出声音。

罗峰听到"我本想"这三个字后，便立即将自己要喊出的话强行咽了下去。

"嗯？"九幽之主俯瞰下方，冷笑，"以为我要杀你？哼，我本想杀了你，可念及你是祖神教新培养的强者，才放下杀你的念头。"

"祖神教？"罗峰一怔。

“祖神教分正式成员和外围成员。”九幽之主俯瞰罗峰，“而真正战斗时反而更多靠的是外围成员，祖神教的外围成员才是其最强大的武力组织！”

罗峰听得点头。

祖神教正式成员才多少人？而外围成员聚集了宇宙亿万个族群的无数绝世天才，像候补神使、候补神将、兽神传承达到极高程度的传承者，很多都拥有宇宙霸主实力，这绝对是一股非常可怕的力量。

“我，是祖神教外围组织的护教神主——九幽！”九幽之主俯瞰罗峰，“你是我祖神教外围组织内定的要吸纳的人，且是我祖神教重点培养的人。”

罗峰眨巴一下眼睛：“护教神主？”

“外围组织中有护教使者、护教尊者、护教尊主、护教神主。”九幽之主道，“每位神主统领一方势力。你，从今天起，便是祖神教外围组织九幽一脉的护教使者。随着你实力的增强，你的地位自然会跟着提高。你接受，我便饶你一命，不接受，你知道后果。”

罗峰眨巴一下眼睛。

“天哪，原来这位九幽之主是护教神主！我本来还想要用掉九幽之主欠老师的人情呢，没想到，祖神教早就肯定了我。”

“即使加入外围组织，也不会让你和人类族群为敌。”九幽之主冷冷地道，“外围组织的成员一直很自由，平常没有任何羁绊，只是偶尔有一些事需要他们去解决。若是你不愿意做，甚至可以表明原因，祖神教不会强行要求。”

“加入，还是不加入？”九幽之主看着罗峰。

罗峰再次眨巴一下眼睛。

“拜见护教神主。”罗峰恭敬地行礼。

“你倒是聪慧。”九幽之主道，“好，这是祖神令。”

空中出现了一块黑色令牌，令牌从高空降落，直接落在了罗峰面前。

罗峰伸手接过，黑色令牌沉甸甸的，摸上去是冰凉的。祖神令上仅仅有两个字——祖神，这两个字是由无数秘纹构成的，罗峰不认识这些秘纹，却一看就自然而然知晓是“祖神”二字。

“你将你的生命印记印入其中后，唯有你才能用这块祖神令。”九幽之主道，“通过祖神令，即可联系祖神教，祖神教发布任务，也通过祖神令。只要在这个宇宙范围内，即可通过祖神令进行联系。”

“嗯？”罗峰一惊，“这不跟虚拟宇宙一样了？”

“不完全一样，你们通过祖神令仅仅能用文字交流。”九幽之主继续道，“祖神令很特殊，切勿丢失。”

“明白。”罗峰暗松一口气。

仅仅能用文字交流也很厉害了，显然，制造祖神令不容易。

“若是祖神教中有谁找你，你拿出祖神令，他们就懂了。”九幽之主道。

“是。”罗峰恭敬地回道。

“去吧。”

九幽之主话音刚落，一股无形的力量便包裹着罗峰。

嗖！

罗峰已然消失，九幽之主却发出声音：“刀河王加入我这一脉了，我可没主动抢，是他跑到我九幽世界来，甚至冒犯了我，我这才收了他。那几个家伙知道了，不知道会怎样，哈哈哈……上次逐虫王被烽天抢去，这次刀河王却落入我手，哈哈哈……”

……

“嗯？”罗峰环顾四周，他已然在虚空中，一眼便能看到远处的九幽时空。

“我……我竟然到了九幽时空之外。”罗峰惊讶于九幽之主的手段。

随即罗峰心中狂喜，可表面上不敢表现太甚，谁知道九幽之主是否在观察他，他当即命令灵魂奴仆开启神国传送。

迷蒙金光亮起。

罗峰带着灵魂奴仆一步跨入，紧跟着，消失在了虚空中。

……

原始秘境大殿内。

“哈哈哈……”罗峰一出现在大殿，脸上就露出狂喜之色。

成功了！自己将血海海水带回来了！

第988章

第三分身

“九幽之主或许不知道我取血海海水的真正目的，或许知道并怀有其他心思，可是不管怎样，我的目的达到了！管他是真不知道还是假不知道，我要让我的实力强大才是根本！

“血海海水一到手，即可孕育第三分身。”

罗峰满心狂喜，本以为得靠九幽之主欠混沌城主的人情才能弄到血海海水，没想到，意外加入了外围组织。

“我人类族群强者中，不少都加入了外围组织。”罗峰满脸笑容，“我拥有那么多次接受兽神传承的机会，对将来完整接受第五重传承，我是有十足信心的，到时候还不一样必须加入？”

候补神使、候补神将、完全接受第五重（或者更高）传承的传承者，都是必须加入祖神教外围组织的。

而现在，罗峰却被邀请加入。

像逐虫王、吠镜王、罗峰等一些被认定天赋逆天的强者，在不朽级即可对抗宇宙尊者，跨入宇宙尊者级就会拥有宇宙霸主的能耐，实力稍微再提高一点，就能拥有宇宙之主战力！这样的天才，也会引起祖神教的护教神主的抢夺。

毕竟这些绝世天才，若是走兽神之道失败，很可能就不来紫荆岛了，之后走正统道路，照样有可能成功，所以祖神教先邀请他们加入，防止把未来的绝世强者就这么放跑了。

“我走兽神之道，定有所成。”罗峰心道，“反正未来也要加入，现在提前加入也没什么。”

“凭这个就逃过一劫，哈哈哈……”罗峰也没想到，自己折腾来折腾去，却成了九幽之主麾下一脉的人马了。

自己人，好说话。九幽之主也没为难自己。

“哈哈哈……痛快，痛快！”罗峰越想越兴奋。

“恭喜主人，贺喜主人。”

大殿内的天阵王恭敬地行礼。

“嗯。”

罗峰一挥手，便将暂放在天阵王那里的世界戒指唤了过来，同时盘膝而坐，魔杀族分身则携带着血海海水进入了体内世界。

原核，体内世界中。

“嗷——”

上千千米长的金角巨兽分身仰头发出兴奋的叫声，声音轰隆隆的，宛如雷声，传递开去。

“世界树只有九棵，九幽之主的皇子却足足有一百零八个，若是算上九幽之主，他们这类生命便有一百零九个。”魔杀族分身站在半空，看着面前脸盆大的一捧海水在悬浮翻滚着，一阵阵血腥气弥漫。

“一百零九个！九幽之主已那般强大，我就不信，每个皇子的生命基因层次都高得那么离谱。”

“成，一定得成！”

魔杀族分身死死地盯着血海之水。

按理说，成功的概率极高，但罗峰毕竟不清楚皇子的准确实力，加上失败过一次，所以此刻也忍不住紧张起来。

“决定命运的一刻！”魔杀族分身、金角巨兽分身都平静下来，看着那脸盆大的一捧海水。

嗖！

在体内世界的世界之力的裹挟下，那一捧血海海水冲天而起，直接飞向远处高空。

整个世界一片寂静。

许久。

那捧血海海水飞到了体内世界的核心。

“天赋秘法——分身，孕育！”罗峰的意志操控着整个体内世界。

随着分身之术的启动，整个体内世界都在轰隆隆地震颤着，无尽的世界之力疯狂地涌向体内世界核心处的那捧血海海水。血海海水瞬间犹如雾气般消散，只剩下一点最基本的生命物质，被无尽的世界之力包裹着。

高空中出现了一个金色球。

……

“一定得成。”大殿中盘膝而坐的罗峰，还有在体内世界观看这一幕的魔杀族分身、金角巨兽分身都同样紧张，因为上一次在刚刚开始时就失败了。

罗峰当年选择吞噬金属来促进体内世界进化，使得自身的体内世界变得极大，体内世界的直径接近1亿千米，所以罗峰的体内世界所能孕育的分身极限还是极高的，只是上次界主级世界树的生命基因依旧超过了体内世界所能承受的范围。这次呢?

孕育分身的秘法已经启动。

罗峰的意识时刻感应着一切，仅仅片刻——

“可以的，所有生命物质已经解析，现在开始真正孕育。”罗峰的意识迅速感应到这点。

“哈哈哈……”魔杀族分身大笑，“第三分身注定是血海皇子分身，将来我便能拥有无穷无尽的神力源泉，即使殒灭，也能再度诞生，这才是不死！”

“嗷——”

金角巨兽分身发出激动的吼声。

“痛快，痛快。”

大殿中盘膝而坐的罗峰直接站起，哈哈大笑，一把抓住旁边的天阵王：“天阵，陪我喝酒。”然后更是召出其他一些封王级极限仆从。

他们开怀畅饮，好不痛快！

……

随着第三分身的孕育，罗峰也感应到，孕育第三分身的时间估计超过六百年。

体内世界越强，孕育分身就越容易。

被孕育的生命越强大，孕育时间就越久。

孕育地球人本尊，花费一年出头。

孕育魔杀族分身，花费三年零九个月。

孕育血海皇子分身，需要的时间超过六百年。若是罗峰没有选择吞噬金属来促进体内世界进化，而是用普通金角巨兽（界主级九阶）的体内世界来孕育血海皇子分身，恐怕需要超过万年才能成。

“需要的时间超过六百年，这在我的预料范围内，毕竟是特殊生命嘛。”罗峰心情愉悦。之前为了寻找第三分身，他一次次冒险，一次次想尽方法，现在既然开始孕育了，那就轻松了，只需要静心等待。

“不就六百多年吗？很快便能度过这六百多年，到时候第三分身便成了。去祖神教。”

“这六百多年，我可得好好研究参悟，跨入不朽级对我而言没什么难度，可跨入宇宙尊者级倒是挺难的。”罗峰很清楚这点。

他在空间法则这方面，只悟透了瞬移，对于空间绞杀和空间封锁，他虽有所感悟，但离悟透远得很。

等罗峰将三个方面都悟透，并且将三个方面融合为一，才算真正悟透完整的空间法则。但不知道多少绝世天才，将三个方面都悟透了，却无法将三个方面融合为一，跨不出最后一步。如当年的真衍王，如逐虫王、吠镜王……个个皆是如此，罗峰也不敢大意。

“积累得越多，对突破定是越有好处的。还有，我既然已经领悟《衍神七变》第三篇，那么《星辰布道图》和明月策的第三式，也该创出了。”

罗峰略一整理，发现自己需要做的事情的确很多。

……

开怀畅饮一番后，罗峰向混沌城主禀报了自己的情况。

当混沌城主得知罗峰竟然连人情都没用，并且第三分身已经开始孕育时，顿时大喜，连连称赞道：“哈哈……那几个和祖神教关系匪浅的强大宇宙之主，是祖神教外围组织中几脉的首领，可再怎么说，也只是外围罢了。这九幽活得太久了，和那几个老家伙比高低，反而成了他的乐子。”

“罗峰，好好努力！那逐虫王可是弄了两件至宝在身，既然你这么被祖神教重视，祖神教的好处，不拿白不拿，你到时候可别舍不得。”

“是，老师。”罗峰如此回道。

当天。

地球人本尊离开了原始秘境，通过神国传送，直接来到了祖神教紫荆岛。

回到紫荆岛后，罗峰和真衍尊者，以及千雨王、察曼王、离烁王等一些朋友聚了聚，很快紫荆岛上便传开“刀河王回来了！”“刀河王从九幽时空回来了！”的消息。

“刀河王的至宝到底有没有落在九幽漩涡通往的核心之地啊？”

“肯定遗落在那儿了。那个地方，连宇宙尊者去了，几乎都难以活着回来。刀河王肯定和当初被刺杀时一样，靠天赋分身之术，再度复活了而已。”

“可我感受不到刀河王的界主气息。”

“对，我也看到刀河王了，却没发现他的界主气息。”

“我看，刀河王的至宝可能还在。”

“怎么可能？宇宙尊者去了都活不了，就他？依我看，要么刀河王跨入了不朽级，要么刀河王又有了新的至宝。”

“新的至宝？”

“人类族群可是巅峰族群，一些差点的至宝……虽说在一些普通族群非常珍贵，但巅峰族群多的是。”

消息在荣耀世界露天广场疯狂传播，也传到了吠镜王的耳朵里。

府邸内。

吠镜王神体早已完全恢复，他的眼神却更加阴冷了。他天生便是阴冷凶残的性子，这次又栽在真衍尊者手里，自然憋着一肚子怒气。

“没有显露界主气息，是跨入了不朽级，还是得到了新的至宝？”吠镜王咬牙切齿，“若跨入不朽级，我就正面击杀他。我可是强大的特殊生命，若有至宝，谁敢抢？刀河王，真衍尊者，你们俩等着！”

……

任凭外界各种谣言漫天乱飞，罗峰稳如泰山，除了刚开始和真衍尊者等聚了一下，罗峰便一直在自己的府邸中认真潜修。

（本册完）

更多精彩尽在《吞噬星空 典藏版21》！